Toutes les lettres d'amour sont ridicules.
Ce ne serait pas des lettres d'amour si elles n'étaient pas
[ridicules.
Moi aussi, à une époque, j'ai écrit des lettres d'amour
Ridicules, comme les autres.
Les lettres d'amour, si amour il y a,
Doivent être ridicules.
Mais au bout du compte, seuls ceux
Qui n'ont jamais écrit de lettres d'amour
Sont vraiment ridicules.
Si seulement je pouvais retrouver le temps où j'écrivais
Sans le savoir des lettres d'amour ridicules.
La vérité, c'est qu'aujourd'hui mes souvenirs
de ces lettres d'amour sont ridicules.
(Tous les mots accentués
comme les sentiments accentués
sont naturellement ridicules.)

Fernando PESSOA
Poèmes d'Álvaro de Campos,
Éditions Christian Bourgois, 2001.
Traduit du portugais par Patrick Quillier.

Titre original :

EL INVIERNO QUE TOMAMOS CARTAS EN EL ASUNTO
Publié par Ediciones B, S. A., 2015.

La citation de la page 384 est tirée du livre de Paul Auster et John Maxwell Coetzee, *Ici & maintenant : correspondance (2008-2011)*, Actes Sud, 2013, traduction de Céline Curiol et Catherine Lauga du Plessis.

ISBN : 978-2-253-07302-4 – 1re publication LGF

ÁNGELES DOÑATE

Un hiver pour s'écrire

TRADUIT DE L'ESPAGNOL PAR CATALINA SALAZAR

CALMANN-LÉVY

UN HIVER POUR S'ÉCRIRE

Née à Barcelone, Ángeles Doñate a toujours eu la passion des mots. Après une carrière comme journaliste et chargée de communication, elle se lance dans l'écriture. *Un hiver pour s'écrire*, son premier roman, a connu un immense succès en Espagne et en Angleterre, et s'est déjà vendu dans plus de dix langues.

1

Souvenirs en papier

L'un des plaisirs que l'on éprouve à lire d'anciennes lettres, c'est de savoir qu'on n'a plus besoin d'y répondre.

Lord BYRON

« Pourquoi veux-tu qu'ils gardent un facteur alors que plus personne ne s'écrit ? » déclara Sara en détachant lentement chaque mot, lourd du poids de la défaite.

Sa voix triste, découragée, flotta dans l'air. Elle fut suivie d'un silence épais qui parut occuper tout l'espace.

Rosa, sa voisine, eut l'impression qu'à cet instant précis l'hiver s'installait au village et dans son cœur. Elle regarda le carrelage des murs de sa cuisine qui se décollait par endroits, le petit placard dans lequel elle rangeait ses casseroles et ses assiettes, puis le garde-manger que Sara l'avait aidée à remplir. À quatre-vingts ans, certains jours, même les gestes quotidiens les plus simples lui paraissaient au-dessus de ses forces.

D'un air absent, elle tripota les deux alliances en or qu'elle portait à la main gauche. Sa peau était presque translucide. Chaque fois qu'il y avait quelque chose qui ne lui plaisait pas, elle s'accrochait à ces bagues pour se calmer. Elle en était sûre, où qu'il se trouve, son Abel l'accompagnait et veillait sur elle.

« Enfin Sara, chuchota Rosa, tu es certaine que… ? »

Elle s'interrompit craignant la réponse… qui ne manqua pas d'arriver :

« Oui, ils ont décidé de fermer le bureau de poste de Porvenir. Ils veulent me transférer à la capitale juste après Noël. Ils parlent de redéploiement des ressources, de réduction des coûts… Tout ça figure dans l'e-mail que le bureau central m'a envoyé.

— C'est dans deux mois…, calcula la vieille dame, effrayée.

— C'est n'importe quoi ! reprit Sara, avec véhémence. Un transfert, à bientôt quarante ans, avec trois enfants ! Alors que j'ai grandi dans ce village, que mes enfants y sont nés. Nous formons tous une grande famille ici, je ne retrouverai jamais ça ailleurs. »

La postière tourna les yeux vers la fenêtre. Comme si elle se parlait à elle-même, elle murmura :

« Je vais devenir folle dans les rues de la capitale, mais je n'ai pas le choix. Je dois accepter. Comment faire autrement avec quatre bouches à nourrir… »

Rosa consulta l'heure sur la table de chevet. Il était presque minuit. À peine Sara était-elle partie que son cœur s'était emballé, pris de palpitations qui cognaient à ses tempes et l'empêchaient de dormir.

Elle s'était préparé deux bonnes infusions de tilleul après avoir dîné d'une soupe légère, comme le médecin le lui avait recommandé. Elle avait fait la vaisselle, mis les lentilles à tremper pour le lendemain et plié le linge propre.

Rien pourtant n'avait réussi à effacer de son esprit la mauvaise nouvelle : Sara allait partir ! Rosa avait beau essayer de l'imaginer loin de Porvenir, elle n'y arrivait pas. *Notre village n'a rien de spécial : pas de chapelle préromane, pas de héros de l'indépendance, mais c'est le nôtre*, songea Rosa tout en cherchant son nécessaire pour tricot dans l'armoire. Elle n'avait pas besoin de plus pour l'aimer.

Porvenir, labyrinthe de pierre et d'ardoise, comptait à peine mille habitants en incluant ceux qui occupaient une dizaine de maisons perdues dans les champs alentour et le petit quartier résidentiel. Pour ce dernier, il s'agissait, selon Rosa, de simples oiseaux de passage débarqués ici à la faveur du train à grande vitesse et de la spéculation immobilière.

Ce n'est pas possible ! Sara, ma petite Sara, elle ne peut pas quitter Porvenir, pas elle ! se dit-elle.

Elle se souvint de la nuit de sa naissance. Cet hiver-là, la neige était tombée, abondante. Rosa contemplait le paysage blanc quand on frappa à grands coups à sa porte. C'était son nouveau locataire, le facteur qui venait tout juste d'emménager. Livide, il lui annonça d'un ton désespéré que sa femme était sur le point d'accoucher et que le médecin ne pourrait jamais arriver à temps. Rosa hésita un instant. Mais avait-elle vraiment le choix ?

« Ta mère et moi, on t'a mise au monde toutes seules, aimait-elle raconter à Sara quand celle-ci était petite. Ton père s'est évanoui à la première goutte de sang et quand le médecin a fini par se présenter, tu étais déjà toute propre et emmaillotée. »

Pour Rosa, qui ne pouvait avoir d'enfants, cette naissance, ce fut comme son propre accouchement.

Assise dans son salon, les mains nouées, Rosa avait peur. Une certitude s'imposa parmi toutes les pensées qui s'agitaient en elle : le départ de Sara était une véritable catastrophe qui allait rendre sa vie misérable.

Elle trembla en s'imaginant seule dans cette maison, une bâtisse austère et solide aux murs de pierres ocre où l'architecte s'était autorisé une seule fantaisie : une girouette en forme de chouette. « Le symbole de la sagesse », aimait répéter son mari.

Elle y avait dormi pour la première fois lors de sa nuit de noces avec Abel. Un garage occupait le rez-de-chaussée ; Rosa et Abel logeaient au premier étage ; ses beaux-parents, au second. Après leur mort, le couple avait hérité de la maison. Quand ils apprirent qu'ils ne pourraient jamais avoir d'enfants, ils décidèrent de louer l'étage demeuré vide. C'est là que Sara naquit quelques mois plus tard.

Ce furent des années de bonheur pour Rosa.

Au point que la seule évocation de ces souvenirs fit presque disparaître ses palpitations : les courses de la petite dans l'escalier entre les deux étages, les samedis après-midi passés à jouer aux cartes et, plus tard, les échanges de potins alors qu'elles se retrouvaient sur la terrasse pour y étendre le linge, les balades, l'été, à la recherche de mûres. Puis, le mariage de Sara, la naissance de son premier fils, celles des deux suivants.

Mais un jour, sans prévenir, les ténèbres s'abattirent sur eux.

Abel trouva la mort dans un accident de voiture.

Peu de temps après, le mari de Sara disparut en l'abandonnant avec ses trois enfants et une montagne de factures à payer. Ses parents, malades, furent incapables d'aider leur fille dans son malheur. Rosa, encore une fois, s'était montrée indispensable. Comme elle le répétait souvent : « Je t'ai aidée à naître, Sara, et j'ai aidé ta mère dans ses derniers instants. »

La joie de vivre des trois bambins combla les espaces laissés vides. Sara et Rosa s'habituèrent à leur nouvelle vie et parvinrent à un équilibre que le courrier électronique envoyé de Madrid menaçait de détruire.

La vieille dame se mit à tricoter en espérant trouver une paix qui se révéla insaisissable. Entre deux points, elle ne cessait de ruminer la même crainte : comment allaient se débrouiller Sara et les enfants loin de Porvenir, de ses champs et de ses habitants ? Et, bien sûr, même si c'était égoïste dans un moment pareil, comment allait-elle faire, elle, sans eux ?

Soudain, elle laissa tomber les aiguilles sur ses genoux. Une nouvelle idée tout aussi angoissante s'ajouta aux précédentes : s'ils envoyaient l'unique postière du village dans la capitale, rien ne les empêchait de fermer le bureau de poste qui avait pourtant été inauguré cent ans auparavant. Un malheur aux dimensions apocalyptiques menaçait le village. Tous ses habitants dormaient, inconscients du désastre imminent, sauf elle, une pauvre vieille insomniaque qui apparemment ne pouvait rien faire pour l'éviter.

La fatigue l'envahit soudain. Elle savait qu'elle n'y échapperait pas en se couchant, mais elle décida de retourner dans son lit.

Deux heures plus tard, les yeux grands ouverts, l'esprit toujours aussi agité, elle regardait tourner les aiguilles de son réveil. Comme si sa vie était une pelote de laine qu'elle dévidait, une pensée succédant à une autre, elle remonta le temps.

Dans sa jeunesse, elle aurait su quoi faire. Elle était culottée, à cette époque, toujours active. Quand elle n'aidait pas l'institutrice avec les petits les plus turbulents, elle apprenait à tricoter avec sa grand-mère ou assistait son père à l'épicerie. C'est ce qui avait séduit Abel. « Il n'y a pas d'obstacle assez haut pour tes désirs », lui avait-il dit à leur mariage, le jour le plus heureux de sa vie. Enfin, pas tout à fait…

Un prénom qu'elle n'avait pas prononcé depuis des années apparut sur ses lèvres : Luisa.

Des souvenirs douloureux dorment aussi dans le passé. Quand tu parcours les chemins de la mémoire, tu prends le risque de les réveiller, se dit-elle en essuyant une larme furtive.

Luisa et elle, inséparables depuis leur première rentrée scolaire, étaient comme les deux doigts de la main. On ne voyait jamais l'une sans l'autre. Luisa vivait dans une maison éloignée, à la limite du village voisin. Timide, douce, posée, elle était en parfaite complémentarité avec Rosa, véritable feu follet. Elles jouaient ensemble du lundi au dimanche, été comme hiver. Au fil des ans, de l'apprentissage de l'alphabet et du calcul, elles passèrent aux cours de couture et de ménage ; les poupées furent remisées dans un placard, échangées pour des virées à vélo. Un après-midi, la pluie les surprit à deux kilomètres du village et elles coururent s'abriter dans la petite chapelle de la Virgen del Romero qui se trouvait au bord de la route.

Ce simple cube en pierres, au toit en bois à moitié pourri, avait pour seul ornement un marteau de porte représentant la tête d'un ange bigleux. Selon la légende, il était le fruit de la vengeance d'un forgeron qui avait épousé en secondes noces une veuve. La paysanne avait un petit garçon qui était un vrai diablotin et rendait la vie impossible au forgeron. Un jour qu'il était en colère, il fabriqua dans son atelier un heurtoir à l'effigie de son beau-fils qui louchait. En le regardant sérieusement, il lui dit : « Tu vas enfin recevoir tous les coups que tu mérites, même si ce n'est pas moi qui te les donne parce que je ne veux pas que ta mère se fâche. »

Les deux amies accomplirent ce souhait en riant et frappèrent deux fois à la porte. Quand elles l'ouvrirent, quelle ne fut pas leur surprise de découvrir assis par terre, à côté d'un baluchon couleur kaki, un garçon, plus âgé qu'elles. Il sourit en les voyant. Malgré la pénombre, son visage, ses grands yeux noirs leur parurent familiers.

Elles s'assirent à côté de lui en attendant la fin du déluge. Il leur expliqua qu'il venait de finir son service militaire et rentrait chez lui, au village. Il parlait en faisant de grands gestes et ses mains, larges et fortes, attrapèrent Rosa sans même la toucher.

Dès que l'averse parut diminuer, le jeune soldat fila en leur disant à peine au revoir, pressé d'aller retrouver ses amis. Il ne leur avait même pas laissé son nom, mais elles l'apprirent le soir même : il s'appelait Abel.

Sans parler de lui, les deux amies laissèrent son souvenir grandir en silence dans leur cœur.

Elles ne le revirent pas avant le bal de la fin de l'été. Cette nuit-là, Luisa était particulièrement jolie. Abel l'invita plus souvent à danser que n'importe quelle autre fille. Rosa, estimant n'avoir aucune chance, décida d'enterrer ses sentiments naissants sous une couche d'indifférence.

Après cette soirée, Luisa se révéla incapable de parler à Abel, elle était trop timide. Quand elle le voyait dans la rue, elle courait se cacher derrière un portail. S'ils se croisaient dans une boutique, elle baissait la tête et ne la relevait qu'une fois Abel sorti. En amoureuse transie, du moins le croyait-elle, Luisa perdit l'appétit, se montra distraite.

Rosa, inquiète de la voir dans cet état, proposa à son amie de l'aider. Elles concoctèrent un plan qui leur parut parfait : Rosa jouerait les entremetteuses. Elle devait gagner la confiance d'Abel, lui parler des sentiments de Luisa, le sonder, voir s'ils étaient réciproques. Cette idée tranquillisa aussitôt les deux amies.

Il est difficile de contrôler la puissance du courant quand la rivière commence à ruisseler, songea Rosa. C'était exactement ce qui se produisit : la passion qu'elle avait éprouvée pour Abel dès le début s'amplifia jour après jour. Sa raison lui disait d'aider Luisa, mais son cœur l'empêchait de le faire.

Et ce fut pareil pour Abel. Le souvenir de la fille douce du bal fut éclipsé par le contact vif de la main de Rosa. Tout le village s'aperçut de ce qui se passait sauf eux. Les commères répétaient : « Deux, c'est bien, trois, c'est trop. »

« Ce qui devait arriver arriva », soupira Rosa. Un soir, Abel lui déclara son amour et elle ne put le repousser. Trois mois plus tard, ils se mariaient.

Ils n'eurent pas le courage d'affronter Luisa et laissèrent échapper toutes les occasions de la mettre au courant. Ni Rosa ni Abel ne jugèrent bon de lui donner une explication. Ils ne la revirent plus jamais après le jour de leur mariage.

Soixante ans plus tard, Rosa voyait encore son amie, vêtue de noir, debout, au fond de l'église. Quand le prêtre déclara : « Vous pouvez embrasser la mariée », Luisa quitta les lieux et disparut de leur vie.

Au début, Rosa, ivre de bonheur, ne s'aperçut même pas de son absence. Après quelques semaines, elle voulut revoir sa meilleure amie et se rendit chez elle. Là, ses parents lui apprirent qu'elle avait quitté le village. Elle ne sut jamais pour quelle destination.

« Ton absence occupa un espace trop grand dans nos vies… », murmura la vieille dame. Pourtant le couple ne regretta jamais sa décision. Ils s'aimèrent du début à la fin avec la même passion. La seule ombre à leur mariage fut l'absence d'enfants.

Les mots qu'on ne prononce pas sont des ancres qui nous entraînent vers le fond, se répétait souvent Rosa. Ce soir-là, alors qu'elle n'arrivait pas à trouver le sommeil, elle découvrit que ce qu'elle n'avait pas dit à Luisa avant son mariage lui pesait encore.

C'était sans doute sa seule dette. Était-il trop tard pour la solder ?

La vieille dame ouvrit le petit tiroir de la table de chevet et en sortit une photo jaunie d'Abel qui datait du premier Noël de leur mariage. On l'y voyait rire aux éclats. C'était sa préférée.

« Abel, tu disais toujours que rien ne se produit sans raison, pas vrai ? Ce n'est pas pour rien qu'ils veulent éloigner Sara et fermer la poste de notre village. Et ce n'est pas un hasard non plus si elle me l'a annoncé à moi, une pauvre vieille avec un cœur fragile. »

Elle sourit en caressant la photo.

« Et ça ne peut pas être non plus un hasard si le jour même où Sara m'apprend cette nouvelle, le souvenir de Luisa revient me hanter. »

Elle se tut quelques instants.

« Abel, Sara, toi ou, qui sait, Luisa… Vous attendez tous que je fasse quelque chose. Mais vous êtes fous ! Vous croyez que je peux tout faire, moi ? Tu me diras, c'est bien ma faute, je n'avais qu'à ne pas être aussi têtue et déterminée dans ma vie… Mais je n'ai plus vingt ans, hein ? Je te le rappelle. »

Elle examina la photo d'un air songeur :

« Mais bon, je ne changerai pas maintenant. » Elle eut un sourire malicieux. « Et peut-être que, je dis bien peut-être, je pourrais trouver un moyen d'aider Sara et notre village. Je pourrais même solder ma dette. »

Elle posa la photo sur sa poitrine et ferma les yeux.

Avant de s'endormir, elle se vit marchant doucement jusqu'au bureau de poste. Elle y entrait, s'arrêtait devant le comptoir, glissait une main dans sa blouse et cherchait quelque chose, près de son cœur.

2

Rosa

Porvenir, le 9 novembre

Chère Luisa,

S'il te plaît, NE DÉCHIRE PAS CETTE LETTRE. *Attends un peu.*

Donne-nous une chance à cette lettre et à moi. Par ces mots, ces quelques lignes, abusant de ta générosité, j'ose te demander de m'accorder deux pages avant de décider de notre sort.

Je suis sûre que tu as reconnu mon écriture comme je reconnaîtrais la tienne n'importe où, malgré les années. Tu sais qui je suis. Mes L ne sont plus aussi droits qu'autrefois, mes F n'ont plus l'élégance que notre institutrice Ingrid nous a apprise autrefois. Mais comment pourrais-tu les oublier ? Moi je me souviens encore des gracieux bérets que tu dessinais sur tes I pour qu'ils ne prennent pas froid.

Pardonne-moi, je m'égare… Un défaut qui ne s'est pas arrangé avec l'âge. Maintenant, je me laisse entraîner par mes mots même quand je prie ou quand je réfléchis.

Je sais que je n'ai pas le droit de briser la paix de ton foyer après plus de soixante ans. Crois-moi, je ne le ferais pas si la situation n'était pas si urgente. Je sais aussi que cette lettre, j'aurais dû te l'envoyer il y a bien longtemps. Ça ne te consolera pas, mais sache qu'en réalité, ce que tu lis là, c'est la énième version de la lettre que je rédige depuis des dizaines d'années.

À une époque, j'en avais une que j'ai gardée plus de six mois dans mon sac sans trouver le courage de te l'envoyer. Chaque fois que je m'approchais de la boîte aux lettres, mes mains se mettaient à trembler, si bien que je renonçais. L'enveloppe a fini dans un tel état que l'adresse était devenue illisible.

Et le temps a passé.

Un jour, ce qui me semblait aussi vital que l'air est devenu nécessaire, mais pas urgent. Puis, juste important et, pour finir, une résolution du Nouvel An parmi tant d'autres.

Quand nous étions jeunes, mon « décalogue » du Nouvel An t'amusait beaucoup ! Je l'avais commencé un Noël où ma tante Margarita m'avait offert une boîte en bois avec des fées dessinées sur le couvercle. Le 31 décembre, avant de nous coucher, nous avions écrit mon premier décalogue ensemble et on l'avait rangé dans cette boîte. Tu t'en souviens ? Je me demande bien où elle a pu atterrir la pauvre… Non, je ne parle pas de ma tante qui se trouve dans la tombe 2011 F, entre la 2011 E où reposent mes parents et la 2011 G où se trouve Herminia, la buraliste.

Je me demande où est la boîte de mes résolutions…

Parmi elles figuraient « repeindre les murs de la maison », « aller voir ma sœur », « me mettre à la gym »,

« suivre un cours de cuisine »… T'écrire est entré dans ma liste. Pourtant, tu vois, je ne me décide à le faire que cette année, la première sans décalogue.

Tu veux savoir pourquoi après avoir passé toute ma vie à faire des listes, ce 31 décembre je ne l'ai pas fait ? La vérité c'est que je ne pensais pas tenir jusqu'au prochain Noël. Je venais d'apprendre que j'avais un cœur fragile. Quand j'ai demandé des explications au médecin, il m'a dit, tel quel, que la seule chose positive dans la vieillesse, c'est qu'elle ralentit la maladie. Et tu vois, je suis encore là.

Puisque j'ai tenu une année de plus. Noël approche, et ta lettre revient me tracasser comme avant, comme au début.

Tu es ma résolution en suspens.

En soixante ans, j'ai repeint ma cuisine quatre fois, je me suis inscrite à des cours de jardinage que j'ai abandonnés et je suis devenue une cuisinière renommée, surtout pour mon apple pie[1], *un gâteau typiquement américain que j'ai appris à faire en regardant une série télévisée.*

Cette lettre et toi, vous êtes ma dette.

Pourquoi avoir décidé de t'écrire aujourd'hui précisément ? Je vais être franche avec toi : parce qu'une amie que j'aime beaucoup, Sara, a de gros problèmes. Elle est la postière de Porvenir et ma voisine. Je sais, tu te demandes ce qu'elle a à voir avec toi. Tu vas voir, j'y viens.

Ils veulent l'envoyer à la capitale et fermer le bureau de poste de village. Nous n'aurons plus de facteur. Comme tu le sais, les jeunes font tout par ordinateur,

1. En anglais dans le texte. *(Toutes les notes sont de la traductrice.)*

alors pour nous, les rares vieux qui vivons encore ici, une fourgonnette de distribution deux fois par semaine, ce sera suffisant.

Je veux faire quelque chose pour aider Sara et Porvenir. Et m'acquitter de ma dette.

La solution, c'est un rêve qui me l'a donnée : j'étais au bureau de poste et je sortais une enveloppe de ma blouse, à ton nom, écrit de ma main. Sara a besoin de courrier à distribuer. Et moi, j'ai besoin de te raconter quelque chose.

Alors voilà, je veux te dire ce que je n'ai pas eu le courage de te dire à l'époque : je suis tombée amoureuse d'Abel et je le suis toujours, même si cela fait dix ans qu'il est mort. Mais peu importe, non ? Puisque je le sens toujours à mes côtés.

Abel s'est tué dans un accident de voiture. Tu as dû certainement l'apprendre, même si je ne t'ai pas vue à l'enterrement. Nous n'avons pas pu avoir d'enfants. C'est le seul bonheur que Dieu nous a refusé.

Que nous tombions amoureux, ce n'était pas ce que toi et moi nous avions prévu, je le sais. Ce n'était certainement pas mon intention. C'est arrivé, c'est tout.

Tu ne peux pas imaginer le nombre de fois où j'ai repensé à cet après-midi où, surprises par la pluie, nous nous sommes réfugiées dans la chapelle de la Virgen del Romero. Nous n'avions pas la moindre idée de ce qui nous y attendait : l'amour et le désamour. Les deux côtés d'une même pièce qui s'appelait Abel. C'est là qu'on l'a rencontré pour la première fois, tu te souviens ?

Passer devant la chapelle était devenu une torture pour moi. Cela fait cinquante ans que je ne m'en suis pas approchée. Tu y es retournée toi ? Les poutres en bois tiennent encore ? Et le heurtoir avec l'ange bigleux ? S'il existe encore, il doit être drôlement rouillé…

Je ne te demande pas pardon, parce que je ne me repens pas. Je ne cherche pas à te donner une explication non plus. Je t'ai trahie, c'est tout. Certains diront que c'est au moment où je suis tombée amoureuse d'Abel ; d'autres, quand je lui ai permis de tomber amoureux de moi. Mais c'est faux. Je t'ai trahie en me taisant, en acceptant que cela nous sépare sans même essayer de te tendre la main. J'étais heureuse et je n'ai pas su me montrer généreuse vis-à-vis de toi. Il y avait une place pour toi dans nos vies et nous ne te l'avons même pas offerte.

Si tu savais le nombre de fois où je me suis dit : « J'aimerais tellement raconter ça à Luisa… » Bout à bout, ce serait plus long que la muraille de Chine ! J'ai eu d'autres amies bien sûr. Je suis sûre que toi aussi. Mais j'aimerais croire que, même si tu m'as détestée durant toutes ces années, aucune n'a occupé la place que j'avais laissée.

Personne n'a occupé la tienne dans mon cœur.

J'ai tellement de questions à te poser. La plus importante : as-tu été heureuse ? Si seulement je pouvais t'entendre me répondre : oui. T'es-tu mariée ? As-tu eu des enfants ? Un travail ? Es-tu allée à Paris comme tu rêvais de le faire ? As-tu enfin appris à danser le tango ?

Où es-tu partie, Luisa ? Au début, j'ai cru que tu te cachais dans ta maison, refusant de descendre au village. Mais un an plus tard, j'ai fini par accepter ce que tes parents m'avaient dit depuis le début : tu avais bel et bien quitté Porvenir.

Tant qu'ils étaient en vie, j'ai gardé l'espoir que, tôt ou tard, tu finirais par revenir. Après leur mort, il restait encore ton frère cadet. On le voyait rarement au village. Je suppose qu'il préférait se rendre à Madrid. On m'a dit qu'il avait fini par se marier et qu'avec sa femme il avait émigré en Allemagne. Il n'avait jamais aimé s'occuper de la ferme, contrairement à tes parents.

À cette époque, vingt ans étaient déjà passés. J'étais certaine que je ne te reverrais jamais et que ta maison tomberait en ruine, emportant une partie de ma vie, mon enfance, sous les décombres. Cela me faisait de la peine. Ça ne s'est pas passé comme ça. Ta maison est fermée, mais quelqu'un s'en occupe et arrache les mauvaises herbes devant l'entrée.

Cela me donne le courage de t'écrire cette lettre. Je ne sais pas qui la recevra, toi ou ton employé, mais je sais que tu liras ces lignes. Je devine même que tu les attends.

Tu me manques toujours autant, Luisa. Il suffit que je ferme les yeux avant de m'endormir pour nous voir, toi et moi, courir ensemble sur le chemin de l'école. J'espère que ta Rosa, le petit diable qui te fourrait toujours dans le pétrin, te manque. Elle a disparu dans les tournants du chemin. Est-il arrivé la même chose à ma Luisa ?

S'il reste quelque chose de cette petite fille incapable de voir souffrir une mouche, c'est à elle que je fais appel maintenant.

Je sais qu'il est tard. Je ne m'attends pas à ce que tu me répondes. Je ne te mets même pas mon adresse.

Je veux seulement te demander quelque chose.

Le sort de Sara, une femme que nous aurions pu être toi ou moi, est en danger. Tu l'as peut-être déjà croisée :

c'est notre postière. Elle a grandi ici et ses trois petits courent aussi partout dans le village. La vie n'a pas été tendre avec elle, mais elle a toujours un sourire pour celui qui en a besoin. Figure-toi que ses chefs veulent la transférer loin de son foyer.

Porvenir va se retrouver sans facteur, soi-disant parce qu'on n'aime pas écrire ni recevoir des lettres. Voilà ce qu'ils racontent à la capitale. Quel culot ! Je ne t'embêterais pas avec tout ça s'il n'était pas en ton pouvoir d'aider Sara et notre village. Comment ? C'est très simple, fais comme moi, écris une lettre. Longue ou courte, bien ou mal écrite, ça n'a aucune importance. Après, tu l'envoies à une femme du village parce qu'elle comprendra à quel point c'est dur d'élever des enfants loin de ses proches. Même si tu ne la connais pas, partage avec elle quelques instants de ta journée. Construisons toutes ensemble une chaîne de solidarité si longue qu'elle ira jusqu'à la capitale et si solide que là-bas personne ne pourra la briser.

Luisa, ma chérie, je saurai que tu m'as lue et que tu es encore là quand je verrai la sacoche de Sara se remplir et s'alourdir. Merci infiniment.

Pour toujours,

Je t'aime,

Rosa

P.S. *: Je n'ai pas oublié que ta fleur préférée était la lavande. J'en ai versé quelques gouttes sur ces pages. J'espère que ce parfum t'aidera à me pardonner et te donnera envie de m'aider dans cette mission.*

3

Des voix du passé

> *Votre lettre, mon bon, mon très aimé porteur de bonne nouvelle, m'a frappé comme la foudre. J'ai failli me mettre à pleurer, je suis bouleversé et je sens maintenant qu'elle a laissé dans mon âme une trace profonde […]. Tous mes proches ont toujours considéré mon travail d'auteur avec condescendance et ils n'ont cessé de me conseiller amicalement de ne pas troquer un vrai métier contre des activités d'écrivaillon…*
>
> Lettre d'Anton TCHEKHOV à
> Dmitri VASSILIEVITCH GRIGOROVITCH[1]

Alma regardait d'un air surpris l'enveloppe cachetée. Elle la tenait des deux mains comme si elle avait peur qu'elle s'envole ou se réduise en cendres entre ses doigts. Le papier paraissait fragile et l'adresse avait été

1. « Lettre du 28 mars 1886 », dans *Vivre de mes rêves. Lettres d'une vie*, traduction de Nadine Dubourvieux, Robert Laffont, 2016.

écrite d'une main tremblante, les lettres se bousculant les unes les autres.

Aucun nom d'expéditeur.

Elle agita l'enveloppe comme pour la faire parler. Un parfum sucré se répandit sur les meubles recouverts de vieux draps jaunis. Elle approcha l'enveloppe de son nez.

« C'est de la lavande ! » s'exclama-t-elle d'un ton joyeux comme si le fait de découvrir cette odeur familière la tranquillisait.

Elle avait été réveillée deux heures plus tôt par des crampes douloureuses. Son humeur s'en était ressentie. Chaque fois qu'elle dormait pour la première fois dans un lit inconnu, elle se levait courbaturée, le corps engourdi. Elle avait pesté contre le matelas en laine qui n'avait pas été utilisé depuis des décennies.

Elle avait pourtant choisi la chambre la plus grande de la maison, au second étage. Elle aimait ses murs bleus et sa grande armoire avec la porte-miroir face au lit. Plus d'une fois elle s'était cachée à l'intérieur quand elle était petite, parmi les vieilles robes à l'odeur de naphtaline.

La tête appuyée contre le lit en fer forgé, Alma avait examiné son reflet dans la glace. En soufflant, elle avait écarté la frange qui couvrait son front. Sa mère l'avait convaincue de se couper les cheveux. Elle ne savait pas très bien pourquoi elle l'avait écoutée, encore une fois, car le résultat ne lui plaisait pas du tout. Mais rien n'allait ce matin-là. Les événements de ces derniers mois avaient laissé leur trace sous la forme de cernes noirs, alors que son visage était encore plus pâle que d'habitude. Sans savoir très bien pourquoi, ce contraste l'inquiétait.

Elle avait décidé que le mieux à faire, c'était de prendre une bonne douche pour affronter la tâche qui l'avait menée dans ce coin reculé.

Elle avait ouvert la fenêtre de la salle de bains. Tout en se laissant revigorer par l'eau chaude, elle avait contemplé les champs au loin. Il y avait quelque chose de bon dans cet isolement. *Pas de voisin pour t'espionner*, s'était-elle dit en souriant pour la première fois depuis son arrivée à Porvenir.

Comme si le destin avait voulu la contredire, elle avait aperçu soudain sur le chemin de terre une petite fourgonnette. Sa couleur, un jaune criard, la trahissait : c'était la poste. Elle n'y avait prêté aucune attention, la propriété étant inhabitée depuis vingt ans.

Un crissement à l'entrée de l'allée l'avait fait sursauter. Contre toute attente, la fourgonnette s'était arrêtée. Le facteur, dans son uniforme, chemise jaune et pantalon bleu marine, en était sorti. Alma n'avait pu distinguer ses traits, mais il était roux. Tandis qu'il finissait le chemin à pied, à son allure, Alma avait deviné qu'il s'agissait d'une femme, rondelette, qui marchait doucement.

La postière s'était arrêtée un long moment devant la clôture en bois blanc. Elle ne paraissait pas moins surprise qu'Alma. Après avoir regardé d'un côté puis de l'autre du jardin sans se décider à le traverser, elle avait levé les yeux en cherchant un signe de vie.

Alma avait retenu sa respiration.

Par un réflexe absurde, elle était sortie de la douche. Elle ne voulait pas qu'on la voie. Pas encore. Elle devait d'abord réfléchir à certaines questions et, avec un peu de chance, trouver un début de réponses.

Elle avait regagné discrètement le salon par l'escalier en pierre et s'était arrêtée près de la vieille cheminée dont la plaque était noire de suie. Sur le manteau, elle avait trouvé deux photos, couchées, témoins muets de l'abandon des lieux.

Le temps paraissait s'être figé dans cette pièce, la poussière y avait pris ses aises. Elle avait retrouvé son sac à dos vert et sa besace, jetés sur le canapé. Lorsque le taxi l'avait déposée très tard la veille au soir, elle était montée se coucher directement. Les volets étaient donc restés fermés.

Elle avait entendu des pas sur le gravier puis, stupéfaite, avait vu un bout de papier glisser sous la porte. Deux secondes plus tard, une enveloppe mauve légèrement froissée était apparue sur les tommettes du salon. Elle l'avait longuement fixée sans savoir qu'une fois qu'elle l'aurait ouverte, rien ne serait plus pareil.

Avec cette couleur, ça ne pouvait pas être une facture. C'était forcément une lettre personnelle. *Une erreur*, s'était-elle dit. La maison était inhabitée depuis si longtemps. Pourtant, en prenant l'enveloppe, elle avait pu vérifier qu'il s'agissait de la bonne adresse. Elle avait été encore plus décontenancée en découvrant le nom de sa destinataire : Luisa Meillás.

Un quart d'heure plus tard, en peignoir, debout au milieu du salon elle examinait encore l'enveloppe.

Elle ne savait pas quoi faire, l'ouvrir, la ranger ou la détruire ? *Quoi que je décide, je ferais mieux de m'habiller avant*, se dit-elle.

Elle posa la lettre sur le manteau de la cheminée, prit son sac à dos et retourna dans la chambre bleue. Une fois là, elle rangea les quelques vêtements qu'elle avait apportés, sa paire de baskets et ses bottes.

Elle se souvenait vaguement des bois et des champs qui entouraient le village. Elle voulait les parcourir au moins une fois pour confronter ses souvenirs à la réalité. Petite, ils lui paraissaient énormes et mystérieux. Elle était sûre que le passage du temps leur avait rendu une taille normale.

Elle ouvrit l'armoire pour y suspendre ses affaires. Elle sourit en voyant deux papillons marron s'envoler maladroitement comme étourdis par la liberté enfin retrouvée. Elle y trouva deux cintres, un pantalon d'homme usé et une couverture en patchwork dont elle n'avait aucun souvenir.

Elle laissa la porte ouverte pour que l'odeur de renfermé s'évapore.

Le mieux à faire dans cette maison, si elle ne voulait pas finir comme ces papillons, ivres de poussière et de moisi, c'était d'aérer en ouvrant portes et fenêtres.

C'est ce qu'elle fit dans toutes les pièces à l'étage qui comptait cinq chambres et deux salles de bains. Elle fut tentée de retirer les draps qui recouvraient les meubles comme elle l'avait fait dans sa chambre mais se ravisa : cela ne valait pas la peine pour quelques jours.

Elle fut surprise de trouver la maison si bien rangée. Elle avait craint un capharnaüm d'objets oubliés et inutilisables, mais rien de tel. Tout était à sa place comme si on attendait que quelqu'un vienne, à un moment ou un autre, l'occuper.

Je suis sûre que le grenier n'est pas aussi bien ordonné, se dit-elle, ce qui la dissuada aussitôt d'y monter. Alma descendit au rez-de-chaussée et y poursuivit ses tâches de ventilation. Elle prit son sac qui contenait son téléphone portable, un carnet, quelques barres de céréales et deux sachets de thé.

Avec prudence, elle ouvrit les volets du salon, puis se dirigea vers la cuisine qui donnait sur la partie arrière de la bâtisse.

La petite porte en bois rouillée lui donna du fil à retordre. Une fois dehors, elle fut éblouie par le soleil de midi. Elle fit deux pas, retrouvant un sentiment de bien-être ancien. Elle se baissa et posa la main sur la terre plus que sèche. Elle ferma les yeux.

Elle devait avoir cinq ans. C'était son dernier été dans la grande maison. Chaussée de bottes de pluie trop grandes, elle avançait avec son allure dégingandée entre les sillons de terre brune parsemés de feuilles vertes. Elle s'amusait à barboter dans les flaques. Derrière elle, une voix douce riait : « Et voici, messieurs, dames, le chat botté. » Ce souvenir la ramena à la lettre. Elle décida de la lire.

Assise sous un prunier, seule trace de vie dans le verger, Alma caressa la lettre avec délicatesse.

Elle ne croyait pas aux coïncidences.

La veille, elle fermait le sac à dos dans lequel, sans réfléchir, elle avait fourré les deux, trois vêtements dont elle aurait besoin à Porvenir. Sa mère l'avait poursuivie dans le couloir en criant. Elle ne comprenait pas pourquoi ce voyage soudain et menaçait d'appeler son père. En refermant la porte de leur appartement, Alma crut l'entendre parler au téléphone.

Voilà comment elle avait fêté ses vingt-trois ans.

Elle s'était rendue à la gare et était montée dans le premier train pour Porvenir. Tout en disant adieu, sans une seule larme, aux blocs de ciment et aux usines, elle avait relu la lettre recommandée qui était arrivée le matin même de son anniversaire :

Conformément aux souhaits de sa précédente propriétaire, nous vous informons qu'à partir de ce jour, vous devenez l'unique propriétaire de la Casa Meillás et des terres qui lui appartiennent, sise dans le village de Porvenir. Vous êtes libre d'en prendre possession et de choisir son usage futur.

Elle avait relu plusieurs fois ce document muni du cachet d'un notaire, en serrant dans sa main les deux clés qui se trouvaient dans l'enveloppe à bulles. Leurs petites dents pointues s'enfonçaient dans sa paume. La douleur l'avait obligée à ouvrir la main et aussi, comme par réflexe, son esprit. Elle, propriétaire d'une maison ? Quelle blague ! Elle connaissait à peine la demeure et le village. Elle se rappelait le verger et qu'elle avait goûté des prunes directement cueillies sur l'arbre. Il y avait une chambre bleue et une grande armoire à glace. C'était tout. Impossible de retrouver d'autres souvenirs plus précis.

Un héritage, moi ! C'est mal me connaître, avait songé Alma alors qu'elle contemplait de son wagon les gares se succédant les unes après les autres. Comment pourrait-elle penser au futur de quoi que ce soit, y compris une maison, alors qu'elle n'était même pas capable de décider de son propre avenir ?

Elle avait repensé aux discussions qu'elle avait eues avec ses parents depuis qu'elle avait terminé ses études, deux ans plus tôt. Elle avait obtenu sa licence en philologie avec de très bonnes notes. Ils rêvaient qu'elle passe le concours pour être professeure. « Il te faut un travail stable », lui recommandait sa mère. Son père lui avait déclaré que si elle préférait faire de la recherche, il avait des contacts à l'université, il était prêt à l'aider à obtenir une bourse. Après la thèse, elle pourrait passer les concours.

À leur grande déception, Alma avait trouvé du travail dans une boutique de vêtements. Elle leur avait assuré que c'était provisoire, le temps de décider ce qu'elle voulait faire de sa vie. Elle était sûre d'une chose au moins : elle n'avait aucune envie de passer des années à bûcher juste pour obtenir un salaire décent à la fin du mois.

Elle savait parfaitement ce qu'elle voulait faire mais était incapable de le reconnaître à voix haute. Tout en étiquetant des pulls dans le rayon femmes, elle se récitait des vers de Pablo Neruda. Entre deux clients, elle révisait ceux de Gabriela Mistral et, pendant la pause déjeuner, elle se réfugiait dans un coin avec un recueil de Lord Byron. La nuit elle remplissait des pages et des pages d'images et de métaphores. Quand elle en était enfin satisfaite, elle présentait ses poèmes à des concours et les envoyait à des éditeurs. La réponse était toujours la même : « NON », même si la formulation différait.

Elle voulait être poète. Mais comment vivre de ce métier ?

Elle était arrivée à Porvenir deux heures plus tard, au milieu de la nuit et avait pris l'unique taxi qui attendait des voyageurs dans cette gare oubliée.

En glissant la clé dans la serrure de sa maison, elle s'était répétée à voix basse : « En une seconde, tout peut basculer. » Puis elle s'était souvenue du moment précis où cette nouvelle aventure avait commencé.

Au moment de souffler les bougies de son gâteau, elle avait été sur le point de céder aux pressions familiales, de dire à ses parents de ne plus s'inquiéter, qu'elle ne gâcherait pas ses années les plus précieuses. Elle ferait quelque chose d'utile comme passer un concours pour collaborer à la publication des bulletins de l'Union européenne. La poésie l'accompagnerait toujours. Ce serait son hobby ; elle pourrait assister à des lectures de poèmes, s'inscrire dans un atelier d'écriture. Et, bien entendu, l'anthologie de Lord Byron resterait dans son sac.

Puis une fois les bougies soufflées, comme par magie, tout changea. Son père lui remit une énorme enveloppe dont le contenu était aussi mystérieux pour lui que pour sa fille qui contempla, hébétée, la liasse de papiers administratifs.

Une petite note manuscrite l'accompagnait :

Si tu lis ces mots, chère Alma, c'est que je n'ai pu être là pour fêter tes vingt-trois ans. Tu ne sais pas comme j'aurais aimé écouter tes rêves et partager tes projets. Mais l'homme propose et Dieu dispose.

C'est ainsi. Un notaire te remettra mon cadeau quand je ne serai plus.

J'aurais voulu te confier moi-même ces clés et faire le voyage avec toi. Te présenter la maison de mon enfance, te raconter chaque souvenir que j'y ai laissé. J'aurais aimé voir comment ils avaient vieilli. Et faire enfin la paix avec mon passé.

Tu iras pour moi. Seule. Et tu décideras. Quel que soit ton choix, ce sera le bon. Je t'aime.

Ce matin-là, sous le prunier, les jambes au soleil, Alma se sentit à des années-lumière des discussions avec ses parents, de sa fête d'anniversaire, de sa chambre au grenier, des rues embouteillées de son quartier, de la boutique de vêtements. Elle n'avait pas de vision sur son avenir, et la première décision urgente qu'elle devait prendre avait la forme d'une enveloppe mauve.

Elle caressa du bout de l'index le nom de la destinataire, Luisa Meillás, ancienne propriétaire de la demeure.

Qui pouvait écrire avec autant de soin à sa grand-mère, morte depuis plus de quinze ans ?

4

Ces dettes qu'on ne peut effacer

Jamais une larme ne pourra brouiller un courriel.

José Saramago

« "Cette lettre et toi, vous êtes ma dette" », lut Alma à voix haute.

Un véritable désespoir se cachait sous cette phrase qui se répétait. Les lettres qui composaient le mot « dette » se pressaient les unes contre les autres, comme si elles avaient honte et voulaient occuper le moins d'espace possible.

Ce message semble être une question de vie et de mort pour celle qui l'a envoyé, songea Alma en levant les yeux vers le ciel.

Le soleil se faufilait entre les branches du prunier et jouait à former des ombres sur ses jambes minces et longues. « Tu as de très jolies jambes, lui disait sa mère, tu devrais en tirer davantage parti. » Alma préférait les cacher sous un jean usé ou des jupes longues.

En terminant la lettre, des tas de questions brûlaient ses lèvres. Qui l'avait écrite ? Qui se cachait derrière la signature *Rosa* ?

Elle n'avait jamais entendu parler de la chapelle de la Vierge ni d'Abel. L'histoire de Rosa lui était inconnue, incompréhensible. Elle avait une patine ancienne. La lire, c'était comme ouvrir un album photo en noir et blanc. Elle avait du mal à imaginer sa grand-mère courant pour aller à l'école. Ou en adolescente timide et douce… Elle était décédée quand Alma avait huit ans, mais elle avait gardé d'elle l'image d'une femme forte et généreuse. Rien à voir avec la fille éthérée et délicate que décrivait cette Rosa.

Elle n'avait jamais vu Luisa pleurer ni se plaindre. Son père d'ailleurs la comparait à un roc, solide, cachant ses secrets. L'histoire que racontait la lettre était-elle un de ces secrets ? Cette Rosa semblait parfaitement connaître une Luisa bien différente de celle qu'avait connue Alma, une adolescente profondément amoureuse d'un autre homme que son grand-père. Malgré l'amitié qui semblait avoir lié les deux femmes, elles étaient restées soixante ans sans se voir ! Et la lettre arrivait malheureusement trop tard.

Alma essaya de s'imaginer dans soixante ans. La vie la changerait-elle autant, elle aussi ? Vivrait-elle loin de la ville ? Aurait-elle d'autres amis ?

« “J'ai tellement de questions à te poser. La plus importante : as-tu été heureuse ? Si seulement je pouvais t'entendre me répondre : oui” », relut-elle.

Ses yeux s'embuèrent. Si seulement Luisa avait pu lui répondre à elle aussi. Jusqu'à ces derniers jours, elle était convaincue que sa grand-mère avait été heureuse. Mais après avoir découvert que sa meilleure amie l'avait trahie, qu'elle avait caché un premier amour sans réciproque et avait abandonné sa maison… elle n'en était plus si sûre.

« Je donnerais tout pour lui parler au téléphone ! » s'écria Alma. L'espace d'un instant, elle sentit qu'elle et Rosa partageaient le même chagrin, même si Alma savait que sa grand-mère s'était mariée et avait eu un fils. Et, grâce à ce fils, une petite-fille, Alma Meillás.

Elle sourit en lisant le passage sur Paris et le tango. Des images qu'elle croyait disparues se présentèrent à elle. Elle fut heureuse de constater que ses souvenirs à elle ne lui échappaient pas. Elle savait ce qu'avait fait Luisa en quittant Porvenir, où elle avait vécu et travaillé. Elle avait aussi une vague idée de qui s'était occupé de la maison où elle n'était revenue qu'une seule fois.

Alma revit le visage défait de son père découvrant que les terres et la maison de famille n'étaient pas pour lui, mais pour sa fille de vingt-trois ans. Sans explication. Alma éprouva de la peine pour lui. Il avait dû se sentir trahi par Luisa.

Elle nota la présence de sa grand-mère en relisant une des dernières phrases : *Cela me donne le courage de t'écrire cette lettre. Je ne sais pas qui la recevra, toi ou ton employé, mais je sais que tu liras ces lignes. Je devine même que tu les attends.*

Alma se dit que rien n'arrivait par hasard, le destin voulait peut-être qu'elle tombe sur cette lettre.

Elle secoua la tête. Son imagination lui jouait des tours comme d'habitude. « Tu as trop l'âme d'un poète », se moquait son père en faisant référence à sa tendance à ne pas voir la réalité. Destin ou pas, elle tenait entre ses mains une lettre qui sentait la lavande et réclamait qu'elle agisse.

Rosa n'attendait pas de réponse. Ce qui soulageait Alma, elle n'aurait pas pu. Rosa ne demandait pas pardon non plus. C'était mieux ainsi parce que, murmura Alma : « Pour les délits de l'amour, il n'y a pas prescription. »

En y réfléchissant bien, elle ne savait pas si elle devait en vouloir à Rosa ou la remercier. Si sa grand-mère n'avait pas quitté Porvenir, si elle avait épousé cet Abel… Alma n'existerait pas !

Mais cette vieille dame lui adressait une requête bien précise : écrire une lettre pour sauver Sara, la sympathique postière sur le point d'être éloignée de son foyer. Voulait-elle parler de la rouquine qu'Alma avait aperçue par la fenêtre de la salle de bains ? Dans un village aussi petit, il ne pouvait y avoir qu'un seul bureau de poste avec au maximum deux employés. *C'est forcément elle*, se dit Alma.

Fascinée, elle se sentit de nouveau impliquée dans cette étrange histoire sans savoir très bien comment elle s'y était fourrée.

La postière n'était plus une simple inconnue.

Comme si elle effeuillait une marguerite, elle hésita à écrire à son tour. Plusieurs choses l'en empêchaient. D'abord, Rosa s'était mal comportée envers Luisa, même si elle portait ce fardeau depuis soixante ans. *Elle a perdu sa meilleure amie et ni moi ni personne ne pouvons la lui rendre.* Cependant si Alma n'écrivait pas, elle punissait Sara qui lui avait déjà plu alors qu'elle avançait doucement dans son jardin.

Il y avait un autre obstacle, plus important : Porvenir n'était qu'un lieu de passage pour elle, elle s'y était arrêtée presque par hasard. C'était seulement l'endroit parfait pour échapper à un présent ennuyeux et à un futur peu encourageant. Elle avait pris le train à la recherche d'un lieu qui lui permettrait de trouver la force nécessaire pour affronter sa famille. Son intention était d'y rester une semaine ou deux tout au plus. Avait-elle le droit de s'introduire dans la vie du village, d'intervenir sur son cours si elle pensait partir aussi subitement qu'elle était arrivée ? Après tout, la lettre ne lui était pas destinée. Il y avait d'ailleurs de fortes chances qu'elle mette la maison en vente avant de partir.

Il vaut mieux laisser les choses comme elles sont, se disait Alma. Elle n'était pas Luisa et elle n'aurait pas dû ouvrir la lettre. Elle la replia mais au moment de la remettre dans son enveloppe s'arrêta sur la phrase : *Porvenir va se retrouver sans facteur, soi-disant parce qu'on n'aime pas écrire ni recevoir des lettres. Voilà ce qu'ils racontent à la capitale. Quel culot !*

« C'est vrai, ça. Quel culot ! » répéta Alma à voix haute, interpellée par cette réflexion.

Elle-même adorait écrire des lettres et, bien entendu, en recevoir. Au cours de ses études de philologie, elle avait choisi une option sur le genre épistolaire pour des raisons d'emploi du temps, mais elle avait découvert rapidement que le hasard lui avait joué un bon tour.

Le professeur, qui paraissait aussi vieux que Mathusalem, leur avait expliqué que la correspondance était aussi vieille que l'écriture. On avait retrouvé des échanges dans la Mésopotamie et l'ancienne Égypte. Dans la Grèce antique, les correspondances entre hommes politiques, commerçants et philosophes jouèrent un rôle important. Plus tard, saint Paul écrivit des épîtres pour expliquer le message de Jésus. Pendant tout un semestre, Alma et ses camarades avaient étudié des textes d'Aristote, Cicéron, Pétrarque, Quevedo et sainte Thérèse.

Ils n'oublieraient jamais les exposés passionnés de leur professeur qui insistait : à partir du XVIe siècle, grâce aux gens ordinaires, le genre épistolaire avait atteint sa plus grande splendeur : « Naissances, morts, fiançailles, ruptures, achats, ventes… Les lettres sont des fragments de vie, traitez-les avec respect », leur avait-il déclaré.

Cette pratique ancienne qui avait survécu aux persécutions et aux censures serait-elle désormais condamnée à mort à cause de la communication numérique ? s'était demandé Alma.

« Je vais écrire cette lettre. Je vais le faire tout de suite », décida-t-elle.

En fermant la porte qui donnait sur le verger, elle aperçut son reflet dans la vitre de la porte. Elle haussa les épaules. Poster cette lettre ne signifiait pas qu'elle ait pris une décision sur ce qu'elle allait faire de cette propriété.

Avoir une tâche pour la journée la mit de bonne humeur. Elle avançait ainsi d'un pas vif sur la route, avec son sac à dos vide. Elle ne comptait pas mourir de faim pendant sa retraite et voulait faire d'une pierre trois coups : elle allait acheter des provisions, écrire la lettre et l'envoyer, se promit-elle tout en ahanant sur une longue montée.

Elle emprunta l'étroit chemin de terre que le taxi avait parcouru la veille au soir. Elle se sentit accompagnée par les pins et le silence apaisant auquel elle n'était pas habituée. En ville, son quartier était un enfer aux heures de pointe à cause de la circulation. « C'est l'inconvénient de vivre dans le centre », soupirait sa mère quand elle avait mal à la tête.

Le sentier débouchait au croisement de deux routes : l'une conduisait à Porvenir, l'autre à Mastán, un village un peu plus grand. La propriété était à mi-chemin des deux.

Pendant quelques secondes, Alma hésita. Puis elle se laissa guider par son désir de passer inaperçue et se dirigea vers Mastán. Elle traversa un petit bois par un chemin de terre qui céda ensuite la place à la route. Elle aperçut sur le côté droit une petite clairière et s'arrêta brusquement, stupéfaite. Sur un monticule, s'élevait une petite construction carrée en pierre, couverte de tuiles.

Sa respiration s'accéléra. Combien de chapelles pouvait-il y avoir sur cette route entre les deux villages ? Une fois de plus, le destin jouait aux dés pour lui transmettre un message. Ce n'était pas un grand détour, et elle vérifierait ainsi qu'il s'agissait bien de l'oratoire dont parlait Rosa. Elle s'avança dans cette direction.

Le petit ange bigleux était toujours sur la porte, tel que l'avait décrit Rosa.

Alma ferma les yeux. Elle essaya de s'imaginer voyageant soixante ans en arrière. Elle entendit les gouttes de pluie sur les tuiles, les rires de deux gamines qui se mêlaient au crissement des freins de leurs vélos. Elle tendit le bras et, en tâtonnant, voulut saisir le heurtoir pour frapper sur la porte comme l'avaient fait les deux amies.

Son hurlement déchira le silence.

Au lieu du métal froid, Alma avait frôlé quelque chose de chaud.

En ouvrant les yeux, elle tomba sur un garçon de son âge, blond, qui écarquillait comme des soucoupes des yeux d'un vert profond. Il paraissait tout aussi effrayé qu'elle alors qu'elle venait de toucher son front.

Sans lui laisser le temps de se remettre, il décampa en courant comme si le diable était à ses trousses et s'enfonça dans les bois derrière la chapelle. Dans sa fuite, il laissa tomber quelque chose de son sac.

Elle courut derrière lui, mais il avait déjà disparu entre les arbres.

« *La Sagesse du nomade. Lettres choisies* de Bruce Chatwin », lut Alma à voix haute.

Elle décida d'attendre quelques minutes en espérant que le propriétaire de cette édition de poche s'apercevrait de sa perte et reviendrait le chercher.

Elle avait déjà lu du même auteur *En Patagonie*, plus attirée par l'histoire qui entourait l'écriture de ce texte que par l'œuvre elle-même. Au début des années

1970, Chatwin avait interviewé l'architecte et styliste de quatre-vingt-treize ans Eileen Gray, dans son atelier parisien. Il y avait découvert une très belle carte de la Patagonie qu'elle avait dessinée. Il lui avait avoué qu'il avait toujours rêvé d'y aller. Sincère, la vieille dame lui avait confessé qu'elle aussi et lui fit cette demande extravagante : « Vas-y à ma place. »

Sans la moindre hésitation, l'écrivain voyageur le plus pertinent et controversé du XXe siècle partit pour l'Amérique du Sud. En guise d'adieu, il envoya un télégramme très court à ses chefs : *Je suis parti en Patagonie*. Il y vécut environ six mois et écrivit un livre sur son aventure dans ces terres lointaines. Des années plus tard, des habitants de la région prétendirent que Chatwin avait inventé une partie de ce qu'il avait raconté.

Alma ouvrit le livre de l'inconnu et tomba, dans la préface, sur une déclaration d'Elizabeth, l'épouse de l'auteur : « Il n'y a pas d'écriture plus immédiate que celle des lettres. » Plus loin, un des éditeurs de l'auteur reconnaissait que « dans sa correspondance, Bruce Chatwin est moins sûr de lui, plus vulnérable et plus humain ».

Est-ce toujours le cas quand on écrit une lettre ? se demanda Alma tout en balayant du regard les poutres qui soutenaient le toit de la chapelle.

Les rires d'un groupe d'enfants qui sortaient de l'école rappelèrent Alma à l'heure. L'après-midi avait filé sans qu'elle s'en aperçoive. Elle avait attendu assez longtemps le garçon aux yeux verts. Puisque les bois l'avaient englouti et ne comptaient pas le rendre, elle rebroussa chemin.

Une fois à Mastán, elle alla directement au bureau de tabac et y acheta du papier, une enveloppe et des timbres. Puis elle se rendit au supermarché.

Son sac à dos rempli de provisions, elle se promena dans le village, cherchant un endroit où remplir sa mission du jour. Une lettre telle qu'elle pensait l'écrire avait besoin d'un décor approprié.

Le café de la place – d'où elle voyait les enfants jouer – paraissait fait pour elle. Elle s'installa à une table en marbre aux pieds en fer forgé décorés de lierres entremêlés.

Néanmoins, les muses ne paraissaient pas attirées par ce vieux café. Alma se concentra sur la feuille posée sur la table, la caressa de la pointe de sa plume comme pour réveiller les mots endormis dans la page blanche.

Elle n'aurait jamais imaginé qu'il soit si difficile d'écrire une lettre anonyme.

5

Alma

Mastán, près de Porvenir, le 12 novembre

Très chère Mara Polsky,

Est-ce que vous croyez aux coïncidences ? Pas moi.

C'est pour ça, parce que je n'y crois pas, que je vous écris.

J'ai toujours désiré le faire. Je me suis souvent imaginée vous racontant mes peines, vous demandant un conseil qui vaudrait son pesant d'or ou vous félicitant pour vos succès. Un jour même, j'ai rêvé que je vous passais les questions d'un examen pour que vous me souffliez les réponses. Je sais, c'est honteux de ma part…

Aujourd'hui, dans mon petit univers, tout s'est rassemblé pour transformer ce désir en réalité. Comme l'a écrit Shakespeare : « C'est le destin qui distribue les cartes, mais c'est nous qui les jouons. » Il y a quelques heures, un courrier étonnant m'est arrivé et j'ai décidé de vous lancer ce défi.

Quelle est la joueuse qui vous écrit ? Je m'appelle Alma Meillás. J'ai vingt-trois ans et deux jours. Je suis vendeuse dans une boutique de vêtements et diplômée en philologie. Pour mes parents, une ingrate qui est partie comme une voleuse de chez eux, rien de plus. Au fond de mon cœur, une rêveuse de poèmes, même si cela me gêne de le dire devant vous.

Vous, Mara Polsky, ma poétesse préférée. La plus grande.

J'aime la poésie depuis que j'ai l'âge de raison.

En cachette, j'ai dévoré tous les livres qui se trouvaient chez moi. Je reconnais qu'il n'y en avait pas beaucoup. Enfin, il n'y en avait pas beaucoup qui valaient la peine d'être lus. Mais quand on a faim, on prend ce qu'on trouve. Mon père est avocat ; il travaille non-stop, 365 jours par an. Il pense, parle et agit comme un avocat. Ce qui l'intéresse, ce sont les livres de droit, les essais sociologiques et, c'est son petit vice, quelques romans policiers mais toujours liés à des affaires procédurales. Il aime beaucoup citer saint Thomas : « Je ne crois que ce que je vois. »

Il est hermétique à toute idée d'inspiration, de muses, de passion ou de désespoir. C'est pire que de parler à un mur. Avec un mur, on peut toujours espérer qu'en criant très fort, on finira par provoquer une fissure. Avec mon père au cœur blindé par les droits et les devoirs, c'est impossible.

Quand je lui dis que je veux être poète, il me répond : « À quoi ça sert ? » Un jour je lui ai servi la phrase de Rimbaud : « À changer la vie. » Sa réponse m'a désarmée : « Les choses changent quand on se met à les changer, pas en rêvant qu'on les change. » La discussion était close. Je pouvais continuer à lire de la poésie, mais je devais trouver un moyen de gagner ma vie. Faire quelque chose d'utile. Et si je dégottais un travail stable et bien payé, tant mieux.

Il a toléré mes études de philologie parce que ma mère l'a convaincu qu'ensuite je pourrais tenter les concours de l'enseignement. Ça, c'était un métier sûr.

N'allez pas croire que ma mère a intercédé en ma faveur et a soutenu mon amour des lettres. Quand je pense à elle, ces vers d'Alfonsina Storni me reviennent : Parfois, chez ma mère pointèrent des envies / de se libérer, mais une profonde amertume / monta à ses yeux et dans l'ombre elle pleura. *Je ne sais pas quel secret elle cache, mais je pense qu'il y en a un. Un renoncement qui l'a rendue amère. Ou une douleur si grande qu'elle veut me l'épargner. Ou bien c'est par pure commodité ou bonnes manières... Ou, pire encore, par jalousie parce que j'ai un si grand rêve.*

Je sais que mes paroles peuvent sembler exagérées. Mais je suis sûre que vous, vous me comprendrez. Sinon qui ? Moi, je vous ai toujours comprise. Peut-être pas vos mots – des kilomètres et des années nous séparent –, mais j'ai compris le sentiment qui les faisait palpiter de désespoir ou de joie.

Comme je vous le disais, j'ai commencé par la lecture. Au début, cela m'a suffi. Peu à peu, je me suis mise à griffonner des vers décousus avec des fautes d'orthographe. Je ne pouvais pas m'en empêcher. J'avais l'impression que tout autour de moi cachait un vers, une rime et qu'en rassemblant toutes ces images j'obtiendrais un poème.

Après ces premiers écrits, j'ai rassemblé mon courage et je me suis présentée au club de poésie de la fac. J'y ai trouvé d'autres rêveurs comme moi. Nous nous sommes mutuellement contaminés. Cela m'a donné le courage qui me manquait. Après avoir gagné deux concours universitaires, j'ai cru être devenue une élue. Je recevais des éloges de mes camarades et de mes professeurs. En cachette, j'ai participé à des concours, j'ai envoyé mes poèmes à des maisons d'édition, des revues spécialisées. Personne ne m'a jamais répondu. Après la fac, il n'y avait plus que le silence.

Vous allez me dire : Tu écris pour publier ? Pour gagner de l'argent ? Pour obtenir une renommée ? Non, non, non !

J'écris des poèmes parce que je rêve de mots quand je suis éveillée et j'écris fébrilement quand je dors. Vous connaissez peut-être ce vers de Concha Méndez ou pas, parce que vous êtes si loin : Je voudrais et je ne peux pas être comme les autres, ceux qui peuplent le monde et s'appellent humains : toujours un baiser aux lèvres, cachant la réalité et à la fin… s'en lavant les mains si tranquillement.

J'ai écrit, j'écris, mais… écrirai-je ?

J'ai fêté mes vingt-trois ans il y a deux jours. Je suppose que pour vous, avec vos soixante-dix ans passés, ce n'est rien. Je vous demande de faire un effort, Mara Polsky, et de vous souvenir de vos vingt-trois ans. Dans une interview que j'ai lue, vous dites que vous avez su écrire des rimes avant votre prénom. Le journaliste a pris cela comme une métaphore. Vous lui avez répondu que ce n'était pas une métaphore mais un fait. Je vous ai crue. Si à trois ans vous écriviez déjà de la poésie…

à quel âge avez-vous su que c'était ce que vous vouliez faire ? À quel âge avez-vous su que vous pouviez le faire ? Quand avez-vous su que c'est ce que vous feriez éternellement ?

J'ai découvert il y a longtemps que je voulais être poète. Le jour de mon anniversaire, j'étais sur le point de décider que je n'y parviendrais jamais. Mais la lettre d'un notaire m'a offert un temps de pause pour mieux y réfléchir. Ma grand-mère, qu'elle repose en paix, m'a fait un cadeau très particulier. Elle m'a légué la maison de famille. Une propriété entourée de champs, avec un petit verger. Un lieu à moi.

J'ai discuté pour la énième fois avec mes parents qui ne veulent en aucun cas que je me consacre à l'écriture. Sans savoir très bien pourquoi, j'ai pris le train et je suis venue réfléchir ici à ce que je voulais faire de ma vie. Est-ce que je peux vivre en marge de la poésie ? Je n'en suis pas sûre. Mais je dois aussi penser à ce que je veux faire de cette maison.

Tels étaient mes projets en arrivant à Porvenir.

Il y a une semaine, je savais seulement trois choses de ce village dans lequel je me suis installée. Premièrement, c'est ici que ma grand-mère est née mais elle l'a quitté très jeune. Après la mort de ses parents et le départ de son frère, qui n'a pas eu d'enfants, la maison est restée vide.

Deuxièmement, c'est que la demeure possédait un verger et une chambre bleue. L'été de mes cinq ans, j'y avais passé quelques jours avec ma grand-mère. Seules, toutes les deux. Je me souviens à peine du voyage, à part quelques images qui apparaissent malgré moi. Je n'y avais pas repensé avant d'apprendre pour l'héritage.

Enfin, c'est que Mara Polsky était venue s'installer ici incognito.

Au cours de ma deuxième année de fac, j'ai rencontré une étudiante nord-américaine venue dans le cadre d'un programme d'échange. On se retrouvait souvent assises l'une à côté de l'autre, en cours. Un jour, elle est arrivée avec des cernes. Elle m'a avoué qu'elle n'avait pas dormi de la nuit, fascinée par des poèmes qu'elle n'avait pas pu lâcher. Comme si elle me passait une drogue interdite, elle m'a remis un livre couvert de papier journal en me conseillant de le lire si je voulais me sentir vivante. C'était une édition très ancienne du premier recueil de poésie d'une autrice consacrée dans son pays : Entre les fissures de l'âme, *de M.P. Ce volume d'occasion, dont chaque page portait des traces de mains et des parfums différents, m'envoûta totalement à mon tour. Il a changé ma vie. Depuis, rien n'a plus jamais été pareil. J'entends sa voix même quand d'autres me parlent.*

Vous imaginez ma surprise quand, deux mois plus tard, mon ancienne camarade m'envoya un e-mail pour me dire que M.P. avait quitté les États-Unis et s'était réfugiée dans un trou perdu de mon pays ? Et ma stupéfaction, en reconnaissant le nom familier de cet endroit. Emily, ainsi s'appelle votre compatriote, qui travaillait pour le supplément d'une revue littéraire très connue et à qui rien n'échappait, savait même dans quel village elle vivait.

Mara Polsky était ici, si proche et si lointaine.

Autre coïncidence : ce matin, je me suis réveillée dans une maison vide depuis vingt ans pour recevoir la lettre d'une femme qui a décidé d'écrire à ma grand-mère après soixante années de silence !

Parmi d'autres choses qui n'ont rien à voir, cette personne demandait un service précis à celui ou celle qui la lirait.

Tout à coup, j'ai eu l'impression d'appartenir à une histoire qui me dépassait, d'être un simple maillon dans une chaîne. Et j'ai accédé à sa demande. Je la partage avec vous : « Le sort de Sara, une femme que nous aurions pu être toi ou moi, est en danger. Tu l'as peut-être déjà croisée : c'est notre postière. Elle a grandi ici et ses trois petits courent aussi partout dans le village. La vie n'a pas été tendre avec elle, mais elle a toujours un sourire pour celui qui en a besoin. Figure-toi que ses chefs veulent la transférer loin de son foyer.

Porvenir va se retrouver sans facteur, soi-disant parce qu'on n'aime pas écrire ni recevoir des lettres. Voilà ce qu'ils racontent à la capitale. Quel culot ! Je ne t'embêterais pas avec tout ça s'il n'était pas en ton pouvoir d'aider Sara et notre village. Comment ? C'est très simple, fais comme moi, écris une lettre. Longue ou courte, bien ou mal rédigée, ça n'a aucune importance. Après, tu l'envoies à une femme du village parce qu'elle comprendra à quel point c'est dur d'élever des enfants loin de ses proches. Même si tu ne la connais pas, partage avec elle quelques instants de ta journée. Construisons toutes ensemble une chaîne de solidarité si longue qu'elle ira jusqu'à la capitale et si solide que là-bas personne ne pourra la briser. »

Il n'y a qu'à vous que je pouvais écrire. Je l'ai su tout de suite. Personne d'autre ne pouvait comprendre ce qui me préoccupait. Je n'attends pas de conseils de votre part, même si j'aimerais tant en recevoir. Ni une réponse. Cela fait partie du marché. Il n'y a pas de nom d'expéditeur, la chaîne va toujours de l'avant. Je vous en prie, ne la brisez pas.

Vous ne vous êtes jamais dit que, d'une certaine façon, vous aviez une dette envers vos lecteurs qui vous admirent et vous aiment ? Écrivez, ne serait-ce qu'une ligne, pour Sara et payez ainsi la petite dette que vous avez envers moi, votre lectrice inconditionnelle. Ce que je vous demande est sans aucun doute bien plus important que la dette contractée. Mais je ne doute pas de votre cœur ni de votre générosité.

Le temps que je viens de passer ainsi à vous écrire, à vous parler, a été un des meilleurs moments de ma vie depuis longtemps. Un baume pour mes soucis. Merci.

Avant de vous quitter, je veux vous avouer quelque chose : vous savez pourquoi j'aime votre voix ? Parce qu'elle parle fort, haut et clair. Elle n'a peur de rien, pas même de ses propres craintes.

Si seulement, comme Belén Reyes, moi aussi je pouvais crier je suis ce que vous lisez, ce putain de vers / un bâton d'encre sur lequel s'appuie ma peur.

Vôtre,

Alma

P.S. : *Ne vous inquiétez pas, je ne dirai à personne que vous vous cachez ici. Votre secret est à l'abri avec moi.*

6
Des picotements

Dans les lettres, les gens sont capables de parler de tout et n'importe quoi.

Ernst JÜNGER,
chargé de la censure postale
à Paris, sous l'occupation nazie

« Non, non et non », répéta la femme vêtue de noir avec tant de violence qu'un moineau qui picorait dans le jardin s'enfuit à tire-d'aile.

Sara la regarda, décontenancée. Sa sacoche tirait sur son épaule, et elle n'avait qu'une envie, déboutonner le col de sa chemise, qui l'étranglait peu à peu comme le nœud autour du cou d'un pendu. Cela faisait plus de vingt minutes qu'elle discutait sur le perron de l'unique maison habitée de La Rose des Vents, un lotissement aux abords de Porvenir. Cela ne lui était jamais arrivé.

Quand l'enveloppe était arrivée ce matin au bureau de poste, elle avait pensé qu'il s'agissait d'une erreur.

Hors saison, les lotissements étaient inoccupés. Rosa, sa voisine, disait qu'enfant elle savait qu'on était au printemps grâce aux cerisiers en fleurs et que, aujourd'hui, c'était la file de voitures qui s'allongeait sur la côte en direction des lotissements les vendredis après-midi qui le lui indiquait.

Mais on était en novembre. *Que venait donc faire cette inconnue dans les parages ?* se demanda Sara.

« Enfin, vous êtes bien Mara Polsky ? reprit-elle lentement comme s'il pouvait encore rester un doute.

— Je vous ai déjà répondu oui, répondit celle-ci à contrecœur. On ne change pas d'identité comme ça, vous savez ? Mais si vous connaissez un truc, je suis prête à vendre mon âme…

— Donc, cette lettre vous est bien destinée…, poursuivit la postière avec prudence.

— On pourrait penser que oui, rétorqua son interlocutrice d'un ton ironique et ennuyé. Puisqu'il y a mon nom. Avec une faute d'orthographe, quand même. Mais bon, votre affirmation est valide… On ne va pas exiger trop de rigueur dans un coin perdu comme celui-ci.

— Alors vous devriez la prendre. »

Sara tendit le bras avec tant d'énergie qu'elle faillit lui enfoncer le coin de l'enveloppe dans une narine.

Honteuse, elle baissa la tête. Jamais, dans toute sa carrière, elle ne s'était retrouvée dans une telle situation. Elle ne savait quoi penser de cette femme aux longs cheveux blancs descendant à la taille qui s'adressait à elle avec un accent étranger. Emmitouflée sans grâce sous des couches de vêtements sombres, elle était pieds nus et portait aux chevilles une paire de grelots tout à fait surprenants.

« C'est là où nous ne sommes pas d'accord, madame ; je ne dois pas la prendre. Vous savez ce que signifie le mot devoir ? » lui demanda-t-elle avec un regard inquisiteur.

Sara haussa les épaules. Elle voulait seulement se débarrasser de cette lettre qui commençait à lui brûler les mains. Et si pour ça elle devait écouter le dictionnaire en entier, elle le ferait. Elle n'arrivait pas à comprendre quelle mouche avait piqué l'étrangère. *On dirait que la lettre va la mordre*, se dit-elle.

« Devoir : être obligé par la loi divine, naturelle ou positive, récita l'autre sur un ton pétulant. Vous êtes prêtre, juge ? Et ce n'est pas moi qui le dis, c'est l'A.R.E.

— L'A.R.E ? » ne put s'empêcher de demander Sara.

À l'expression de Mara Polsky, elle comprit qu'elle aurait mieux fait de se taire.

« C'est un comble, quand même, qu'une étrangère doive vous apprendre ce que c'est ! L'Académie royale espagnole, enfin ! expliqua-t-elle d'un ton mélodramatique. Pauvres poètes et écrivains perdus dans ce désert… »

Un hoquet l'interrompit soudain. Il surprit Mara Polsky qui dut s'appuyer contre l'embrasure de la porte. Elle prit une profonde inspiration prête à empêcher quoi que ce soit de couper ce qu'elle considérait comme un plaidoyer brillant.

« "Nettoie, fixe et donne de la splendeur", ça vous dit quelque chose ? » Elle regarda Sara d'un air de défi malgré une nouvelle attaque de hoquet. « Abstenez-vous de me dire que c'est la devise d'un produit ménager pour les sols ou ce que répète un mannequin à la télévision dans une publicité pour coloration de cheveux. »

Un nouveau hoquet la surprit ; elle se cogna l'épaule contre l'encadrement et se frotta à l'endroit où elle s'était fait mal.

Elle examina sa main et remarqua du sang sur ses doigts.

Sara prit peur. Elle ouvrait la bouche pour dire quelque chose quand le regard glacial de l'inconnue lui fit ravaler ses mots.

Quelque chose d'étrange et d'obscur menaçait.

Mara Polsky lui tourna le dos et entra chez elle. Elle ne referma pas la porte derrière elle, mais la postière n'osa pas la suivre. De loin, l'appartement semblait moderne, élégant et confortable, rien à voir avec l'antre d'une sorcière.

De l'intérieur elle entendit une voix lui crier :

« Faites comme vous voulez. Posez la lettre par là, brûlez-la ou fichez le camp et oubliez-moi. Surtout, oubliez-moi. Je ne suis pas là, vous m'entendez ? Vous ne m'avez jamais vue. Ne courez pas raconter à vos voisines que Mara Polsky se cache dans ce bled en vous frottant les mains parce que vous m'avez découverte. »

Sara entendit subitement un bruit sourd.

Elle se précipita. La forte odeur de renfermé la surprit. Il faisait une journée magnifique, dehors le soleil brillait dans un ciel bleu sans un seul nuage. Pourtant à l'intérieur tout était obscurité et chaos.

Elle s'avança dans le couloir. À gauche, un salon et, au fond, un grand escalier. L'étrangère était à genoux sur la première marche, la tête sur la poitrine.

Pour la première fois depuis longtemps, Sara, d'un naturel pourtant courageux et déterminé, ne sut comment réagir. Devait-elle s'approcher pour voir comment elle allait ? L'aider à se relever ? Ou, comme elle le lui avait demandé, laisser la lettre et disparaître ?

Alors que Sara hésitait, Mara Polsky parut récupérer des forces. Elle allongea les bras et des deux mains s'accrocha à la rambarde et tenta de se relever. Puis, sans se retourner, elle commença son ascension, péniblement, en marmonnant des mots incompréhensibles. On aurait dit qu'elle grimpait l'Everest et pas un escalier d'à peine trente marches.

L'inconnue disparut à l'étage, accompagnée par le tintement lointain des grelots. Elle laissa dans son sillage une odeur de whisky que Sara reconnut : les poivrots du bar du Cercle, le plus ancien café du village, dégageaient la même.

Subitement, elle entendit Mara Polsky crier :

« Comme l'a écrit Miguel de Unamuno : "Vous vaincrez mais vous ne convaincrez pas." Toi qui commerces et gagnes ta vie avec les mots des autres, sais-tu ce qu'ils valent en réalité ? Pour toi, ce n'est rien de plus que les pois chiches dans ton assiette. C'est tout. »

Sara entendit alors un ronflement sonore. Le sommeil avait été plus puissant que ce cocktail de rage et d'alcool. La maison tomba dans un silence douteux et fragile.

Elle décida que c'était le bon moment pour se retirer. Elle n'avait aucune envie de jouer les héroïnes, de mourir en service. Elle ignorait qui était cette Mara Polsky qui se prenait pour le centre du monde. Cette ivrogne travaillait du chapeau !

Puisqu'elle ne voulait pas de la lettre, il n'y avait qu'à la rendre à son expéditeur. Mais en retournant l'enveloppe, Sara s'aperçut que son nom n'y figurait pas.

Comme c'est bizarre, se dit-elle. L'enveloppe, élégante, avait été choisie avec soin. L'adresse avait été écrite très lisiblement. Comment une personne aussi pointilleuse avait-elle pu oublier de mettre son nom ?

Qu'est-ce qu'elle croyait, cette Mara Polsky ? Sara ne se contentait pas de transporter des lettres. Elle savait distinguer une dizaine de papiers, et même calculer avec une faible marge d'erreur leur grammage. À la couleur de son encre, elle devinait depuis combien de temps une lettre avait été écrite. Elle pouvait même découvrir si l'expéditeur était un homme ou une femme, un jeune ou un vieux. Cette sorcière prétentieuse en était-elle capable, elle ? Avait-elle gagné un jour comme elle un concours de facteurs ruraux, parce qu'elle connaissait toutes ces choses et bien plus encore ?

« Les ivrognes sont imprévisibles », murmura Sara qui sentait sa rage se dissiper. Elle rebroussa chemin. Elle avait laissé la porte entrouverte pour filer rapidement. Mais en passant devant le salon, elle changea d'avis. Sur les coussins en désordre, quelque chose paraissait bouger tout doucement. *Un rat*, se dit Sara sans s'inquiéter davantage.

Elle se faufila entre les bouteilles vides, les pages noircies d'encre, et les livres abandonnés sur le parquet.

« Tiens ! s'exclama-t-elle. Regardez-moi ça ! »

En entendant cette voix chaleureuse, un oisillon ouvrit le bec et piailla. Sara caressa sa tête chauve du bout de l'index.

« Tu es bien petit. Tu n'arrives même pas à ouvrir les yeux. »

Le moineau parut se calmer sous ses caresses et gonfla ses plumes. Il nichait dans une boîte à chaussures, protégé par des tissus luxueux. La propriétaire avait mis beaucoup de soin à ce que cet animal survive. *Tiens, tiens*, se dit la postière, *notre sorcière est une sentimentale.*

Sara sourit en voyant posé à côté de l'oiseau un petit bouchon rempli d'eau ainsi que des miettes de pain. Elle secoua la tête : « Elle s'y connaît peut-être en littérature, mais pas en oiseaux, celle qui t'a adopté. »

L'appartement n'était pas grand, pourtant elle mit un certain temps avant de trouver la salle de bains dans ce labyrinthe.

L'oiseau allongea le cou, désespéré, en sentant le coton humide. Ce devait être ses premières gouttes d'eau depuis des heures, songea Sara tout en lui donnant à boire directement dans le bec.

« Attention, tu vas t'étouffer. Allez, maintenant je vais te nourrir. Mais de la vraie nourriture. Regarde, un ver de terre que j'ai trouvé dans le jardin. Il a l'air excellent. »

Le poussin parut tout à fait d'accord alors qu'il l'avalait.

La postière le caressa doucement. Il lui faisait de la peine. Il avait peu de chances de s'en sortir, elle le savait. Petite, elle avait recueilli un oisillon tombé de l'arbre dans la cour de l'école. Elle s'était débrouillée pour le remettre dans le nid vide. Elle s'était endormie heureuse ce soir-là, pensant qu'elle lui avait sauvé la vie. Elle n'imaginait pas que le lendemain elle le trouverait mort au pied de l'arbre, la tête déformée par des coups de bec. Il lui manquait un œil et une aile était brisée.

En pleurant, elle avait ramassé le petit corps et demandé à son professeur une explication. Était-ce un aigle des montagnes ? Ou une colombe furieuse parce que les enfants nourrissaient davantage les moineaux ?

Le maître lui avait caressé la tête comme elle le faisait en ce moment avec le poussin. Elle n'oublierait jamais ses paroles malgré les années : « La mère a détecté ton odeur, celle d'un être humain, et elle l'a rejeté. Nous ne lui plaisons pas. »

Sara s'en était voulu. Si elle l'avait ramené chez elle, il serait peut-être vivant. Mais le professeur lui avait répondu que, même ainsi, il aurait eu peu de chances de s'en sortir. « Il n'était pas en ton pouvoir qu'il survive, sinon dans ses ailes de petit moineau », lui avait-il dit attendri par sa peine.

« Alors maintenant, tu le sais, il faut que tu te fortifies si tu veux voler de tes propres ailes ! »

Avant de partir, Sara jeta un dernier coup d'œil sur le salon.

La lettre reposait à côté de la boîte à chaussures. Le geste d'affection de l'étrangère à l'égard du poussin l'avait attendrie. Elle allait lui donner une seconde chance. La personne qui s'était donné tant de mal pour choisir une belle enveloppe et écrire avec tant de délicatesse ne pouvait que lui adresser des paroles aimables. Et il était évident que cette femme en avait besoin. Après tout, songea Sara pour faire taire ses objections, si elle ne voulait pas lire la lettre, elle n'avait qu'à la jeter à la poubelle sans l'ouvrir.

Le poussin dormait, placide. À ses côtés, la postière avait laissé un kit de survie basique : un coton humidifié, une boîte d'allumettes avec deux cadavres d'insectes fraîchement tués et une petite note : « Il peut aussi se nourrir de graines écrasées. Il lui faut une ampoule allumée pour lui tenir chaud. »

Pour une obscure raison, Mara Polsky détestait les postières mais adorait les moineaux. Ce fait, aussi bizarre que cela paraisse, la rendait humaine, rachetait son agressivité.

De retour au bureau, Sara remplit des formulaires destinés à la poste centrale. Elle détestait cette corvée. Elle avait choisi ce métier parce qu'elle adorait être dehors, au contact des gens, pas pour rester assise des heures durant devant un écran d'ordinateur. Mais ses chefs étaient de fervents adeptes du contrôle total : il leur fallait absolument savoir ce qu'elle faisait à toute heure, et tous les jours.

Elle alluma l'ordinateur. À l'instant même, une demande de « tchat » apparut.

Elle n'avait pas besoin de la lire pour savoir qui lui écrivait comme toujours à midi.

CASTAWAY 65 : *Habemus* du soleil ?

SARA : Un temps magnifique ! Pas un nuage à l'horizon.

CASTAWAY 65 : Quelle chance ! Et dire que je suis condamné à l'obscurité. Tu dis ça pour me rendre jaloux !

SARA : Pas du tout, au contraire, pour le partager avec toi. Au fait, bon appétit !

CASTAWAY 65 : Merci. Tu sais que depuis trois mois l'heure du déjeuner est ma préférée.

SARA : Pourquoi ?

CASTAWAY 65 : Sans doute parce qu'ils ont amélioré les rations dans ma « prison ». Depuis trois mois, assez souvent, entre la soupe et le riz, on découvre une trace de poulet ! Terre en vue ! Mais c'est un mirage, évidemment. Le lendemain, les poissons sont de retour.

SARA : Je suis désolée pour toi… Monsieur n'aime pas le saumon frais norvégien ? Ici, on en a seulement à Noël… Ce que je donnerais pour en goûter !

CASTAWAY 65 : Tes désirs sont des ordres, ma princesse. Je t'invite à dîner, choisis le jour et l'heure.

SARA : ☺

CASTAWAY 65 : Encore une fois giflé par une vulgaire émoticône dans mon orgueil de conquistador.

SARA : Si j'acceptais, où m'emmènerais-tu ?

CASTAWAY 65 : Dans le meilleur restaurant de poisson du monde.

SARA : Il est comment ?

CASTAWAY 65 : Tout petit, à peine cinq tables. Il est caché au milieu des arbres sur la rive d'un lac. Il est parfait pour un dîner romantique.

SARA : Pas si vite, Castaway 65. Personne n'a parlé d'un rendez-vous galant. Seulement d'une invitation à dîner.

CASTAWAY 65 : Alors c'est toi qui paies ? Super ! Nous irons dans un restaurant cinq étoiles et…

SARA : Tu es terrible ☺

CASTAWAY 65 : C'est ce que me disait ma mère quand j'étais petit. C'est pour ça qu'elle m'a expédié dans ce coin, pour que je réfléchisse aux bêtises que j'ai faites.

SARA : …

CASTAWAY 65 : Et me voilà puni ici ☺

SARA : Pourquoi le vois-tu comme une punition ? Moi, je trouve ça passionnant de vivre sur une plate-forme pétrolière.

CASTAWAY 65 : Si tu le dis… Mais crois-moi, c'est très ennuyeux. Cela fait six heures que je contemple l'horizon… Dans l'obscurité la plus totale. Quand j'aurai fini de déjeuner, je referai la même chose pendant encore trois heures. Et demain et après-demain…

SARA : Qu'est-ce que je donnerais pour voir la mer chaque jour !

CASTAWAY 65 : Que je sois face à la mer ou en plein New York, Sara, pour moi, c'est la même chose : l'hiver en Norvège, tout est plongé dans le noir. Je sais que c'est difficile à imaginer pour toi…

SARA : J'ai une petite chose à te raconter…

CASTAWAY 65 : En avant toute, matelot ! Je retourne travailler dans deux minutes.

SARA : Tu te souviens, je t'ai dit qu'on parle de me transférer parce que je n'ai plus assez de courrier à distribuer ?

CASTAWAY 65 : Oui, tu m'en as parlé.

SARA : Eh bien, tu ne vas pas me croire, mais j'avais à peine reçu l'avis que… les lettres se sont mises à pleuvoir.

Castaway 65 : Comment ça ?

Sara : Comme je te le dis. Je viens de remettre la deuxième. Et, le plus curieux, c'est qu'aucune ne comporte d'expéditeur. Pourtant ces lettres avaient l'air spéciales. Quelqu'un s'est donné beaucoup de mal pour choisir le papier, l'écriture est soignée…

Castaway 65 : C'est la même personne à chaque fois ?

Sara : Non, la graphie est différente.

Castaway 65 : Ma petite, c'est la fin de ma récréation. Le capitaine m'appelle.

Sara : Tu m'écris demain ?

Castaway 65 : Tu en doutes ? Attention, tu vas me vexer.

L'écran était vide, mais Sara continua à le fixer. Elle avait connu Fernando vingt ans plus tôt. Il travaillait dans une entreprise de chauffage d'un village voisin. Pendant cinq ans, il était venu de nombreuses fois à Porvenir, le radiateur du bureau de poste étant souvent en panne.

À cette époque, elle était encore mariée et rêvait de la famille idéale. Ils devinrent pourtant amis tout de suite. C'était un garçon positif, joyeux, qui avait toujours un compliment à la bouche. Un jour, il lui expliqua qu'il se sentait enfermé entre ces montagnes. Que son cousin travaillait sur une plate-forme pétrolière en Norvège et qu'il lui avait obtenu un poste provisoire.

Un provisoire qui durait depuis dix ans. Pendant ce temps, Sara avait eu des enfants, s'était séparée, était retournée chez ses parents… Mais elle n'avait jamais cessé de travailler au bureau de poste.

Ils s'étaient perdus de vue puis, trois mois auparavant, Sara avait reçu un courrier électronique.

Fernando, qui devait résoudre un problème administratif et s'était souvenu d'elle, lui expliqua que le bureau de poste de son village avait égaré la copie de son extrait de naissance et il en avait besoin pour renouveler son permis de résidence. Pouvait-elle l'aider à le récupérer ?

Sara n'avait pas hésité un instant. Elle avait peu de travail à l'époque et, qui plus est, elle gardait un bon souvenir de cet homme.

Une chose en entraîna une autre. Elle avait réussi à lui faire parvenir la copie qu'il attendait, il lui avait écrit pour la remercier. Après ces échanges polis, ils étaient passés à une conversation, un tchat. Ils avaient ri de nouveau ensemble, même si c'était à travers des émoticônes, comme ils n'avaient pas ri l'un et l'autre depuis longtemps. Ils se parlèrent d'abord tous les deux ou trois jours, et, depuis un mois et demi, tous les jours.

Sara crut sentir un parfum d'iode inonder le petit bureau. Une brise légère caressa son cœur.

7

Mara Polsky

Porvenir, le 19 novembre

À une inconnue.

Je ne sais pas qui tu es. Je ne sais pas ce que tu fais. Et à dire vrai, cela m'est franchement égal.

À l'heure actuelle, je sais à peine qui je suis.

Je m'appelle Mara Polsky. Ou plutôt, c'est ainsi qu'on m'appelle. Moi, cela fait plus d'un demi-siècle que je ne me parle plus. Quand j'étais toute petite, cachée avec des adultes dans un abri antiaérien, je me parlais à moi-même pour passer le temps : « Tout ira bien, Marita », je me disais. Je chantonnais pour moi, je me berçais, je me grondais… C'est ce que m'a raconté ma mère.

Suis-je pour autant Mara Polsky ? Ou l'une des mille personnes qui ont vécu entre ces deux époques ? Je ne sais pas. Nous réduisons-nous à un nom comme à une étiquette ? Ou sommes-nous autre chose qui ne peut pas se nommer ?

Mes grands-parents auraient voulu m'appeler Sara, Ruth ou Judith. Un prénom juif, répétaient-ils, voilà ce qu'il faut. Des grands-parents dont je ne me souviens pas parce qu'à trois ans j'ai fui avec mes parents une Allemagne devenue redoutablement hostile, où ils avaient pourtant cru trouver refuge des générations auparavant après avoir fui une famine atroce. Suis-je une femme juive ? Je n'ose pas non plus l'affirmer. Et je ne dis pas ça parce que ma mère, atterrée, s'obstina à dissimuler tout indice susceptible de trahir mes origines, comme si en choisissant le prénom Mara elle pouvait effacer tout un arbre généalogique. Mon père fut incapable de s'opposer à sa décision. Non, je ne suis pas une femme juive parce que je ne me suis jamais comportée et je ne me suis jamais sentie comme telle, prénom ou pas.

Laisse-moi emprunter les mots d'un poète de ton pays, pour te dire ce que je pense : Retire enfin les robes, les adresses ; les portraits ; je ne te veux pas ainsi, déguisée en une autre, fille toujours de quelque chose. Je te veux pure, libre, irréductible : toi. Je le sais, quand je t'appellerai, entre tous les gens du monde, toi seule tu seras toi. Et quand tu me demanderas qui est celui qui t'appelle, qui te veut à lui, j'enterrerai tous les noms, les écriteaux, l'histoire. Je briserai tout ce qu'on a jeté sur moi avant même ma naissance, pour revenir enfin à l'anonymat éternel de la nudité, de la pierre, du monde, je te dirai : « Moi je t'aime, c'est moi. »

Comme il avait raison, Pedro Salinas, tu ne trouves pas ?

Mes parents qui furent très naïfs choisirent de se cacher dans cette France qu'ils pensaient libre jusqu'à l'occupation nazie et le gouvernement de Vichy, quelques mois seulement après notre arrivée. Ils voyaient de près, mais pas de loin, ils ne remarquèrent pas que la tumeur antisémite croissait ici aussi. Les balles ont fini par nous rattraper jusqu'à ce qu'un bateau nous permette d'échapper à ce continent que nous connaissions, pour nous emmener vers le Nouveau Monde.

Alors se sont tissés les fils qui m'ont conduite à venir me cacher aujourd'hui à Porvenir. Imagine si les fils sont longs !

Sur le bateau, mes parents ont rencontré Ramón, un instituteur républicain qui avait exercé dans cette région. Si ta famille est originaire d'ici, tu vois peut-être de qui je veux parler. Il fuyait lui aussi. Ils ont scellé une amitié si forte qu'elle s'est poursuivie à la génération suivante.

Au fil des ans, Ramón est devenu un imprésario chanceux. Mais plus il amassait de l'argent, plus il regrettait son village natal. Sur son lit de mort, il fit promettre à ses enfants qu'ils achèteraient une maison ici et qu'ils y séjourneraient de temps en temps. Ils accomplirent son premier souhait et montrèrent moins d'obéissance scrupuleuse pour le second. Marisa et Ramón junior sont pour moi comme une sœur et un frère. Préoccupés par mon état, ils m'ont proposé leur maison où ils ne sont encore jamais allés. Je me souviens de la dernière chose que Marisa m'a dite il y a deux semaines : « Si le paradis existe, tu le trouveras à Porvenir. C'est le souvenir qu'en a gardé mon père et tu sais qu'il n'était pas homme à exagérer. Là-bas, tu te retrouveras toi-même. »

Mais pour en revenir à ce voyage transatlantique qui dura des semaines, dans ma famille comme dans celle de Ramón, un changement s'opéra qui se cristallisa en arrivant à bon port, dans ce Mexique rempli de lumière et de couleur. Nous étions des chenilles et nous sommes devenus des papillons. Nous avions été des fugitifs, nous étions dorénavant des migrants. Ma mère demeura emprisonnée dans la chrysalide et ne quitta jamais mentalement ce bateau. Mexico lui parut une horreur et mon père, incapable de lui refuser quoi que ce soit, décida de poursuivre le voyage vers une petite ville du Minnesota où nous avions de la famille. Une histoire courante. Tu connais peut-être quelqu'un qui a vécu la même ?

Suis-je une émigrante ? J'en doute. Ma mère, elle, a toujours été une fugitive. Mon père, mes oncles, mes cousins… ils se sont sentis des émigrants jusqu'à la fin de leurs jours. Ils rêvaient de retourner dans un pays qui n'existait que dans leur imagination et où il était impossible de revenir. Je me souviens qu'ils essayaient de faire le moins de bruit possible, cherchant à passer inaperçus dans leur propre rue comme s'ils demandaient encore la permission d'y être. Ce n'a jamais été mon cas.

Mon pays, il est en moi. Là où je vis, ce n'est qu'un bout de terre. J'ai beaucoup voyagé dans ma vie et ce n'est qu'en franchissant la douane que je me déclare américaine. C'est ce qui est écrit sur mon passeport. Parfois on me le tamponne avec curiosité, d'autres avec admiration et, plus rarement, avec haine. Ce sont les autres et les papiers officiels qui me définissent ainsi, pas moi.

Alex, tu as un prénom féminin. Je suis tombée sur toi, au hasard, dans les pages de l'annuaire téléphonique de Porvenir.

Cela veut-il dire que tu es femme ? Le suis-je moi-même ? Tout dépend de la définition que l'on donne à ce mot. J'ai grandi comme une fillette et je me suis transformée en femme. J'avais vingt-cinq ans et la promesse d'une vie parfaite. J'avais étudié la philosophie et la littérature dans l'université d'une petite ville. Je me suis fait remarquer tout de suite.

Quand je relis aujourd'hui ce chapitre de mon existence, je pense que je le dois surtout à l'absence de rivaux plus qu'à mon propre mérite. Mais à cette époque je me sentais spéciale : j'obtins un poste de maître assistant en littérature. C'était plus que ce dont auraient pu rêver mes parents et mes grands-parents. Quand je n'étais pas dans mon bureau ou dans une salle de cours, je préparais des tartes aux pommes, je lisais des contes aux personnes âgées de la résidence et brodais à côté de ma mère, les soirs d'hiver. Je travaillais à ma thèse, donnais des cours et je réussis même à publier un premier recueil de poèmes.

J'ai oublié le titre, mais même si je m'en souvenais, il me serait impossible de le trouver où que ce soit. J'espère qu'il est mort d'ennui chez un bouquiniste avec ses oiseaux qui chantent, ses couchers de soleil et ses fiancés, main dans la main. Des clichés.

Je me sentais heureuse dans ma vie en rose pastel. Pour couronner le tout, j'allais épouser le garçon le plus beau qu'on puisse imaginer. Vraiment. J'ai une photo qui le prouve. On m'y voit, prête à fonder une famille, comme dans les films.

Tu te demandes où est le « mais », n'est-ce pas ? Comment une jeune fille avec toutes ces probabilités de bonheur a pu finir recluse dans une maison perdue dans un petit village, au fond d'une vallée paumée, aigrie, alcoolique. Et vide. Aujourd'hui, comme ces dix derniers jours. Ou plus peut-être. Dans l'état où je suis, impossible de lire le calendrier.

Le « mais » fut un rapport médical et l'opération consécutive. Comment dites-vous ici ? « On me vida » ? Quelque chose dans le genre, je crois... À vingt-sept ans, on m'a retiré l'utérus et la possibilité d'être mère. On m'a rendue stérile. Je me suis enfermée dans une nouvelle grange et j'en suis sortie à nouveau transformée. Cette fois, j'ai « débarqué » à New York, loin de ma famille, d'un fiancé qui, tôt ou tard, aurait pris ses jambes à son cou, et de mon rôle de professeure exemplaire que je n'avais jamais rêvé d'être.

Qu'ai-je fait après, durant les quelque quarante ans qui ont suivi ? J'ai vécu comme poète.

Oui. Jusqu'à récemment, c'est l'unique définition que j'aurais acceptée. Qui est cette femme ? Une poétesse. Comment s'appelle-t-elle ? Peu importe. Elle vit et meurt de poésie. C'est ainsi que je me voyais. Comme tout le monde : critiques, jury de prix, directeurs de maisons d'édition, journalistes culturels... Lecteur, lectrice. Oui, j'aime en parler au singulier, mes lecteurs ne sont pas des moutons. Malgré mon désespoir actuel, ils méritent mon respect le plus absolu. Nous partageons un amour inconditionnel pour la poésie.

Si tu es arrivée jusqu'ici, si tu as supporté ce monologue de vieille ivrogne, tu mérites de connaître la vérité.

Tu te fiches sûrement de me voir mettre mon cœur à nu sous tes yeux. Imagine, une femme au foyer qui ne lit que des magazines de couture détient la solution d'un grand mystère littéraire pour l'exclusivité duquel des revues culturelles paieraient une fortune.

Mara Polsky ne sent plus la poésie. Nominée au prix Nobel, ayant figuré en couverture du New York Times, *faite dix fois docteur* honoris causa *sur cinq continents… Elle n'écrit plus. Elle ne peut pas. Elle ne sait pas. Elle a oublié comment on fait. Elle a perdu le don.*

Elle est à nouveau vide.

C'est la raison de ma présence ici. Dans le noir. Le silence. La solitude. Mes amis chrétiens diraient que je suis en pénitence pour des péchés dont je n'ai aucun souvenir. J'ai vécu comme j'ai voulu, sans règles. Mais je doute d'avoir un seul ennemi. Je n'ai jamais blessé personne à part moi-même. Alors, je me punirais toute seule ?

C'est peut-être une nouvelle chrysalide et une nouvelle Mara Polsky en sortira. J'ai été juive, j'ai été enfant pendant la guerre, j'ai été fugitive, émigrante, fiancée heureuse, professeure… Dois-je dire aussi au passé que j'ai été poète ?

Je ne vis qu'en écrivant. Vais-je être condamnée à errer comme un fantôme dans ce monde pendant les vingt prochaines années ?

Je continue dans l'obscurité et le silence.

Mais je ne suis plus seule.

Maintenant, il y a toi, qui que tu sois. Quoi que tu fasses. Quel que soit ton nom.

Et cette Alma qui a pensé à moi et a su me trouver dans ma cachette. Sa lettre m'a rappelé une fille que j'ai connue il y a longtemps. L'étudiante d'une petite université de province qui noircissait des pages avec des oiseaux, des couchers de soleil, en rêvant qu'on publierait un jour ses poèmes sans se demander s'ils étaient bons ou mauvais, si son agent arriverait à les vendre, si un éditeur accepterait de les acheter, si elle recevrait encore un prix.

Alma a vingt-trois ans. Sa vie est sur le point de changer et elle ne le sait pas, comme moi à son âge. Elle rêve poésie. Impossible de ne pas lire sa lettre une fois que j'avais commencé !

Et cette maudite rouquine qui m'a tellement énervée, il y a quelques jours. Une amie à toi peut-être ? Tout est possible dans un village si petit. Elle est un peu rondelette et a des taches de rousseur sur tout le visage comme s'il était sale. C'est à cause d'elle que je t'écris. Ou grâce à elle, parce que c'est la première chose que j'écris depuis longtemps. Même si ce n'est pas un vers.

C'est un comble, il va falloir que je remercie cette postière fouineuse !

Elle est responsable pour plusieurs raisons.

Un, parce qu'elle s'est présentée ici, dans cette maison où personne ne vit, et a sonné avec insistance à la porte. Il aurait été plus normal qu'en recevant ce courrier étrange, avec le nom de la destinataire et cette adresse, elle l'ait renvoyé. Bien sûr, il n'y avait pas d'adresse d'expéditeur mais… N'existe-t-il pas une sorte de fosse commune ? Je veux dire un endroit où s'empilent les cadavres des lettres que personne ne réclame jusqu'à ce qu'elles se transforment en cendres ou que les perce-oreilles les grignotent ?

S'il n'y en a pas, on devrait l'inventer.

Bref, la postière est venue et a sonné. Au beau milieu de la matinée! Moi je dormais, comme d'habitude. Je vis la nuit et je dors le jour. Et alors ? On va m'arrêter pour ça ? On n'apprend pas les bonnes manières aux fonctionnaires espagnols ?

Elle m'a réveillée ! Et puis elle a insisté telle une possédée pour que je prenne sa lettre ! Quel culot ! Je traverse le monde pour fuir les gens et je devrais parler avec une inconnue ? Deux personnes seulement savent que je suis ici : Marisa et Ramón junior. Et ils me sont chers. Et elle, elle ose s'annoncer sans être invitée !

Ce seul souvenir me rend nerveuse.

Je n'ai pas pris la lettre. J'en suis certaine. Pourtant quand, à minuit, je me suis levée pour grignoter quelque chose et donner au moineau que j'ai recueilli un peu de galette trempée dans du lait... la maudite enveloppe avec les fleurs était là, sur le canapé.

Cette satanée postière avait réussi à entrer dans la maison. Je suppose que je pourrais la dénoncer, mais comme je ne sais plus comment cela est arrivé... je préfère ne rien dire. Et puis j'avoue qu'elle a sauvé l'oisillon. Elle m'a même laissé des instructions. Enfin deux consignes et un kit de survie. Rien que pour ça je ne la dénoncerai pas.

Les bêtes, ce n'est pas mon truc, mais le pauvre petit, je n'allais pas le laisser mourir de froid dehors.

Toutes ces contrariétés m'ont donné un mal de crâne épouvantable et je crois que je suis allée me recoucher en maudissant cette sainte Job des facteurs.

De colère, j'ai décidé que je n'ouvrirais pas la lettre. Ils croyaient quoi, la rouquine et celui ou celle qui s'était permis d'écrire mon nom sur une enveloppe sans autorisation ! Mais je ne l'ai pas jetée. Je l'ai laissée là où la factrice l'avait posée, près du nid que j'avais conçu pour le moineau. La victoire était à moi. Quel sens a une lettre si elle n'est pas lue ? Aucun. Au final, c'est moi qui gagnais.

Mais j'ai un défaut. Enfin, plusieurs… Je reconnais que je suis curieuse. Je suis plus curieuse que rancunière ou têtue. Je le suis depuis toute petite.

Quand aujourd'hui, c'est-à-dire deux nuits plus tard, je me suis levée, l'enveloppe scellée n'était plus une victoire, mais un défi à ma curiosité. Je me suis dit : Mara Polsky, si personne ne sait que tu l'as lue, d'une certaine manière, tu gagnes encore.

Il est 5 heures du matin. J'ai découvert les mots d'Alma avec mon premier verre de vin – il ne me restait plus de whisky. Ce qui explique que, même après avoir descendu une bouteille entière du breuvage de Bacchus, j'ai encore l'esprit clair et le pouls assez sûr pour t'écrire. Habituée à des alcools plus forts, il me faut beaucoup de vin pour m'écrouler.

Je ne te l'ai pas encore dit, mais il y a une autre raison derrière cette lettre que je t'écris. C'est Alma qui me l'a expliqué, cette petite que j'ai déjà d'une certaine manière adoptée. Voici ce qu'elle m'a écrit :

« Le sort de Sara, une femme que nous aurions pu être, toi ou moi, est en danger. Tu l'as peut-être déjà croisée : c'est notre postière. Elle a grandi ici et ses trois

petits courent aussi partout dans le village. La vie n'a pas été tendre avec elle, mais elle a toujours un sourire pour celui qui en a besoin. Figure-toi que ses chefs veulent la transférer loin de son foyer.

Porvenir va se retrouver sans facteur, soi-disant parce qu'on n'aime pas écrire ni recevoir des lettres. Voilà ce qu'ils racontent à la capitale. Quel culot ! Je ne t'embêterais pas avec tout ça s'il n'était pas en ton pouvoir d'aider Sara et notre village. Comment ? C'est très simple, fais comme moi, écris une lettre. Longue ou courte, bien ou mal rédigée, ça n'a aucune importance. Après, tu l'envoies à une femme du village parce qu'elle comprendra à quel point c'est dur d'élever des enfants loin de ses proches. Même si tu ne la connais pas, partage avec elle quelques instants de ta journée. Construisons toutes ensemble une chaîne de solidarité si longue qu'elle ira jusqu'à la capitale et si solide que là-bas personne ne pourra la briser. »

Tu te demandes ce qui a conduit une ex-poétesse dotée d'un passeport américain, vidée, saoule et rageuse, à faire partie de cette absurde chaîne de lettres d'un autre temps ? Je ne supporte pas d'avoir des dettes. Je ne sais pas si c'est un défaut ou une vertu. Je te laisse décider.

Évidemment, je n'ai pas de dettes envers Sara, même si je lui dois une horrible migraine. Elle n'en est pas entièrement responsable, je le reconnais, l'alcool a joué son rôle.

Alma m'a demandé dans sa lettre si je ne pensais pas que j'avais « une dette envers tous ceux qui me lisent, m'aiment, m'admirent ». « Écrivez, ne serait-ce qu'une ligne, pour Sara, continuait-elle, et payez ainsi la petite dette que vous avez envers moi, votre lectrice inconditionnelle. »

Je t'ai déjà expliqué que j'éprouve un respect presque révérenciel pour mes lecteurs. Elle en fait partie, d'autant plus qu'elle a lu la première œuvre que je reconnais comme mienne, malgré tous ses défauts : Coulisses de l'âme.

Je déteste les dettes, je les fuis comme la peste. Mais le souhait d'une lectrice, qui m'a confessé son amour de la poésie, j'accepte de l'exaucer.

La vérité, c'est qu'à la première heure de la nuit je me suis assise à côté du moineau sur le canapé, avec un verre de vin, prête à écrire seulement trois lignes :

À une inconnue.

Je ne sais pas qui tu es. Je ne sais pas ce que tu fais. Et à dire vrai, cela m'est franchement égal.

Je veux rembourser une dette et cette enveloppe avec ces trois phrases me permet de le faire.

Mais la plume a pris sa vie propre.

Si tu aimes écrire, ne serait-ce que des cartes de Noël, tu as sans doute vécu un jour quelque chose de semblable. Les doigts ne t'obéissent plus. Ils courent, légers, et tu n'es plus qu'une spectatrice qui lit les traces qu'ils laissent sur le papier.

Ce petit miracle s'est produit cette nuit. Cela faisait longtemps que cela ne m'était pas arrivé. Pour ça, sois bénie, qui que tu sois, où que tu sois, quoi que tu fasses.

Merci de m'avoir permis de vivre cette expérience une nouvelle fois. Même si c'est la dernière.

Invoqués par ma plume, mon enfance, ma jeunesse et mes débuts d'adulte ont surgi. Si tu veux connaître ma vie après, tu la trouveras à la bibliothèque et à l'aide de Google. Rien n'est caché au public à part ces deux dernières semaines où je me terre dans cette maison : amours, désamours, allées, venues, triomphes et échecs.

Mon secret est en ta possession. Je tente d'imaginer où tu le laisseras dormir. Dans le tiroir d'une table de chevet ? Entre les pages d'un livre romantique ? À l'intérieur d'une boîte pleine de vieilles photos et de cartes postales ?

Où que ce soit, ne me trahis pas. Personne d'autre ne doit savoir que je ne peux plus écrire. Il faut que cela reste entre toi et moi. Personne d'autre. Je ne te connais pas, mais je m'en remets à toi, naïvement, avec la certitude que tu m'obéiras.

Surtout n'oublie pas qu'il ne s'agit pas que de toi et de moi. Il s'agit de Sara et d'une chaîne de mots si forte que rien ne pourra la briser. Poursuis la mission.

Mara Polsky

8
Oasis

Un bon voyageur n'a pas de projets établis. Pas même l'intention d'arriver.

LAO TSEU

« Je sors ! »

La porte claqua, confirmant l'annonce tonitruante. Alex sortit en courant. Il piétina l'ombre du clocher en haut de la montée, puis il sauta par-dessus les géraniums que sa voisine faisait pousser devant l'entrée de sa maison. En allongeant le bras droit pour toucher les collants suspendus sur la corde à linge du premier étage, il perdit l'équilibre et s'érafla sur le mur de pierres du presbytère. Il n'eut pas le temps de sentir la brûlure parce que devant lui il voyait déjà quelques voitures.

Avant de tourner au coin et de prendre la rue principale de Porvenir, il esquiva par chance un chat tacheté sans maître qui à cet instant se prélassait au soleil en faisant sa toilette. L'animal offensé protesta contre cette interruption par un miaulement aigu.

Sans cesser de courir, Alex évita deux passantes qui revenaient de la boulangerie, leur pain dans le cabas, salua d'un signe de la tête le vendeur de journaux et aperçut malgré lui son reflet dans la vitrine de la quincaillerie.

Ses yeux verts brillaient. Il souriait.

Il avait reçu une lettre. Une lettre qui crissait dans la poche de son jean tandis qu'il courait.

Son esprit volait aussi vite que ses jambes. Qui lui avait écrit et pourquoi ? C'était peut-être l'un de ses anciens camarades d'école ?

Cela faisait des années qu'il était sans contact avec eux et il ne pouvait s'en prendre qu'à lui-même. Ils avaient peut-être quelque chose d'important à lui raconter. Ou bien c'était un des membres du Club des Voyageurs. Leurs échanges se faisaient habituellement par courrier électronique, mais l'un d'eux avait peut-être eu envie de faire un saut dans le monde réel.

À moins que ce ne soit son frère installé à Madrid ? Il ne lui avait jamais écrit. On disait cependant qu'il y avait une première fois à tout.

Cet anonymat l'intriguait, suscitant toutes sortes d'hypothèses dans son esprit. Mais quel qu'en soit l'auteur, Alex lui était reconnaissant de cette lettre qui venait interrompre une vie routinière bien ennuyeuse.

Il dépassa le centre du village, ensemble désordonné de petites maisons et de magasins, encombré de voitures. Il fila devant la sculpture en bronze d'un berger inconnu accompagné de son chien. À ses pattes dormaient deux chats bien vivants comme s'ils voulaient le provoquer.

Un pâté de maisons plus loin, il emprunta la rue piétonne où se trouvaient la pharmacie et le cabinet médical qui, l'hiver, ouvrait seulement deux fois par semaine. Puis il tourna à droite et passa devant la maison à la girouette en forme de hibou, la maison de Rosa. Deux cents mètres plus loin, il quittait ces ruelles aux pavés usés, et la partie ancienne du village.

Le bureau de poste qui arborait le panneau « En distribution » marquait la limite entre le Porvenir de toujours et le nouveau Porvenir. Un pont les unissait. Plus loin, le paysage s'ouvrait sur un autre royaume : celui du béton.

Il passa devant les rares édifices modernes du village avec leurs façades lisses et panneaux d'affichage à néons. Quelques immeubles d'habitation, un concessionnaire de 4 × 4, un supermarché et trois agences immobilières qui vendaient peu à peu toutes les terres autour de Porvenir. Puis venaient les premiers lotissements.

Le père d'Alex, Mauricio, avait lutté contre ces « crimes architecturaux » dans ses dernières années de lucidité. Un jour, il l'avait trouvé devant l'entrée de l'exclusive résidence La Rose des Vents, le poing levé, menaçant. Il hurlait des phrases incompréhensibles à des passants stupéfaits. Cela avait été le premier signal d'alerte, quand la satanée maladie ne faisait que ronger la périphérie de son cerveau, quand la mère d'Alex était encore vivante et son aîné pas encore parti étudier.

Il accéléra le pas comme s'il pouvait ainsi laisser derrière lui la douleur passée et présente.

Il prit la route conduisant à Mastán. Encore quelques mètres et il serait arrivé à son refuge, le lieu parfait pour lire sa lettre dans le calme. Il adorait la pénombre, l'odeur d'humidité et le silence qui régnaient dans cette petite chapelle oubliée de presque tous.

À l'intérieur, sur le mur nord, une mince ouverture de la taille de deux poings. En s'asseyant en face, il voyait les arbres se balancer. Il aimait y venir pour lire, penser ou simplement s'y reposer.

Cela fait des années que personne n'y vient, on peut dire qu'elle est à moi.

Soudain il fut assailli par une image qui guettait, tapie dans un coin de sa mémoire depuis quelques jours, attendant son moment. Le visage d'une fille aux yeux couleur miel et aux mains douces qui l'avaient frôlé. Sa peau se hérissa sans qu'il sache très bien pourquoi.

Il poussa un soupir. Pour effacer le souvenir de cette intruse, il se remémora d'autres anecdotes concernant cet oratoire.

Il sentit un pincement au cœur en évoquant un moment de son enfance. C'était la fin de l'été. Le premier jour des fêtes du village. Tout le monde apportait des fleurs à coudre sur la cape de leur sainte patronne. Le dernier jour, à minuit, une procession montait, éclairée par des bougies pour lui dire au revoir en chansons et poèmes jusqu'à l'année suivante. Alex gardait un souvenir confus des ombres projetées par la flamme des bougies et du parfum intense des fleurs fanées après sept jours enfermées dans la chapelle.

Il revit un après-midi où il était venu seul. La statue de la Virgen del Romero avait été déplacée depuis des années dans l'église du village qui, selon le curé, offrait de meilleures conditions de sécurité. Plus personne ne s'approchait de l'oratoire ou très rarement. Il ne possédait aucune valeur artistique ou historique, si bien que peu à peu il était tombé à l'abandon. Seul l'ange bigleux du heurtoir paraissait résister.

Alex était arrivé là par hasard ou, qui pouvait le dire, conduit par les mains invisibles de sa mère qui les avait déjà quittés. Pourquoi pas ? Il s'agissait de fuir un mot qui le poursuivait depuis des mois : Alzheimer. Cet après-midi-là, le médecin avait confirmé le diagnostic. Alex avait à peine dix-huit ans, son frère aîné trente et son père soixante-cinq. L'adolescent était sorti en courant du cabinet et ne s'était pas arrêté avant d'arriver à la chapelle, qui l'avait accueilli sans lui poser de questions. Il y resta plusieurs heures avant d'être capable de retourner chez lui et d'affronter sa nouvelle vie.

Il avait décidé de rester au village auprès de son père. Il avait renoncé à partir étudier la géographie à l'université. Il accepta quelques petits boulots provisoires et dit adieu à ses amis qui finirent par partir, les uns après les autres.

Au début, ils revenaient l'été. Pendant un mois, Alex se sentait alors de nouveau vivant. Puis ils cessèrent de venir, ils préféraient voyager à l'étranger, faire des stages ou préparer des concours.

Alex s'isola, il se réfugia dans ses livres de voyages, volant de carte en carte. Il perdit l'habitude de parler avec des inconnus et réduisit même au strict minimum le contact avec ceux qu'il connaissait.

« Alex n'est ni hargneux ni grincheux. Il n'a plus l'habitude, c'est tout », expliquait son frère.

« Alzheimer » est un mot très lourd pour des épaules si jeunes, songea Alex. Pourtant, cinq ans plus tard, il était toujours là, supportant le poids de cette maladie.

À son arrivée, à sa grande surprise, il trouva la porte ouverte. Un livre était posé par terre.

Que faisait-il là ?

Déconcerté, il hésita à entrer.

Qui avait violé son espace ?

Il ne pouvait pas se douter que ce 21 novembre allait être une date à marquer d'une pierre blanche. Il lui apportait deux cadeaux : une lettre et un livre. Il ne sut lequel ouvrir en premier.

Il hésita, puis, après être entré dans son refuge, le livre à la couverture usée gagna la bataille.

« "Les choses ne sont pas toutes bonnes à prendre ou à dire, comme on voudrait nous le faire croire. Presque tout ce qui arrive est inexprimable et s'accomplit dans une région que jamais parole n'a foulée" », lut-il à voix haute. Pour la première fois depuis longtemps, il eut l'impression qu'on lui parlait à lui, Alex Mas, né à Porvenir. Pourtant son interlocuteur écrivait en 1900 et n'était autre que Rainer Maria Rilke. Quelques paragraphes plus loin, quelqu'un avait souligné avec soin cette phrase : « Personne ne peut vous apporter conseil ou aide, personne. Il n'est qu'un seul chemin. Entrez en vous-même, cherchez le besoin qui vous fait écrire. » Il s'assit sur le sol froid de la chapelle. Il appuya son dos contre le mur nord et, aidé par la lumière de la fenêtre, il poursuivit sa lecture. Il voulait savoir ce qui préoccupait l'inconnu qui avait abandonné le livre. L'idée suivante, soulignée, lui parut convenir à son cas même s'il n'avait jamais désiré écrire : « Si votre quotidien vous paraît pauvre, ne l'accusez pas. Accusez-vous vous-même de ne pas être assez poète pour appeler à vous ses richesses. Pour le créateur rien n'est pauvre, il n'est pas de lieux pauvres, indifférents. Même si vous étiez dans une prison, dont les murs étoufferaient tous les bruits du monde, ne vous resterait-il pas toujours votre enfance, cette précieuse, cette royale richesse, ce trésor de souvenirs[1] ? »

Une étrange joie l'envahit. Il referma le livre d'un geste sec. Une feuille dépassa d'entre les pages. Il la tira.

Œil pour œil, dent pour dent, livre pour livre. Je garde les lettres de Chatwin… Du moins pour un temps. En échange, je te donne Rilke… Pour la même durée. La prochaine fois qu'on se croisera, ne sois pas aussi fuyant.

Il n'eut pas besoin de réfléchir longtemps pour savoir qui lui prêtait ces *Lettres à un jeune poète…* La fille aux yeux couleur de miel. Un léger sourire se dessina sur ses lèvres. Il posa le livre par terre. Il aurait le temps de le lire avant de le rendre… S'il le rendait. *Donné, c'est donné*, se dit-il sans cesser de sourire.

Il ouvrit alors l'enveloppe d'un geste déterminé et en sortit une lettre qui paraissait couverte de gribouillis.

---

1. *Lettres à un jeune poète* de Rainer Maria Rilke, traduction de l'allemand (Autriche) par Bernard Grasset et Rainer Biemel, Grasset, 2002.

Il mit plus d'une demi-heure à déchiffrer ce qui y était écrit.

Au début, rien ne paraissait compréhensible. Les lignes s'entrecroisaient, les mots se chevauchaient, les lettres étaient à peine formées. De véritables hiéroglyphes. À mi-chemin, l'autrice, une certaine Mara Polsky, confessait la raison d'un tel embrouillamini : elle était saoule.

Quand il eut fini de lire les deux premières pages, Alex s'interrompit. Il avait l'impression d'être un voyeur. Une femme qu'il ne connaissait ni d'Ève ni d'Adam se mettait à nu devant lui, lui dévoilant ses plaies sanglantes et ses malheurs. Elle disséquait sa vie au milieu d'un chaos de douleurs passées et présentes.

Le pire, c'était que cette lettre ne lui était pas destinée à lui, mais à une femme. Il se sentait gêné comme s'il était entré sur un terrain interdit.

Pourtant, il ne put s'empêcher de continuer à lire. Ces mots étaient comme un appel au secours dans une bouteille lancée en pleine mer. Dans ses délires désespérés, son autrice avait trouvé des expressions précises qui avaient éveillé sa curiosité.

« C'est un défaut qu'on a en commun, Mara Polsky. Moi aussi, je suis curieux », murmura-t-il.

Dans ce fatras, quelques noms familiers lui permirent de se poser pour souffler quelques minutes tels des îlots abandonnés dans un océan tempêtueux. Il connaissait La Rose des Vents. Et la postière rousse. Il s'indigna, Sara n'était ni embêtante ni rondelette. Et au moins elle, elle savait comment nourrir un oisillon. *Un biscuit trempé dans du lait ! N'importe quoi !* se moqua-t-il.

Il finit par comprendre que la lettre lui était bien adressée, mais que Mara Polsky croyait que son prénom était celui d'une femme.

Il rit en pensant à la tête que ferait cette poétesse extravagante si elle découvrait que lui qui se rasait tous les matins lisait ses secrets. Serait-elle choquée ? Indifférente ? De toute évidence, cette femme était imprévisible. Du moins pour lui. Il essaya de l'imaginer. Elle devait avoir les cheveux blancs. Les teignait-elle ? Et devait être mince si elle osait critiquer Sara. Était-elle grande ? Il avait entendu dire que les enfants qui avaient connu la guerre étaient moins grands.

Alex, jeune homme au cœur pur, eut sincèrement pitié d'elle.

Au bout d'un moment, la lecture devint plus fluide. Il glissait de phrase en phrase. Il faisait sien le désespoir de cette poétesse américaine ou ex-poétesse ou juive ou…

Suis-je devenu un peu fou comme toi, Mara Polsky ? se demanda-t-il, effrayé.

Soudain il l'envia. Sans agressivité.

Alors qu'il se contentait de lire des guides touristiques, cette lettre lui montrait les mille mondes que Mara Polsky avait connus : Allemagne, France, Mexique, États-Unis, Japon, Chili… Et qui savait encore où ses livres et ses dollars l'avaient conduite !

Il replia la lettre, la rangea dans son enveloppe et la glissa entre les pages du livre de Rilke. Cette lettre aurait dû parvenir à la fille aux yeux couleur de miel, celle qui lisait les conseils de Rilke aux jeunes. Ou à quelqu'un comme cette Alma citée dans la missive qui rêvait d'être poète. Pas à lui qui n'avait guère fait d'études et dépérissait dans son village.

Pourtant, Mara Polsky était tombée sur lui. Même si c'était par erreur, il était désormais un maillon dans cette chaîne de lettres. Si des inconnues comme Alma et Mara Polsky écrivaient pour sauver Sara, comment ne le ferait-il pas lui qui la connaissait depuis toujours ?

« Ton secret est à l'abri avec moi, Mara Polsky. Je suis un homme de parole ! » cria-t-il à l'horizon alors qu'il repartait en courant vers le village, tel un personnage de ce poème inachevé et fou.

Il était si agité qu'il faillit bousculer Sara qui revenait d'un pas pressé à son bureau. Il était midi, l'heure de son rendez-vous virtuel.

CASTAWAY 65 : Il y a quelqu'un ?

SARA : Oui, oui, je suis là. Bonjour.

CASTAWAY 65 : Je croyais que tu m'avais posé un lapin. C'est du joli !

SARA : Pardon, j'étais à Mastán et…

CASTAWAY 65 : ☺ Je plaisante, voyons.

SARA : Je me suis dépêchée pour arriver à temps.

CASTAWAY 65 : Raconte-moi ce que tu as vu.

SARA : Ce que j'ai vu ? Où ?

CASTAWAY 65 : En chemin.

SARA : Ah ! des arbres et du macadam.

CASTAWAY 65 : Des arbres, quelle merveille !

SARA : Ils sont tout à fait ordinaires et banals.

CASTAWAY 65 : Encore mieux. Tu as reçu une nouvelle lettre sans expéditeur ?

SARA : Oui, une, mais je me remets encore de la précédente.

CASTAWAY 65 : Pourquoi ? Que s'est-il passé ? Tu as été attaquée par un chien dangereux ? Un doberman, un pitbull ?...

Pire que ça, songea Sara. Elle aimait beaucoup les chiens, jamais elle n'avait eu de problèmes avec eux. Mais cette ivrogne avec ses grelots aux chevilles était de loin l'animal le plus dangereux qu'elle ait eu à affronter depuis des années.

SARA : Je n'ai pas été poursuivie par un chien. La première lettre, je l'ai déposée dans une propriété, à la sortie du village, qui est inoccupée depuis des années.

CASTAWAY 65 : Ce devait être les impôts... Ceux-là, ils te poursuivent même en pleine mer du Nord. Je sais de quoi je parle.

SARA : Non, c'était un courrier normal, au nom de la fille des anciens propriétaires alors que ça fait des années qu'elle est partie d'ici. Je ne l'ai jamais connue.

CASTAWAY 65 : La maison lui appartient encore ?

SARA : D'après ce que je sais, oui. À elle ou à son frère. Que j'ai connu enfant. Mais il a émigré en Allemagne il y a des années.

CASTAWAY 65 : Qu'as-tu fait de la lettre ?

SARA : J'ai hésité et puis j'ai fini par la glisser sous la porte. La maison est très bien entretenue. Il y a forcément quelqu'un qui s'en occupe.

CASTAWAY 65 : Depuis que je suis parti, le village a repris des couleurs !

SARA : Oui, c'est même une destination très courue, figure-toi…

CASTAWAY 65 : Comment ça ?

SARA : Une poétesse américaine s'y cache !

À peine rentrée au bureau, la postière avait cherché le nom de Mara Polsky sur Google.

CASTAWAY 65 : Une femme très intéressante, je suppose.

SARA : Une vraie sorcière, oui !

CASTAWAY 65 : Pourquoi ?

SARA : La deuxième lettre que j'ai reçue lui était destinée.

CASTAWAY 65 : Et… ?

SARA : Elle est mal élevée, agressive, débraillée. Je peux t'assurer qu'elle ne sera jamais mon amie.

CASTAWAY 65 : Ne dis jamais « Fontaine, je ne boirai pas de ton eau… » Regarde-moi, j'ai quitté notre vallée en la maudissant et maintenant je ne rêve que d'une chose : y revenir.

SARA : Vraiment ?

En écrivant cela, Sara avait senti son cœur trembler.

CASTAWAY 65 : Ma chère postière, j'ai terminé ma purée de légumes et mon cabillaud. Je dois te laisser. J'espère que tu recevras bientôt une nouvelle lettre. Tu me raconteras ?

Tiens, se dit-elle, *il prend la tangente sans me donner de réponse.*

9
Alex

Porvenir, le 26 novembre

Salut Hypatia,

Tu savais que tu portes le prénom d'une philosophe, astronome et mathématicienne grecque ?

Je suppose que oui, quelqu'un te l'aura déjà dit.

Tu ne me connais pas, pourtant, moi, je sais qui tu es.

Parce que la règle du jeu est la suivante : il faut former une chaîne de lettres anonymes pour éviter que Sara, notre postière, perde son travail et que notre village se retrouve sans bureau de poste. Sara n'est pas au courant. Tu ne dois rien lui dire. Il faut juste que ses supérieurs comprennent qu'ici on aime écrire et recevoir du courrier, comme ça, ils changeront d'avis et ne l'enverront pas à Madrid.

On ne m'a pas demandé si je voulais participer. Et je ne te demande pas ton avis non plus. Quand tu auras fini de lire cette lettre, tu décideras si tu veux ou pas participer à cette chaîne. Mais Hypatia, sache que si tu refuses, elle s'arrêtera. Alors, réfléchis bien.

Tu écris ce que tu veux, une phrase, un paragraphe. Et peu importe que ton écriture soit bonne ou mauvaise ou que tu fasses des fautes d'orthographe. Tu peux raconter ce que tu veux, à qui tu veux, même si tu ne connais pas le destinataire.

Moi, je n'aime pas beaucoup écrire. Je n'arrive pas bien à expliquer ce que je vois, ce qui se passe. C'est encore pire quand je dois parler de moi.

Ce que j'aime vraiment, depuis que je suis tout petit, c'est lire. Je peux passer des heures et des heures à lire le journal, un livre d'histoire ou un roman policier. Je crois que tu peux tirer une leçon de tout ou simplement te distraire, ce qui parfois est plus important. Du moins pour moi.

D'ailleurs, avant que tu continues à lire, il y a une chose très importante que j'ai oublié de te dire : ce qui est écrit dans une lettre est confidentiel. Tu ne dois en parler à personne. C'est un pacte entre tous les membres de la chaîne.

Les livres m'accompagnent quand je suis triste.

Je m'enferme dans ma chambre, je caresse le papier et je me sens déjà mieux. Certains soirs, si je suis soucieux, que j'ai peur de ce qui peut arriver, je pose le livre que je suis en train de lire sur l'oreiller avant de m'endormir. Cela me rassure de savoir que je peux allumer à n'importe quel moment et que la première chose que je verrai, c'est Marco Polo ou Jules Verne, qu'avec eux, il me suffira de tourner les pages pour voyager très loin.

Mes livres préférés sont les récits de voyage et les atlas. Peu importe qu'il s'agisse d'Alexandre le Grand, de Mata Hari, du Tour du monde en 80 jours *ou des chroniques d'un journaliste sur une guerre récente.*

Ce qui compte, c'est qu'on me parle d'endroits où je ne suis jamais allé. Rien de plus facile, je t'assure. Je veux savoir comment était l'Inde des maharajas, ce qu'a ressenti Darwin en débarquant aux Galápagos, ce qu'a vécu Michel Strogoff, courrier du tsar, en traversant, aveugle, la Russie impériale. Tu ne t'es jamais demandé ce qu'a pensé Christophe Colomb en découvrant un nouveau continent ? Moi si, souvent. Je donnerais ma vie entière pour être avec sa vigie, Rodrigo de Triana, en haut d'un mât, crier « Terre, terre ! » et voir ce qu'il a vu.

Mais j'ai aussi besoin de savoir comment les nomades de Mongolie vivent aujourd'hui, s'ils préparent des ragoûts de sanglier. Ça ne t'intéresse pas, toi ?

Le 27 novembre,

Je regrette, Hypatia, j'ai dû m'interrompre hier. Ce sont des choses qui arrivent.

Alex ferma les yeux. La veille il était chez lui, dans la cuisine, sa deuxième tasse de café au lait dans une main et son stylo dans l'autre. Il avait ouvert une mappemonde et éparpillé des feuillets sur la table. Après avoir beaucoup hésité sur la façon de débuter la lettre, il s'y était enfin mis… et il était content du résultat !

Il avait entendu soudain le cri désespéré de l'infirmière qui soignait son père, un cadeau de son aîné pour faire taire sa mauvaise conscience de les avoir abandonnés. Comme elle le lui expliqua, elle avait à peine tourné le dos un instant qu'elle avait retrouvé Mauricio assis à califourchon sur le rebord de la fenêtre en équilibre précaire. Il avait levé les bras voulant imiter les oiseaux qu'il apercevait dans le ciel.

Quand ils étaient parvenus à le recoucher dans son lit et à fermer la fenêtre, Alex n'avait plus le courage ni la force de continuer à écrire.

Mais je reviens, les batteries rechargées, pour te parler de mes voyageurs préférés, ceux que j'ai suivis de très près. Je t'ai dit, n'est-ce pas, que j'adorais les cartes ? J'en ai créé une pour chaque grand voyageur. J'ai marqué à l'aide de feutres distincts les différentes routes qu'ils ont parcourues. Je les ai pistés. Parfois j'ai l'impression de mieux les connaître que leur mère.

Un vrai travail d'ingénierie. Enfin, disons que j'ai le temps et que ça m'occupe.

Commençons par Marco Polo, grand parmi les grands. Comment ce marchand vénitien du XIIIe *siècle, auteur du* Livre des merveilles, *ne le serait-il pas ? À une époque où les gens se déplaçaient à cheval ou en bateau à voiles, les marins tombant comme des mouches, il a eu la chance de parcourir l'Arménie, la Perse, l'Afghanistan, le Japon, l'Inde, le Sri Lanka, le sud-est de l'Asie et la côte orientale de l'Afrique. Un voyage de vingt-quatre ans et de plus de vingt-quatre mille kilomètres. Et il a tout raconté, ses visites de palais auprès d'empereurs inconnus et les merveilles qu'il a découvertes comme la poudre ou les pâtes.*

Fernand de Magellan est aussi un de mes favoris. J'ai lu un tas de biographies à son sujet. Il est né au Portugal au XVe *siècle et a trouvé la mort aux Philippines. Cela te donne déjà une idée de ce personnage qui ne pouvait pas rester en place. Il fut le premier Européen à traverser l'océan Atlantique jusqu'à l'océan Pacifique. Du moins le premier homme connu pour l'avoir fait. Parce qu'on pense qu'avant lui un Indien l'avait peut-être déjà fait. Il est à l'origine de l'exploration qui réussira la première circumnavigation de la Terre. Même s'il n'a pu l'accomplir. Les choses de la vie.*

À dix ans, il était déjà page à la cour et, à vingt-cinq, il s'enrôlait dans une flotte de vingt-deux bateaux partant pour l'Inde. Il y vécut huit ans. Bien plus tard, il devait s'embarquer pour le voyage qui lui permettrait de découvrir le détroit qui porte son nom. Tu ne trouverais pas ça génial qu'on donne ton nom à un détroit ? Ou un lac, une montagne, une ville ? Même une rue ?

Mais il n'a pas eu que de la chance dans la vie. Deux de ses enfants sont morts, l'un à la naissance, l'autre tout petit. Il a dû affronter des mutineries alors que ses marins, décimés par le scorbut, mouraient de faim. Tu savais que les marins étaient prêts à payer à prix d'or un simple rat ? Et qu'ils bouffaient le cuir de leurs ceinturons quand ils n'avaient plus rien ? Sans compter que Magellan a été tué par des indigènes à l'autre bout du monde.

Le 28 novembre,

J'ai fini très tard hier et j'étais épuisé. Écrire me fatigue.

Je sais ce que je veux te raconter mais je ne trouve pas les mots. Non, c'est faux, je connais les mots, mais j'ai du mal à les écrire.

J'espère que cela ne t'ennuie pas de lire par petits bouts.

Aujourd'hui, je vais te parler de quelqu'un de plus moderne. Je ne voudrais pas que tu penses que je n'aime que les anciens. Enfin, ce voyageur n'est pas tout jeune, mais quand même un peu plus que les précédents. Il a vécu au XIX*e siècle et il est écossais. Il s'appelait David Livingstone. Il était médecin, explorateur et missionnaire. Quelle combinaison ! On le considérait comme un héros parce qu'il avait des tas de connaissances et qu'il a écrit des livres de zoologie, de botanique et de géologie. Il a même corrigé les cartes de l'époque en lisant les astres ! C'est un de mes préférés. Lui, il n'a pas seulement voyagé, il s'est battu. Il a accompli quelque chose de grand pour l'humanité.*

J'ai lu presque tout ce qu'on a écrit sur lui. J'ai refait ses voyages sur mes cartes. J'ai tant rêvé de Livingstone que, parfois, j'ai l'impression d'avoir été à ses côtés pour de vrai. C'est lui qui, par exemple, a découvert les chutes Victoria ! Les plus hautes du continent africain !

J'aimerais m'arrêter ici un instant. L'autre jour, quand je t'ai parlé de Magellan, je savais déjà ce que je vais te dire maintenant, je l'ai même insinué : Livingstone aurait découvert les chutes Victoria ? Personne ne les aurait vues avant lui ? Allons donc !

Cela faisait des milliers d'années que l'homme vivait en Afrique, et personne ne les avait vues ? En fait, nous voulons dire « aucun Blanc », c'est tout.

C'est nous qui avons écrit l'histoire, pour la lire avec nos yeux. Tu y as déjà réfléchi ? J'y pense beaucoup, moi, en ce moment.

Je continue. Va savoir de quel bois étaient faits ces hommes. Lors d'une de ses expéditions, presque tous les Occidentaux qui accompagnaient Livingstone sont morts. Parmi eux, son frère et sa femme. Pas lui. Mais on se souvient de lui pour une autre histoire. Stanley et son fameux « Docteur Livingstone, je présume », ça te dit quelque chose ? Tu en as peut-être entendu parler à la télévision ?

Notre homme est parti un jour en voyage et, durant plusieurs années, on n'a rien su de lui. Je crois qu'il cherchait les sources du Nil. C'est génial, non ? J'adorerais qu'on me demande : Et toi, tu fais quoi ? Et pouvoir répondre : Je cherche les sources du Nil.

Un journal aux États-Unis, le New York Herald*, a décidé d'envoyer un de ses reporters, Henry Stanley, à sa recherche. Tu vas me dire : comment c'est possible ça, d'aller chercher quelqu'un dans toute l'Afrique et le trouver ? Tu sais combien de savanes, de déserts, de fleuves il y a en Afrique ? Ce serait plus facile de trouver une aiguille dans une meule de foin, pas vrai ? Eh bien, il l'a trouvé sur la rive d'un lac. On raconte qu'après cette fameuse phrase, Livingstone lui a répondu qu'il avait lu quatre fois la Bible et qu'il était convaincu que « la source de la force et le pouvoir qui transforme »* *se trouvaient là. Du coup, ils se sont mis à chercher les sources du Nil ensemble. Mais Stanley devait être plus paresseux que Livingstone, parce qu'il est retourné à Londres en abandonnant son compagnon en Afrique où il a trouvé la mort.*

C'est une belle histoire aussi, n'est-ce pas ? Et tu sais le plus beau ? Les Africains ont conservé son cadavre dans le sel et l'ont transporté jusqu'à un port sur la côte de l'océan Indien. Là, il a été embarqué jusqu'à l'Angleterre. Il a été inhumé dans l'abbaye de Westminster. Mais avant de lui dire adieu, les Africains ont enterré son cœur sous un arbre du village où il était mort. Ils disaient que son cœur appartenait à ce continent. Pas à l'Europe.

Le 29 novembre,

À quel endroit appartient ton cœur, Hypatia ?

Hier, en t'écrivant sur la mort de Livingstone, je me suis posé la même question. Ma réponse serait « à Porvenir », je suppose.

Je suis né ici, j'ai grandi ici et je mourrai ici (dans longtemps, j'espère). Et cela m'est égal.

Mais tu ne sais pas combien de fois j'ai rêvé que je partais. Et tu ne sais pas comme je me sens coupable de le désirer parce que, pour que cela se fasse, il devrait d'abord se passer quelque chose d'horrible. Quelque chose que je ne veux pas. Quel paradoxe !

En attendant, je végète ici, échoué sur les sables de Porvenir, à regarder les autres navires appareiller. À regarder les années passer. À attendre.

Je dois m'arrêter ici, Hypatia. Je veux poster la lettre au plus vite.

Maintenant, à toi de décider : écriras-tu la suivante ? L'enverras-tu ?

J'espère que tu le feras.

Pour Sara. Pour Porvenir. Et tous ceux qui ont accepté de jouer le jeu.

Souviens-toi, un simple mot dans une enveloppe suffit.

Le voyageur immobile

Alex fixa les feuillets posés sur la table. Comment le temps pouvait-il filer ainsi ? Il allait devoir courir à la boîte aux lettres y glisser sa missive pour que Sara puisse la prendre dans l'après-midi.

Pendant qu'il refermait l'atlas et rangeait son stylo, il essaya d'imaginer la tête d'Hypatia quand elle recevrait la lettre. Il l'avait toujours bien aimée, surtout depuis qu'un jour sa mère lui avait dit qu'Hypatia et lui partageaient un petit trésor. Alex l'avait regardée, surpris : que pouvait-il avoir en commun avec la mère d'un camarade d'école, une femme au foyer menue et un peu maladroite ?

Sa mère avait souri : « Vous portez tous les deux le prénom de personnages qui ont vécu il y a de nombreux siècles dans la Grèce antique. Toi celui d'Alexandre le Grand, et elle celui d'une des femmes les plus savantes de l'histoire. Vous êtes appelés à un destin spécial. »

Une sorte de tendresse maladroite l'envahit. *Maman, tu avais bien tort*, songea-t-il. Hypatia, enfermée dans son rôle de femme au foyer et lui dans celui de garde-malade n'avaient rien accompli de leur destin.

Il l'avait choisie, elle qui savait à peine lire, pour ce trésor partagé, mais aussi par une certaine solidarité entre naufragés. Miguel, son cadet, avait été un des meilleurs amis d'Alex, le dernier à avoir quitté Porvenir.

Hypatia et lui avaient été abandonnés sur cette île.

10

Lettres et casseroles

À mes yeux, le plus grand plaisir que je retire de l'écriture ne tient pas à son sujet, mais à la musique intérieure que produisent les mots.

Truman CAPOTE

Quel goût ça peut avoir un rat ? Ça ne doit pas être très différent de toi ? s'interrogea Hypatia en s'adressant au poulet qu'elle tranchait en quartiers sans acrimonie.

Les coups rythmés du couteau sur le bois résonnaient sur les azulejos couvrant le mur, couvrant ses pensées. Cela faisait une semaine qu'elle avait reçu la lettre. Elle n'arrivait toujours pas à la chasser de son esprit, peu importait ce qu'elle était en train de faire.

Un jour, en prenant sa douche, elle essaya d'imaginer la tête de ce Marco Polo. Elle n'avait pas la moindre idée d'où se trouvaient l'Arménie ou la Perse. L'Afghanistan, oui, ça lui disait quelque chose à cause des informations et Venise aussi, parce que son beau-frère y avait fêté ses trente ans de mariage. De l'eau, partout, lui avait-il dit. Des palais, partout, avait ajouté sa belle-sœur.

Et là, alors qu'elle était en cuisine, elle essayait d'imaginer ce que mangeaient les marins de Magellan, ce barbu à la vie malheureuse. Parce que pour Hypatia, tous les marins étaient barbus, comme son oncle Manuel qui s'était embarqué dans sa jeunesse sur un thonier.

Ruminer comme ça pendant une semaine, ça ne lui était jamais arrivé en cinquante ans de mariage.

L'huile commençait à chauffer. Elle y jeta rapidement les morceaux de poulet pour éviter qu'ils soient carbonisés à l'extérieur et crus à l'intérieur. Elle prit l'assiette qu'elle avait préparée : une mosaïque de rouges, verts et blancs recouvrit la volaille ; elle saupoudra le tout de sel puis posa le couvercle par-dessus et respira. Tout était en ordre. En entrée une soupe qui était déjà prête et le poulet en plat principal. Tel un chef d'orchestre, elle contempla fièrement sa scène. Pas une trace de graisse sur les murs, le comptoir, le sol. Tout était rangé : vaisselle et ustensiles avaient regagné placards et tiroirs blancs. Sur la table en formica, appuyée contre la fenêtre, nappe, verres et couverts attendaient patiemment.

Elle lut lentement les lettres majuscules de couleur imprimées sur son tablier : *Tu es la meilleure maman du monde*.

C'était un cadeau de son fils Miguel, son cadet, pour son anniversaire. Il n'avait pas pu le lui offrir en personne parce qu'il ne vivait pas à Porvenir et qu'il avait beaucoup de travail. Il l'avait expédié par coursier, emballé dans un papier rose qu'elle réutilisa pour un tableau qu'elle offrit à son amie Puri, à Noël. « Il faut tirer profit de tout », avait-elle appris à ses quatre rejetons.

« Je préfère manger du rat qu'une ceinture », dit-elle aux oranges qu'elle pelait pour le dessert.

Quand Hypatia et Tomás eurent fini leur repas, ce dernier s'installa devant la télévision pour une petite sieste. Elle se servit un deuxième café au lait, puis elle glissa la main dans la poche de son tablier et en sortit l'enveloppe, toute froissée à force de la tripoter.

Il lui avait fallu plusieurs heures, dérobées ici et là, avant de la finir. Mère d'une famille nombreuse, elle était experte pour voler quelques instants à un emploi du temps chargé. Le dimanche, en sortant de la messe, elle s'était assise sur un banc dans le parc. Le lundi, en coupant les tiges des haricots, elle avait pu poursuivre sa lecture. Le mardi, Tomás étant parti à la chasse, elle avait presque pu la finir. Le mercredi et le jeudi, elle avait relu certains passages qui lui avaient beaucoup plu.

« Il raconte des choses étranges, ce voyageur », avait-elle conclu sans être sûre d'avoir tout compris.

En dépit de son illustre prénom, une chose était sûre : Hypatia lisait avec difficulté. Quand ses enfants et petits-enfants lui demandaient pourquoi elle suivait les lignes du doigt et ânonnait en parcourant l'ordonnance du médecin, elle répondait, honteuse, que c'était ses yeux. Son mari se taisait. Lui seul savait qu'elle avait toujours eu du mal à lire. À Tomás, cela lui aurait été égal de dire la vérité à leurs descendants si cultivés.

Hypatia n'y pouvait rien si son père était mort quand elle était petite et si elle s'était retrouvée l'aînée de sept enfants avec une mère domestique qu'il fallait aider.

À lui, cela lui avait toujours été égal. Il ne lisait et n'écrivait pas mieux. Surtout, il l'aimait telle qu'elle était.

Mais Hypatia préférait cacher la vérité et il avait toujours respecté sa volonté.

À part un mot ici ou là, elle avait compris le sens général de la lettre. Un garçon de Porvenir rêvait de partir encore plus loin que ses enfants. Et il en était empêché pour une raison qu'il avait gardée secrète. Il se contentait de lire les récits d'autres voyageurs. Et il le lui avait raconté à elle, Hypatia, qui était née à Porvenir, avait grandi à Porvenir, mourrait à Porvenir et n'avait jamais désiré autre chose. Pas même après le départ de ses enfants.

« Ce que je n'ai pas compris, ça ne va pas non plus me changer la vie », décida-t-elle en s'adressant à la cuillère de café. *À quel endroit appartient mon cœur... ? Quelle drôle de question ! Comme s'il pouvait être ailleurs que dans sa poitrine !* rit-elle.

L'histoire du pauvre Magellan dont les enfants étaient morts en bas âge lui fit de la peine. Qu'il fût tué par ses ennemis, tant pis, il l'avait bien cherché. Et si on l'avait tué aux Philippines, c'était aussi sa faute, pour être allé se mêler de ce qui ne le regardait pas, si loin de chez lui. « Mais les petits, soupira-t-elle en approchant la tasse de ses lèvres, ça, ça m'a vraiment fait mal. »

Hypatia, tournée vers la fenêtre, le regard perdu au loin, se demanda ce qu'elle aurait fait, elle, si elle avait perdu ses enfants. Un frisson lui parcourut le dos. Ses yeux se remplirent de larmes à l'évocation de cette souffrance imaginaire.

« Moi aussi, je serais peut-être allée mourir au bout du monde », dit-elle au morceau de biscuit qu'elle tenait entre les doigts.

En la scrutant avec attention, elle se souvint d'autres passages de la lettre et rit de nouveau. Elle pensa aux Mongols, à leur cuisine. Est-ce qu'ils s'intéresseraient, eux, à ce qu'on mangeait à Porvenir ?

Cuisiner était une véritable passion chez Hypatia, elle s'y consacrait avec dévotion.

« L'artiste qui est en toi se révèle devant les fourneaux », plaisantait son fils Miguel qui la poussait à tirer parti de ce « don », à le partager.

Mais qui peut bien s'intéresser à ce que cuisine une grand-mère de village ?

Elle se souvint d'autre chose qui avait attiré son attention. Elle déplia la feuille. Elle avait souligné des phrases au crayon rouge, comme elle le faisait à l'école. Elle chercha le passage qui l'avait impressionnée : « J'adorerais qu'on me demande : Et toi, tu fais quoi ? Et pouvoir répondre : Je cherche les sources du Nil. »

L'après-midi passa très vite.

Elle avait rangé la cuisine, mis une lessive en marche, étendu le linge et repassé des chemises. Puis elle était sortie se promener avec son mari, comme le médecin l'avait recommandé.

Elle n'avait plus pensé à cette fichue lettre jusqu'à une semaine plus tard. Elle n'avait toujours pas envoyé la sienne. Les autres, quels qu'ils soient, allaient-ils croire qu'elle avait rompu la chaîne ?

Elle regarda l'horloge à coucou du salon : il était 20 h 30. Elle respira, soulagée. L'aîné de ses petits-enfants allait arriver. C'était lui la solution. Tomás était parti l'attendre à l'arrêt d'autocar. Dans dix minutes, ils seraient à la maison.

« Ne t'en fais pas, Sara, la chaîne est sur le point de se reformer. »

Elle se souvint, fascinée, comment tout avait commencé.

Elle était descendue acheter le pain. En rentrant chez elle, elle avait ouvert la boîte à lettres en forme… d'enveloppe. Prospectus de voyage pour troisième âge, relevé bancaire, facture de téléphone… Une enveloppe avait volé en piqué au sol. Hypatia avait refermé la boîte et s'était penchée pour la ramasser.

La première chose qui l'avait surprise, ce fut son poids. Elle était lourde, contrairement au courrier officiel ou aux publicités. Elle l'avait examinée avec attention et avait découvert trois autres éléments suspects : il n'y avait pas de logo ni d'adresse d'expéditeur et, ce qui avait failli la faire tomber à la renverse, elle lui était adressée : Hypatia González, 11, rue Principale, Porvenir.

Ce n'était pas une erreur.

« Quelqu'un m'a écrit, à moi », avait-elle murmuré.

Elle avait eu l'impression que le soleil brillait soudain plus fort.

Elle avait serré la lettre contre sa poitrine.

Comme une enfant qui ne veut pas partager ses bonbons, pour la première fois, elle comptait cacher quelque chose à Tomás. Elle avait rangé la lettre dans sa poche et était allée prendre son petit déjeuner. Elle ne se doutait pas qu'au coin de la rue Sara l'observait, aussi stupéfaite qu'elle : Hypatia n'avait jamais reçu de courrier à son nom.

Une semaine était passée et son mari ne savait toujours rien. Elle n'éprouvait aucune culpabilité. Au contraire, elle se sentait importante. Non seulement elle faisait partie d'une chaîne pour sauver la postière et le bureau de poste de Porvenir, mais quelqu'un avait jugé qu'elle avait des choses à raconter. Elle ! Il y avait juste un petit problème que l'inconnu ignorait : elle savait à peine écrire.

Elle fut tentée de demander de l'aide à son mari. Mais deux jours auparavant, elle avait reçu le coup de fil de son petit-fils, qu'elle appelait Tomasito et que tout le monde surnommait Tom. Il lui avait annoncé qu'il comptait passer le week-end au village. Hypatia avait cru entendre s'ouvrir les portes du paradis.

« Je peux ?

— Oui, entre, mamie.

— Tu ne veux pas une couverture, Tomasito ? lui dit-elle en passant la tête par l'entrebâillement.

— Non, merci, je n'ai pas froid », répondit-il sans lever les yeux de sa bande dessinée.

Elle parut douter.

« Tu es sûr ?

— Oui. »

Hypatia hésita sur le seuil.

Tom la regarda et lui sourit de nouveau.

Comme il est devenu grand ! se dit-elle.

Il n'avait que treize ans, mais il la dépassait déjà d'une bonne tête. Hypatia était petite et très menue même pour une femme de sa génération.

Tom était habitué à ce que sa grand-mère le gâte quand il venait à Porvenir. Elle était toujours aux petits soins avec lui, s'assurant qu'il avait le ventre plein. Et, comme il le disait à sa mère à son retour, ce n'était pas difficile parce que tout ce qu'elle préparait était délicieux.

« À demain, mamie, dors bien.

— Tu sais quoi ? Je vais te sortir la couverture au cas où », insista-t-elle en entrant dans la chambre.

Il la vit alors sortir un papier de sa manche. Une enveloppe grise.

« Tomasito, je…

— Oui ? »

Elle s'assit sur le bord du lit, à ses pieds. Le matelas s'enfonça à peine.

Puis elle lui tendit la lettre.

Tom la lut, très intrigué, avant de s'exclamer joyeusement :

« On s'y met demain matin, mamie ! On va s'amuser. On ne laissera pas un seul indice, personne ne pourra nous découvrir. Ça va être super ! Tu ne sais pas qui t'a écrit à toi ?

— Je t'ai déjà dit non, mais n'oublie pas que…

— Oui, oui… Ce sera un secret entre toi et moi et la personne qui nous a écrit. »

11

Hypatia

« Bonjour, dicta Hypatia.

— Mamie, personne ne commence ses lettres comme ça, se moqua Tom.

— Ah bon ? Alors on met quoi ?

— Tu mets la date et le lieu.

— Écris : Dimanche 8 décembre, Porvenir.

— Le 8 décembre, Porvenir, répéta Tom en s'appliquant. Le "dimanche", il n'y a pas besoin. »

Ils étaient seuls dans la cuisine.

Tomás était parti prendre un vermouth avec des amis. Il s'était tout de suite aperçu que la grand-mère et le petit-fils complotaient. Il ne voulait pas les déranger et avait promis de revenir vers 14 h 30 pour le déjeuner.

Une fois la voie libre, les deux conspirateurs se mirent au travail. Ils n'avaient pas de temps à perdre parce que le petit devait repartir dans l'après-midi.

« Et maintenant, je peux dire bonjour ? demanda Hypatia.

— Non, non… Tu sais à quelle heure la dame lira ta lettre ?

— Aucune idée.

— Ce sera peut-être la nuit, mamie… Quand as-tu lu la tienne ? »

Hypatia regarda son petit-fils. Elle sentit qu'elle pouvait être sincère avec lui parce qu'il était encore un enfant.

« Il a fallu plusieurs jours à ta grand-mère pour en arriver au bout. »

Parler d'elle à la troisième personne lui paraissait moins dénigrant, comme s'il ne s'agissait pas vraiment d'elle. Elle attendit la réaction de Tom, mais il ne parut pas le moins du monde affecté par ce qu'elle venait de dire. Après s'être relu, il ajouta :

« Chère Madame, virgule. Alinéa.

— Je préférerais “Chère amie”… si c'est possible. »

Il lui semblait qu'elle allait partager tant de secrets qu'elle pouvait bien s'adresser à elle en ces termes.

« D'accoooord », dit-il en rayant le mot « Madame ».

Hypatia ferma les yeux pour se concentrer. Elle plongea dans sa mémoire et, comme si elle répétait ce que lui disait une voix intérieure, dicta :

« Je serais heureuse si, en recevant cette… »

Tom éclata de rire. Comme prise en faute, Hypatia rougit en ouvrant les yeux.

« C'est ringard, mamie !

— Moi, c'est comme ça qu'on m'a appris… »

En voyant que sa grand-mère ne plaisantait pas, le garçon essaya de contenir son rire.

« Qui ?

— Qui quoi ?

— Qui t'a appris à écrire des lettres ? »

Il n'y avait aucune ironie dans cette question. Elle s'aperçut que d'une certaine manière elle était une inconnue pour ses petits-enfants. Elle avait choisi de ne pas s'étendre sur son passé. D'un coup de balai, elle avait gommé pour eux les souffrances de nombreuses années.

« Madame Teresa, répondit-elle.

— C'était qui ? Une amie à toi ?

— Ma patronne. »

Tom la regarda, intrigué.

« La personne chez qui j'ai servi. »

Hypatia poussa un soupir. L'eau bouillait. Elle s'approcha de la cuisinière, jeta le riz dans la casserole et se souvint de toutes les fois où elle avait répété ce même geste dans la maison de Madame Teresa. Elle crut entendre sa voix désagréable : « Je te surveille, petite ingrate, tu m'entends ? Une seule poignée, c'est tout, tu n'as droit qu'à une seule poignée de riz. Tu me reviens trop cher ! Tu manges plus que tu ne travailles… Mais quelle idée a eue mon fils de choisir une maigrichonne de douze ans pour servir dans une maison comme la nôtre. »

« Tu veux dire que tu as travaillé comme domestique ? » demanda Tom en écrivant sans grande conviction ce que sa grand-mère lui avait dicté.

Elle le regarda avec tendresse. S'il savait…

Ce n'était pas du travail, mais de l'esclavage. Elle se souvenait encore des mauvais traitements, cris et coups qu'elle avait reçus pendant trois ans.

« Oui, c'était dans un autre village, plus grand. Je ne voyais presque pas la dame. Je devais aussi lui lire le courrier et écrire ses lettres. À cette époque, peu de maisons possédaient le téléphone. »

Elle vint se rasseoir face à son scribe.

« Si tu n'arrêtes pas de poser des questions, quand ton grand-père reviendra, on n'aura toujours pas fini. »

Hypatia ne voulait pas fouiller dans un passé douloureux. Elle crut sentir les coups sur ses jointures et cette voix, encore : « Ma petite, que tu es maladroite ! Ce n'est pas croyable ! Je ne te demande pas grand-chose pourtant, mais tu rayes tout, tu fais des taches partout. »

« Je veux vous dire que nous avons démarré une chaîne de lettres pour sauver la postière de notre village, Sara. Ils veulent la transférer à la capitale et fermer le bureau de poste, commença Hypatia.

— Attends, tu vas trop vite ! protesta Tom.

— Pardon, je t'attends. »

Tom se concentra et écrivit les dernières lignes.

Sa grand-mère sortit et revint avec la lettre.

« Le mieux c'est que tu copies ce qui est écrit ici, comme ça on est sûrs de ne pas se tromper.

— Mamie, c'est maintenant que tu me le dis ! J'ai commencé la moitié de la phrase. Je fais quoi ? Je la raye ?

— Non, laisse ce que tu as écrit et copie ce qui est souligné dans la lettre. »

Tom s'apprêta à recopier : *Parce que la règle du jeu est la suivante : il faut former une chaîne de lettres anonymes pour éviter que Sara, notre postière, perde son travail et que notre village se retrouve sans bureau de poste. Sara n'est pas au courant. Tu ne dois rien lui dire. Il faut juste que ses supérieurs comprennent qu'ici on aime écrire et recevoir du courrier, comme ça, ils changeront d'avis et ne l'enverront pas à la capitale.*

On ne m'a pas demandé si je voulais participer. Et je ne te demande pas ton avis non plus. Quand tu auras fini de lire cette lettre, tu décideras si tu veux ou pas participer à cette chaîne.

Tu écris ce que tu veux, une phrase, un paragraphe. Et peu importe que ton écriture soit bonne ou mauvaise ou que tu fasses des fautes d'orthographe. Tu peux raconter ce que tu veux, à qui tu veux, même si tu ne connais pas le destinataire.

« C'est barbant », soupira Tom en posant son stylo, qui roula jusqu'au bord de la table. Au moment où il allait tomber, il l'attrapa en l'air. Il refit le geste quatre ou cinq fois.

Sa grand-mère lui demanda :

« Pourquoi tu dis ça ?

— Cela fait une demi-heure que je copie pendant que tu fais la cuisine. »

Hypatia était profondément amoureuse de ses casseroles et ustensiles. Tomás, leurs quatre enfants et la cuisine étaient les grandes satisfactions de sa vie.

« Tu n'as rien à raconter, mamie ? Quelque chose de personnel… J'en ai assez de copier !

— Que veux-tu que je raconte ? J'ai passé toute ma vie ici à élever tes oncles et ta mère.

— Eh bien, voilà !

— Quoi ?

— Des histoires sur maman quand elle était petite ou pourquoi tu aimes tant faire la cuisine. »

Hypatia sourit tout en versant le riz dans la passoire. Après avoir réfléchi un long moment, elle déclara :

« Cuisiner, c'est comme peindre.

— Peindre ?

— Oui, un jour j'ai vu un documentaire à la télévision, Tomasito, avec un peintre qui…

— Il s'appelait comment ? Il était connu ?

— Mais je ne sais pas, moi ! Ce qui compte, ce n'est pas s'il était célèbre, mais ce qu'il disait. Le journaliste se trouvait dans son atelier pour le voir travailler. Et il faisait comme moi dans la cuisine. »

Tom regarda sa grand-mère d'un air incrédule.

« Il a dit qu'il écoutait les couleurs et les pinceaux avant de se mettre à peindre. Moi aussi, je parle avec mes cuillères en bois ou les piments !

— Sérieux ?

— Bien sûr ! À ton avis, pourquoi mes recettes sont-elles si bonnes ?

— Parce que tu sais beaucoup de choses et que cela fait des années que tu les fais…

— Pas du tout ! Premièrement, parce que je remercie les aliments avant de les couper ou de faire cuire. Sans eux nous mourrions de faim. Tu as déjà pensé aux grands services qu'ils nous rendent ? »

Tom essaya d'imaginer sa grand-mère s'adressant à un hamburger ou un macaron. Il faillit éclater de rire mais se retint. Il ne pouvait pas se moquer, elle avait un air si sérieux.

« Tu leur as toujours parlé, mamie ? »

Hypatia plongea dans ses souvenirs.

Elle avait quinze ans. Un de ses oncles l'avait tirée des griffes de Madame Teresa. Il lui avait obtenu un travail de commis de cuisine dans une station thermale qui venait d'ouvrir en montagne. Dieu avait entendu ses prières ! Ce qu'elle aimait le plus au monde, c'était faire la cuisine. Et puis, au milieu de tout ce personnel, elle passerait inaperçue. Personne ne la reprendrait si elle tournait la cuillère vers la droite ou vers la gauche ou si elle s'essuyait les mains sur un tablier propre.

Les premiers jours, personne ne lui parlait. On l'avait installée sur un tabouret dans un coin de la cuisine et, dès la première heure, on lui apportait des bassines remplies de pommes de terre ou de fruits à peler. D'autres fois, elle devait plumer des poulets. À la fin de chaque journée, elle avait l'impression d'avoir des aiguilles plantées dans les doigts. Mais elle était heureuse. C'est alors qu'elle avait commencé à parler aux aliments.

Quand elle eut gagné la confiance de la chef cuisinière, elle devint son bras droit.

Cette période de bonheur dura environ quatre ans.

« Le peintre mélange des couleurs et des formes. Comme moi, Tom. Ce qui compte, c'est la façon dont tu maries les choses. Par exemple, tu aimes la meringue ?

— Tu le sais très bien !

— Oui je le sais, glouton. Mais en prendrais-tu avec des haricots blancs ? Ou du lard frit ?

— Pouah !

— Tu vois, moi je combine des formes et des couleurs et en plus j'y ajoute les saveurs. »

Tom relut ce qu'il venait d'écrire :

Pour moi, cuisiner, c'est comme peindre. Quand j'entre dans la cuisine, la première chose que je fais, c'est décider ce que je vais préparer aujourd'hui. Je ne le sais jamais à l'avance. J'entre ici, je m'assois en silence, je réfléchis... Et les idées me viennent ! Parfois, je dois partir en courant au marché parce qu'il me manque certains ingrédients.

Mon mari Tomás dit qu'avec un garde-manger aussi plein que le mien, c'est un comble. Tomás est un homme bon. Il ne proteste pas quand je l'envoie aux courses. Il aime mieux ça que faire la cuisine. Quand on s'est connus, je travaillais dans les cuisines d'un hôtel et il était livreur. Ses parents tenaient un petit magasin de légumes où nous passions nos commandes. Il était tellement beau ! Et amusant ! On s'est mariés après trois ans de fiançailles. J'avais vingt ans. Après, j'ai quitté l'hôtel.

(Pardon, on s'est égarés.)

Je parle aux aliments que je prépare. J'ai ma cuillère préférée, elle est parfaite pour remuer les sauces. Quand je me mets aux fourneaux, les heures filent sans que je m'en aperçoive. Ce n'est pas grave d'ailleurs, je n'ai rien d'autre à faire.

Pas comme avant, quand j'avais les quatre petits. Je courais tout le temps. Il fallait les conduire à l'école, surveiller les devoirs, les disputes, leur montrer comment faire leur lit, se débarrasser des poux, raccommoder leurs vêtements. Marisa a toujours été un soutien, comme aujourd'hui. Dès qu'elle a pu, elle m'a secondée. Pourtant je devais la surveiller elle aussi, parce qu'elle était tellement exigeante qu'elle passait son temps à gronder ses frères. J'espère qu'elle ne fait pas la même chose avec son mari.

Avec Jesús, mon deuxième, c'était différent. Il réussissait toujours à se fourrer dans le pétrin. Combien de fois son père a dû aller le tirer d'une bagarre ! Heureusement il a rencontré une fille bien. Et tu vois, il a changé. Il gagne tellement d'argent qu'il nous a offert, à son père et moi, une semaine dans un hôtel de luxe. On s'y est beaucoup ennuyés, mais on ne lui a rien dit. Raúl est le plus intelligent. Il l'a toujours été. Bon fils, bon camarade, excellent cuisinier. Tout le monde l'aime. Il est toujours prêt à donner un coup de main. Et Miguel, c'est notre petit dernier. Si tu as des enfants, tu comprendras ce que je veux dire. On ne devrait pas, pourtant on craque toujours pour le dernier et on lui pardonne tout. Peut-être parce qu'on est plus fatigué.

Miguel a toujours eu la tête dans les nuages. C'est un rêveur. Moi, je ne voulais pas qu'il s'en aille. Il était encore si petit ! Mais il m'a dit qu'ici il n'avait rien à faire. Et voilà, ils ont tous quitté le nid. Le plus dur, c'est le silence si pesant. Je me suis fait tellement de souci pour eux que j'ai oublié de me préoccuper de moi. Maintenant, c'est à peine si je peux leur voler quelques minutes au téléphone. Ils ont chacun leur vie.

Nous, nous sommes restés ici, avec leurs cahiers d'école. Heureusement que j'ai ma cuisine, Tomás… et mon amie Puri. On va à la messe ensemble et on s'échange des recettes.

(Pardon, on s'est encore égarés.)

Mes enfants et mon mari adorent ma cuisine. Miguel, le plus jeune, travaille dans l'informatique. Il m'a assuré qu'un jour il prendra toutes mes recettes et il en fera un cahier qu'il mettra en ligne, un blog, comme il dit. Comme ça, dans n'importe quel coin de la planète, quelqu'un pourra préparer le poulet au thym de doña Hypatia ou sa confiture de mûres. Et les gens pourront m'envoyer à leur tour des photos de leurs plats confectionnés à partir de mes recettes. Il dit que je vais devenir célèbre comme ça.

Moi, je me demande si dans ces pays dont parle la lettre que j'ai reçue, la Perse ou la Patagonie, quelqu'un sera intéressé par ma confiture. Déjà, comme je réponds à Miguel, ce n'est pas du tout sûr qu'ils aient des mûres. Mais avec ce garçon, il vaut mieux ne pas discuter quand il s'agit de rêves. Je le laisse parler, c'est tout. Même si, je dois le reconnaître, son idée me plaît bien. Je m'explique. Je n'aimerais pas être célèbre. La célébrité, ça ne se cuisine pas, alors ça ne m'intéresse pas. Par contre, j'aimerais connaître d'autres femmes comme moi en Chine ou en France, et qu'elles me parlent de leurs recettes. Et moi je leur raconterais les miennes. Oui, ça, ça me ferait vraiment plaisir. Et j'aimerais aussi voir leurs cuisines, leurs fils, leurs maris.

« Je t'ai dit : Puri.

— Tu triches, mamie.

— Pas du tout… J'ai le droit de choisir et j'ai décidé d'envoyer la lettre à Puri.

— Mais c'est ton amie, elle sait déjà tout ça…

— Je ne lui ai jamais dit que pour moi, cuisiner c'est comme peindre. Ni la chance que j'ai de la connaître. Ça non plus, je ne lui ai pas dit. Et je veux qu'elle le sache.

— Tu n'as qu'à l'appeler. »

Hypatia regarda d'un air sévère son petit-fils qui recula sur sa chaise et bouda. Il refusa de prendre le carnet d'adresses que sa grand-mère lui tendait. Elle le posa sur la table à côté de l'enveloppe fermée et timbrée.

« Purificación Caparrós. Tu trouveras son adresse là-dedans. »

Tom ne fit pas un geste, mais il savait que, sans un miracle, il était perdu.

Ils entendirent alors un bruit de clés dans la serrure. La voix de son grand-père le sauva :

« Je suis là ! J'ai acheté le pain ! » cria Tomás depuis l'entrée.

Grand-mère et petit-fils se regardèrent sans un mot.

« Emporte la lettre et le carnet dans ta chambre, vite ! Tu écriras l'adresse après. »

Tom acquiesça. En sortant de la cuisine, il croisa son grand-père dans le couloir, le journal à la main.

« Attention, mon garçon, regarde où tu vas ! Tiens, prends le journal et pose-le au salon, je vais aider ta grand-mère à mettre la table. »

Tomás somnolait devant le téléviseur pendant qu'Hypatia rangeait la cuisine.

Comme un voleur aux gants blancs, Tom préparait son coup dans le silence de sa chambre. Sur le lit, les armes du crime : une enveloppe sans adresse, un stylo et un journal ouvert à la page des annonces. Le carnet d'adresses, ignoré, reposait sur la table de chevet.

Il avait eu une idée de génie – du moins à ses yeux. Il relut l'annonce :

Je m'appelle Sarai. 90-60-90. Je me sens seule. Tu veux t'amuser avec moi ? Écris-moi : Boîte postale 080771 (Porvenir) et je t'enverrai ma photo. Ou appelle-moi au 902 69 69. Ne me fais pas attendre.

12
Dans une impasse

Les plus belles lettres d'amour d'une femme sont celles qu'elle écrit à l'homme qu'elle va trahir.

Lawrence DURRELL

SARA : Bonjour !

CASTAWAY 65 : Tu es bien matinale aujourd'hui !

SARA : Il est 10 heures. Ce n'est pas franchement très tôt.

CASTAWAY 65 : Pour nous oui, nous sommes un couple de midi…

Sara, interdite, se répéta : *Un couple…* Que voulait-il dire ?

Il était vrai qu'environ quatre mois s'étaient écoulés depuis leur premier échange quand Fernando lui avait demandé son aide pour son certificat. Mais de là à parler de couple alors qu'ils n'avaient pas bavardé de vive voix et ne s'étaient pas revus depuis dix ans…

Avait-il beaucoup changé ? Il n'avait certainement plus sa fossette. Était-il devenu gros ? Chauve ? Tout ce temps passé au grand air, en haute mer, avait dû lui tanner le cuir.

CASTAWAY 65 : Je voulais dire couple sur le tchat.

Tiens… Pourquoi Fernando lui donnait-il une explication qu'elle n'avait pas demandée ?

SARA : Aujourd'hui, je ne pourrai pas être là à notre heure habituelle.

CASTAWAY 65 : Tant pis, je vais encore déjeuner seul. Heureusement qu'un dauphin me fait la conversation, parce que si je devais compter sur mon camarade russe ou thaïlandais, je n'irais pas loin. Et voilà que, toi aussi, tu me lâches… Seul mon dauphin est fidèle.

SARA : Je me suis connectée plus tôt comme je sais que tu es toujours là…

CASTAWAY 65 : Que veux-tu ! Je passe mes journées à faire le guet à côté du radar au cas où un iceberg ou le monstre du Loch Ness se précipiterait sur nous.

SARA : Vous rencontrez des icebergs ?

CASTAWAY 65 : Je vois que tu m'écoutes attentivement, bravo ! Non, je plaisantais. Et pas de monstre non plus…

…

SARA : Au fait, cela fait quatre.

CASTAWAY 65 : Quatre quoi ? Athos, Porthos et Aramis ont enfin retrouvé d'Artagnan ?

SARA : J'ai reçu une quatrième lettre.

CASTAWAY 65 : Bien ! Et elle va te conduire où cette fois ? Dans une autre maison abandonnée ? Chez une sorcière alcoolique ?

SARA : À deux pas d'ici.

CASTAWAY 65 : C'est-à-dire ? La maison d'en face ?

SARA : À deux pas, littéralement. Elle porte le numéro d'une boîte postale qui a été louée il y a des années et où je n'avais encore jamais déposé de courrier personnel.

CASTAWAY 65 : C'est dingue !

SARA : Je te raconterai quand la personne viendra la chercher…

CASTAWAY 65 : Le mystère continue… Fais ces deux pas, glisse la lettre dans la fente et reviens me voir.

SARA : Je ne peux pas, je dois emmener le petit chez le médecin.

CASTAWAY 65 : Rien de grave ?

SARA : De la bêtise pure et simple. Imagine-toi qu'il a passé deux heures à jouer dehors dans la neige sans manteau !

CASTAWAY 65 : La neige, tu as bien dit la neige ?

SARA : Oui, il neige depuis deux jours, par intermittence.

CASTAWAY 65 : Je ne sais pas ce que je donnerais pour avoir une poignée de neige entre mes mains.

SARA : Là où tu es, il doit faire encore plus froid, elle va finir par…

CASTAWAY 65 : Sara ! La neige au milieu de la mer et de la nuit serait une vision encore plus rare qu'apercevoir ta magnifique chevelure rousse…

Il n'a pas oublié, il n'a pas oublié, il n'a pas oublié...

Sara passa toute la journée sur un nuage en répétant ce mantra. Fernando lui avait parlé de ses cheveux... Après l'avoir quitté, elle était partie en courant dans la salle de bains pour se regarder dans le miroir. Elle était un peu ronde et pas très grande. Son visage n'était ni beau ni laid. Mais depuis toujours, on la remarquait grâce à la couleur de ses cheveux. *Avec les années, ils ont un peu terni, mais ils restent encore beaux*, se dit-elle tout en les caressant.

Ce petit moment de coquetterie la mit de bonne humeur. Quand Fernando lui avait écrit la première fois, elle avait pensé qu'il n'avait tout simplement personne d'autre à qui demander ce service. Pourquoi aurait-il remarqué une postière mariée avec trois enfants ?

Il ne restait plus que cinq minutes avant l'heure de la fermeture. Dans les rues froides et désertes, le ciel noir contrastait avec le tapis blanc qui recouvrait Porvenir, lui donnant un air irréel.

Elle alla chercher son manteau et son bonnet dans la penderie. Elle les enfilait quand elle entendit la sonnette de la porte signalant l'arrivée d'un client.

« Bonsoir, fit Sara, surprise. Je ne pensais pas voir quelqu'un à cette heure. Avec ce temps ! »

Une femme d'un âge moyen, chargée de deux sacs de supermarché, se débattait avec le volet d'une des boîtes postales. Elle n'avait retiré ni ses gants ni son chapeau. *On dirait un cow-boy*, s'étonna la postière.

L'apparition leva le visage.

« Je peux vous aider ? »

La femme hésita. Sans un mot, elle tendit la clé dans un geste éloquent. Elle portait des gants de laine dont chaque doigt était d'une couleur différente. *Des gants de petite fille…*, songea Sara.

« Il fait un froid de canard ! » s'exclama-t-elle pour rompre le silence.

En s'avançant vers elle, Sara se cogna contre le banc où s'asseyaient les personnes âgées qui attendaient leur tour.

« Il faut voir comme je suis maladroite à cette heure », sourit-elle en espérant provoquer enfin une réaction chez l'inconnue.

Elle n'eut droit qu'à un marmonnement indistinct. Quelle femme bizarre ! Pourtant son visage lui disait quelque chose. Elle avait dû la croiser en ville…

« On va voir si j'ai plus de chance… », poursuivit-elle en prenant la clé.

L'inconnue lui indiqua la petite porte qu'elle essayait d'ouvrir.

Sara cacha aussitôt son excitation.

« Le numéro 080771 ? Je crois bien que vous avez une lettre. »

Avant même d'avoir fini sa phrase, elle sut qu'elle avait fait une gaffe.

La cliente planta ses yeux dans les siens et l'examina d'un air sévère avant de lui cracher au visage :

« Cela fait partie de vos fonctions, espionner vos clients ? »

« Mais elle se prend pour qui cette commère ? Elle doit tellement s'ennuyer qu'elle passe son temps à surveiller les autres », maugréa Manuela tout en buvant une gorgée de vin blanc.

Elle s'était sentie patraque en sortant du bureau de poste et, en rentrant, s'était fait couler un bon bain chaud avant de commencer à travailler. Elle aperçut dans le miroir à moitié couvert de buée sa tête dépassant au milieu de la mousse.

« On dirait que je suis enterrée vivante. »

Elle aimait vivre discrètement et avait loué un appartement dans le nouveau quartier aux abords de Porvenir. « Ici les habitants sont moins ploucs que ceux de la vieille ville qui n'arrêtent pas de colporter des ragots et de s'épier. Comme cette maudite rousse », murmura-t-elle.

Elle sentit de nouveau la colère monter en elle.

Elle ne se mêlait pas des affaires des autres, elle. Elle parlait à peine à ses voisins. De quel droit cette postière fouillait-elle ainsi ? C'était la première lettre qu'elle recevait depuis qu'elle avait loué la boîte postale, mais cela ne regardait personne.

« Je déposerai plainte. Qu'est-ce qu'elle croit ! » menaça-t-elle, face à son reflet dans le miroir.

Comme si cette décision l'avait calmée, elle se concentra sur le plus important, la lettre.

Enfin, un client lui avait écrit.

Cela faisait deux ans qu'elle louait cette boîte aux lettres et payait l'annonce offrant ses services. Elle avait récemment hésité à se désabonner parce qu'avec sa hotline elle avait suffisamment de clients pour vivre. Un vieux rêve l'avait empêchée de renoncer à cet extra. Sa sœur qui vivait à Montréal depuis des années déjà, et qui avait deux enfants qu'elle ne connaissait pas, lui manquait. Elle rêvait d'aller la voir. Et pour ça, elle avait besoin d'argent.

En bougeant, elle reçut un peu de mousse dans le nez et éternua, soulevant un nuage de bulles. Elle éclata de rire.

Cela faisait des jours qu'elle ne riait pas. Elle n'avait pas beaucoup de raisons de rire.

Elle vivait seule dans le village où elle était née. Elle en était partie à dix ans à peine et elle n'y avait plus de famille. Mais c'était le lieu parfait pour disparaître de la vie qu'elle avait construite.

À quarante-cinq ans, un matin, elle s'était regardée dans le miroir d'une salle de bains, à des centaines de kilomètres de Porvenir, et elle n'avait pas aimé ce qu'elle y avait vu : une femme au foyer enchaînée à un homme bon et ennuyeux et à une paire d'ados insupportables.

Sans attendre leur retour de l'école et du travail, elle avait préparé deux valises, essayant de n'emporter que le strict minimum. Elle avait retiré son alliance et l'avait posée sur un petit mot d'adieu :

Ne m'en veuillez pas, je dois vous quitter. N'essayez pas de me retrouver. Je souhaite de tout cœur que vous soyez heureux. Je vais essayer de l'être.

Le bonheur qu'elle avait éprouvé en partant se révéla bien plus fugitif qu'elle ne l'aurait cru. Malgré elle, les paroles d'une chanson de La Cabra Mecánica lui revinrent à l'esprit : « Félicité, quel joli nom ! Félicité, où es-tu ? Félicité, quand tu sors danser seule, tu bois deux verres de trop et tu oublies que tu m'aimes. » Une bande sonore des plus adéquates pour sa vie actuelle.

Alors qu'elle était sur le point de fêter ses cinquante ans, elle vivait désormais comme une ermite.

Au début, grâce à l'héritage de sa mère, elle avait mené grand train. Elle était partie vivre en Inde en quête d'elle-même et y avait trouvé un jeune gourou qu'elle ramena avec elle. Elle avait loué un loft petit mais coquet pour eux deux. Leur « amour » avait duré tant qu'elle avait de l'argent.

Pourquoi appeler amour ce qui n'est qu'intérêt ? songea-t-elle en ouvrant l'enveloppe.

Elle avait pris ses affaires et son cœur brisé quand le gourou s'était enfui dans les bras d'une autre femme plus riche. Elle s'était alors souvenue de son village. Elle n'y était jamais retournée, mais la vie devait y être moins chère. Là ou ailleurs, quelle importance ? Ce n'était qu'une étape.

Une connaissance l'avait alors aidée à trouver un travail à sa mesure. Elle n'avait pas fait d'études, ne possédait aucune expérience professionnelle, mais, grâce à son année de passion indienne, avait perdu la honte qui emprisonnait les femmes de son âge.

Manuela n'avait pas peur du plaisir ni d'en parler. Elle savait donner à ses paroles une teneur orientale et connaissait des postures susceptibles de réveiller des désirs que beaucoup cachaient au plus profond d'eux-mêmes. Elle décida d'exploiter cette veine.

Le travail sur la hotline était moins terrible qu'on aurait pu le croire. Certains jours, c'était même amusant.

« Mais c'est quoi, cette blague ? » s'exclama-t-elle en lisant les premières lignes de la lettre.

Elle vérifia son nom et l'adresse sur l'enveloppe : « Sarai, boîte postale n° 080771 ». C'était bien elle. Il n'y avait pas de nom d'expéditeur, ce qui ne l'avait pas étonnée. Qui se risquerait à mettre son nom quand il répond à ce genre d'annonce particulière ?

L'écriture, ronde et infantile, contrastait avec le contenu de la lettre qui parlait de mari, d'enfants, de cuisine… Elle crut un instant que le destin se moquait d'elle.

« *Pour moi, cuisiner c'est comme peindre* », lut-elle à voix haute.

« Pour moi, c'est comme casser des pierres sous un soleil de quarante-cinq degrés depuis trois jours », grogna-t-elle.

« *Je parle aux aliments que je prépare.* »

« Moi, je les maudis ! » s'exclama-t-elle en se touchant la gorge par réflexe.

Elle essaya d'imaginer qui avait bien pu lui écrire.

« Tu es une femme amère, coincée dans une vie que tu n'as pas choisie, que ta mère t'a obligée à désirer. Il fallait suivre son exemple, te marier rapidement avec un homme bon, élever des enfants. Et regarder les années passer. Vous êtes bien toutes pareilles ! » s'écria-t-elle.

Elle pensa à sa mère, une femme douce sans aucun doute.

« J'en ai tellement assez des femmes douces et des hommes bons. »

« *Si tu as des enfants, tu comprendras ce que je veux dire. On ne devrait pas, pourtant on craque toujours pour le dernier et on lui pardonne tout.* »

Elle ferma les yeux. Oui, elle avait deux enfants. Qui avaient grandi, qui étudiaient peut-être à l'université. Les reconnaîtrait-elle si elle les voyait dans la rue ? Certainement. L'aîné avait une mèche blanche sur la nuque très caractéristique, et le petit, des oreilles énormes. « Dumbo ! Dumbo ! » se moquaient les autres enfants.

Cela la chagrinait un peu, mais pas tant que ça. La faute en revenait à son père qui avait le même défaut. Elle se demanda si elle l'avait aimé plus que le grand et parvint à la même conclusion de toujours : elle les avait aimés de la même façon, c'est-à-dire pas beaucoup.

« *Je me suis fait tellement de souci pour eux que j'ai oublié de me préoccuper de moi.* »

« Tu vois, idiote ! Et pour finir, ils t'ont abandonnée. Ils ont fichu le camp. Et ton Tomás, tu as de la chance qu'il soit vieux, parce que sinon, il t'aurait plantée, lui aussi ! Qui a envie de vivre avec une femme qui parle aux piments ? Mais rassure-toi, tu n'y es pour rien. Ils nous quittent toutes. Alors, tu vois, moi, j'ai pris les devants, je suis partie avant que ça m'arrive. »

« *Je me demande si dans ces pays dont parle la lettre que j'ai reçue, la Perse ou la Patagonie, quelqu'un sera intéressé par ma confiture…* »

Manuela éclata de rire. « Évidemment que personne ne va s'intéresser à tes marmelades ni en Patagonie ni à Pétaouchnok ! »

Sans savoir très bien pourquoi, après avoir lu la lettre et pris son bain, elle se sentit détendue. Elle s'était maquillée, avait enfilé sa combinaison noire en satin et dentelle et chaussé ses talons aiguilles. Elle se sentait plus belle que d'habitude dans sa tenue de travail.

Sa colère contre cette personne anonyme qui, à elle seule, représentait les vertus qu'elle détestait avait effacé toutes ses tensions.

Il ne manquerait plus que je la remercie, songea-t-elle avant de répondre à son premier appel. Il était minuit.

Des gémissements à l'autre bout du fil la remirent aussitôt au travail.

Six heures plus tard, elle se brossait les dents avant de se coucher quand elle aperçut, par terre, l'enveloppe et la lettre. Elle leur jeta un regard méprisant avant de les ramasser.

Elle cracha le dentifrice et sa rage dans le lavabo.

« Et je te préviens, mémé, pas question que j'écrive une lettre, oublie ça ! À chacun d'assumer ses responsabilités. Que la postière se débrouille avec son destin ! »

13
La roue cosmique

L'homme ne contrôle pas son propre destin. Les femmes de sa vie s'en chargent pour lui.

Groucho MARX

Alma poussa la porte du grenier sans se douter qu'elle ouvrait la boîte de Pandore.

Telle une archéologue, elle déambula dans les entrailles de cette grande maison en y découvrant des traces de ses ancêtres conservées entre la poussière et les toiles d'araignées. Elle éprouva un certain sentiment de nostalgie à l'égard de ces vies qui lui appartenaient aussi d'une certaine façon, des témoins muets de l'enfance de sa grand-mère Luisa, de ses arrière-grands-parents et même de ses arrière-arrière-grands-parents.

Elle fouilla dans les valises et cartons remplis de trésors avec une expression de plaisir grandissant. Elle contempla longuement le visage d'Édith Piaf qui la regardait, figée sur la pochette d'un vinyle.

Il pleuvait sans discontinuer, mais elle se sentait à l'abri ici, au milieu de ces objets et souvenirs d'un autre temps.

Depuis son arrivée au village, début novembre, malgré le beau temps, elle était à peine sortie de chez elle.

Elle avait fait des courses à Mastán ; elle était retournée à la chapelle en espérant y revoir le garçon mystérieux aux yeux verts. La première fois, elle y avait laissé *Lettres à un jeune poète*. Elle avait pu vérifier quelques jours plus tard que le livre avait disparu. Mais elle était repartie bredouille, il n'y avait rien à sa place, pas le moindre petit message.

Elle trébucha contre un parapluie et un vieux transistor dont elle n'aurait rien pu tirer d'un brocanteur, pas même un centime. À qui avaient-ils appartenu ? Qui les avait utilisés ? Elle sourit en pensant qu'ils dataient peut-être du début du siècle dernier. *C'est fou tout ce qu'on peut accumuler !* songea-t-elle.

Un poème de Neruda qui semblait avoir été écrit pour elle lui vint à l'esprit :

« Ce n'est pas vrai : beaucoup de choses m'ont tout raconté. Non seulement elles m'ont touché ou ma main les a touchées, mais elles ont accompagné ma vie de sorte qu'avec moi elles ont existé et qu'elles ont tellement existé pour moi, qu'elles ont vécu avec moi la moitié d'une vie et mourront avec moi la moitié d'une mort. »

Elle s'approcha d'un coffre magnifique, quoique un peu abîmé, qui lui parut incroyablement familier. Elle ferma les yeux et le parcourut des mains comme pour y déchiffrer des inscriptions cachées qui lui auraient révélé son passé. Elle remarqua les fleurs et feuilles gravées sur le devant. Il ne restait plus qu'une seule poignée de cuivre sur un des côtés. Où était passée l'autre ? Elle caressa le couvercle et trouva des lettres isolées, elles aussi travaillées en relief. Un *L*, un *I* et un *S*.

Soudain une scène du passé surgit si brusquement qu'Alma dut s'asseoir pour éviter de tomber.

Elle se trouvait dans le jardin où elle préparait des gâteaux de boue pour sa poupée. Elle entendit un long coup de klaxon suivi de plusieurs autres, plus courts. Une fourgonnette de livraison apparut dans l'allée avant de freiner devant la porte. Deux hommes en sortirent et sa grand-mère s'avança vers eux. Ils transportèrent tout un tas de choses, meubles et cartons. Occupée à ses jeux, la petite Alma ne fit attention qu'à une chose : un coffre en cuir marron foncé. Celui qu'elle avait à cet instant sous les yeux. Celui que Luisa avait acheté avant de partir à Paris.

Luisa avait profité de cet été avec sa petite-fille pour rapatrier certaines de ses affaires. Après avoir vécu de nombreuses années dans la Ville lumière, son second veuvage l'avait décidée à rentrer dans son pays. Son fils unique, revenu avant elle, s'y était marié et elle y avait désormais une petite-fille. Plus rien ne la retenait dans le pays qui l'avait accueillie à ses vingt ans.

Alma savait désormais que sa grand-mère avait fui un chagrin d'amour.

Peu de temps après son arrivée en France, Luisa s'était inscrite dans une école de cuisine. Un an plus tard, son diplôme en poche, elle avait trouvé du travail dans une pâtisserie, sa spécialité étant les gâteaux.

Un jour, elle y fit la connaissance d'un compatriote, Manuel. Ils se fiancèrent dans la semaine et se marièrent deux ans après. Ils eurent un fils, le père d'Alma. Puis un cancer emporta Manuel qui n'avait même pas quarante ans.

Après deux années de deuil, Pierre, le patron de Luisa, propriétaire de plusieurs pâtisseries dans Paris et veuf lui aussi, la demanda en mariage. Luisa aimait dire que sa troisième vie avait commencé à cet instant. Une vie remplie de voyages, de sorties au théâtre, à l'opéra… Ce mariage lui ouvrit les portes d'un monde qu'aucune fille de Porvenir n'aurait pu imaginer. Pierre mourut très âgé en laissant un bel héritage à sa jeune épouse. Elle prit la tête de ses affaires puis, le moment venu, revendit tout.

Elle décida alors d'affronter ce qu'elle appelait sa quatrième et dernière vie sans s'alourdir de souvenirs du passé. Luisa aimait voyager léger, disait souvent à Alma son père.

Elle décida que le mieux était de tout déménager dans la propriété familiale où la place ne manquait pas. « Un jour, répétait-elle, cela reviendra à mes descendants, comme la terre et la maison. »

En attendant que la boucle se referme, tout devait être rassemblé dans un même lieu.

Assise dans le grenier, Alma se sentit la reine d'un vaste domaine qui naissait dans le cœur des bois de Porvenir, mais s'étendait bien au-delà jusqu'à la pâtisserie où ses grands-parents s'étaient rencontrés.

Un domaine de rêves, d'espoirs et de projets et, comme elle l'avait découvert le lendemain de son arrivée, de mensonges et de douleur.

« Puisque je suis la propriétaire, je m'ordonne d'ouvrir le coffre magique », déclara-t-elle à voix haute.

Elle y trouva une dizaine de foulards, soigneusement pliés. Sa grand-mère adorait les foulards. L'un d'eux, enveloppé dans du papier de soie, tranchait dans le lot avec sa mosaïque de feuilles de lierre aux différentes teintes vertes.

Malgré les années, il était encore doux et brillant. Elle le noua autour de son cou tout en continuant à fouiller dans les robes, jupes et manteaux. Ils avaient été parfaitement emballés, pourtant les mites avaient réussi à s'y glisser, les trouant ici et là, ignorant les petits sacs de naphtaline et de lavande qui reposaient dans les coins comme des linceuls.

Luisa avait sans doute cru que le coffre serait ouvert plus tôt, sinon elle aurait protégé ses affaires d'une autre façon.

Alma en sortit deux aquarelles toutes simples. Elle reconnut la petite chapelle sur l'une d'elles ; la seconde représentait des bois qui pouvaient être ceux de Porvenir. Elles semblaient n'avoir aucune valeur autre qu'affective.

Elle tomba ensuite sur deux cahiers d'école en français et reconnut dans les traits maladroits l'écriture de son père. Elle sentit un pincement de douleur : cela faisait plus de vingt jours qu'elle était à Porvenir et, chaque fois qu'elle avait téléphoné à ses parents, leurs conversations avaient été tendues et brèves. L'avocat de renom se sentait trahi par sa fille qui avait fui sans plus d'explications et par sa propre mère qui avait décidé de faire d'Alma son héritière, sans même le consulter.

La prochaine fois qu'elle les appellerait, elle n'oublierait pas de parler de la découverte de ces cahiers amoureusement conservés.

Elle était malgré tout un peu déçue du résultat de ses recherches et allait jeter l'éponge après un missel, un écriteau indiquant des horaires de magasin et une paire de sandales à talons, quand elle tomba sur une boîte de chaussures soigneusement fermée par un ruban. Luisa devait beaucoup tenir à son contenu.

« Mes dessins ! » s'exclama soudain Alma, très émue.

Elle les reconnut immédiatement. Sur l'un d'eux, elle apparaissait avec sa grand-mère, sous le prunier. Luisa serait si heureuse de savoir qu'il avait survécu. Elle avait dû passer de nombreux bons moments à son ombre. La combinaison des couleurs était impossible, mais Alma jugea avec fierté que la ressemblance n'était pas si nulle pour une gamine de cinq ans.

Le deuxième dessin lui fit encore plus plaisir : il représentait la propriété et un magnifique soleil brillait dans le ciel. De la fumée s'élevait de la cheminée. Tout en haut, elle avait écrit *La maison de grand-mère et d'Alma pour toujours*.

Elle répéta ces mots à voix haute, émue de savoir qu'enfant elle avait rêvé de vivre ici. Luisa avait dû s'en souvenir avant de lui faire ce magnifique cadeau. Comment pourrait-elle le refuser aujourd'hui ?

Elle secoua la tête ; ce n'était pas le moment d'y penser.

Le passé lui réservait d'autres surprises. Sous les dessins, elle dénicha plusieurs lettres d'amour des deux maris de sa grand-mère et un paquet de photos retenues par un élastique. Elle les étala par terre.

Elle reconnut certaines personnes, comme son grand-oncle José, ses parents ou le second mari de sa grand-mère. Paris et la propriété de Porvenir avaient aussi été immortalisées.

Deux clichés en noir et blanc attirèrent son attention. Ses arrière-grands-parents apparaissaient sur l'un, avec leur fille, dans le jardin de la maison. Sur l'autre, on voyait deux jeunes filles qui ne devaient pas avoir vingt ans et posaient avec leurs bicyclettes. L'une était Luisa. Mais impossible de reconnaître l'autre. Elles riaient, et paraissaient très heureuses.

Elle retourna la photo et lut la légende à l'encre effacée par le temps : *Luisa et Rosa sur le pont. Porvenir, 19…*

Rosa !

Ainsi elles ont été réellement amies, se dit Alma qui était retournée dans sa chambre. Elle posa la vieille photo à côté de la lettre mystérieuse. Alma sentait qu'elles devaient être réunies.

Elle consulta l'heure sur son téléphone portable. Déjà midi ! Elle avait passé toute la matinée à farfouiller dans le grenier. Depuis qu'elle était arrivée, le temps lui filait entre les doigts.Pourtant quand, la nuit, elle récapitulait ce qu'elle avait fait dans la journée, elle était surprise de constater que cela se résumait à pas grand-chose.

Elle partageait son temps entre le jardin et l'écriture. Elle n'en revenait pas, depuis qu'elle était là, l'inspiration surgissait à n'importe quelle heure et n'importe où.

Ses cahiers, remplis de poèmes à moitié finis, s'éparpillaient partout, dans la cuisine, le salon, sa chambre, parce que, quand l'inspiration lui venait, elle ne pouvait attendre une seconde. Il lui fallait écrire tout de suite.

Soudain, le bruit d'un choc métallique, suivi de cris furieux, la fit sursauter.

Elle se précipita à la fenêtre du salon. Il pleuvait encore à verse.

Un petit embouteillage s'était formé sur le chemin en face de la maison. Elle reconnut tout de suite la fourgonnette bleu et jaune de la poste, arrêtée à côté d'une voiture rouge grenat dont la portière côté conducteur était ouverte. Un peu plus loin, elle vit un vélo par terre. Deux hommes dont elle ne pouvait distinguer le visage discutaient avec véhémence tandis qu'une troisième personne tentait de les séparer. Alma reconnut la postière à sa chevelure rousse.

« Ça n'a pas l'air trop grave, fit Sara en tentant d'alléger l'atmosphère.

— Cette fois, non ! Mais la prochaine ? aboya Tomás, furieux. Ces gamins, ça ne respecte rien. »

Le mari d'Hypatia vieillit, se dit Sara.

Depuis qu'il avait pris sa retraite, elle le voyait souvent au marché avec sa femme ou attablé au bar pour une partie de dominos. Vieillir ne convenait pas du tout à cet homme qui avait été si actif et important pour la communauté.

« On ne va pas en faire un drame, je suis sûre que cela ne se reproduira pas », reprit-elle en lançant un regard d'avertissement au cycliste qui relevait son vélo.

Alex ne répondit pas. Il avait mal à la tête. Ce matin, quand il était parti à vélo pour se rendre à la chapelle, la pluie ne menaçait pas. Il n'avait donc pris ni casque ni imperméable et il le regrettait amèrement.

« Mais enfin, maugréa Tomás, il pourrait au moins s'excuser. C'est la moindre des choses ! »

Sara jeta un coup d'œil sur sa montre. Dans cinq minutes, Fernando allait se connecter depuis la Norvège et elle ne voulait pas perdre davantage de temps.

« Allons, Tomás, le mieux, c'est que chacun rentre chez soi, insista-t-elle gentiment en le prenant par le bras. Sinon, on va finir par attraper une pneumonie. »

Tomás remonta dans sa voiture et démarra. Avant d'entrer dans sa fourgonnette, Sara proposa :

« Alex, je te descends au village ? »

Ce dernier haussa les épaules et secoua la tête : non.

Cinq minutes plus tard, la postière était devant son écran d'ordinateur.

SARA : Bon appétit, le Norvégien.

CASTAWAY 65 : Merci ! Au menu de ce jour : riz à la marinière.

Sara : Pas mal !

CASTAWAY 65 : Oui, quand on a une bonne cuisinière, comme toi.

SARA : Le riz, ce n'est pas ma spécialité.

CASTAWAY 65 : Ah ?

SARA : Mais on dit qu'il n'y a rien de meilleur que mes lasagnes aux légumes.

Castaway 65 : J'aimerais tellement y goûter !

Sara : J'ai inventé cette recette parce que mes enfants refusaient de prendre des légumes et je n'ai trouvé que ce moyen.

Castaway 65 : Un de ces jours, je viendrai frapper à ta porte. Vous dînez à quelle heure ?

Sara sourit. « Si seulement c'était possible », murmura-t-elle malgré elle. Mais elle savait que les vagues de la mer du Nord couvriraient son souhait de leur rumeur.

Alma vit Sara et le vieux monsieur remonter dans leur voiture avant de disparaître sur la route menant au village.

Intriguée, elle observa le cycliste qui ne se décidait pas à partir ; la haie du jardin ne lui permettait pas de voir ce qu'il trafiquait. À un moment, pourtant, elle crut le voir chanceler. Elle sortit en courant sans prendre le temps de mettre des chaussures.

« Toi ? » s'exclama-t-elle, surprise, quelques secondes plus tard.

Assis à côté de son vélo, Alex, la tête baissée, tenait son front entre les mains. En entendant cette voix, il leva les yeux.

Alma s'aperçut qu'un filet de sang coulait de la tempe au menton.

« Tu es blessé… »

Alex regarda ses mains. Effrayé, il les frotta contre son jean. En voulant se relever, il laissa échapper un petit grognement.

Il regarda la fille aux yeux couleur de miel. Sa présence l'intimidait. Puis, en baissant les yeux, il s'aperçut qu'elle portait des chaussettes Hello Kitty et ne put retenir un petit rire qui finit en un gémissement ; il voulait lui demander de l'aider mais ne savait pas comment le faire. Soudain, il se souvint de la phrase de son frère : « Alex n'est pas asocial, c'est juste qu'il n'a pas l'habitude. »

Alma comprit que ce garçon serait prêt à se noyer plutôt que d'appeler au secours.

Elle lui tendit la main.

« Il vaudrait mieux que tu viennes chez moi. On nettoiera tes blessures. Tu as quelqu'un qui peut venir te chercher ? »

Alex prit la main qu'elle lui tendait.

« Tu vis ici ? »

Tiens, se dit Alma, *j'ai enfin réussi à éveiller sa curiosité*.

« Oui, enfin, pour un temps. »

Elle attendait qu'il lui demande de préciser, mais il passa son bras autour de ses épaules et s'appuya sur elle, en rougissant de ce contact. Il fit signe qu'il était prêt à avancer et commença à boitiller.

« Tu n'es pas très bavard… Quel dommage ! »

Si Alex l'entendit, il ne protesta pas. Son regard était fixé sur la porte entrouverte comme si le paradis l'attendait de l'autre côté.

14

Les secrets d'un prénom

Je vous aime, mon pauvre ange, vous le savez bien, et pourtant vous voulez que je vous l'écrive. Vous avez raison. Il faut s'aimer, et puis il faut se le dire, et puis il faut se l'écrire.

Lettre de Victor HUGO
à son amante Juliette DROUET

« Mon nom ? » demanda, malicieuse, Alma.

Alex hocha la tête.

Il était assis depuis plus de dix minutes dans la salle de bains, torse nu, le bas du pantalon relevé, seul avec cette inconnue. C'était une question bien normale dans cette situation. Pourtant, elle paraissait amuser la fille aux yeux couleur de miel.

« Celui qui connaît mon nom connaît mon secret. »

Il la regarda, déconcerté.

Alma versa un peu d'alcool sur un coton et tamponna doucement sa blessure à la tempe.

« Je ne comprends pas ce que tu veux dire », fit-il avec une grimace de douleur.

La jeune fille souffla délicatement sur la plaie. Puis, à l'aide d'une serviette trempée dans de l'eau tiède, elle nettoya le filet de sang qui descendait jusqu'au cou. En arrivant à l'épaule, elle hésita puis tendit le tissu à Alex pour qu'il poursuive.

« Si je te dis mon prénom, je te dis qui je suis. Les noms indiquent le caractère, tu ne le savais pas ? Mes parents avaient choisi mon prénom avant ma naissance, quand ils n'étaient encore que des fiancés. »

Sans savoir pourquoi, Alex se souvint de la lettre de Mara Polsky. Ses grands-parents auraient voulu pour elle un prénom juif, mais sa mère, par crainte des nazis, en avait choisi un autre, plus neutre.

« Moi aussi, mes parents y ont beaucoup réfléchi. Je m'appelle Alex à cause d'Alexandre le Grand. »

Il rougit. Heureusement, la fille lui tournait le dos, occupée à étendre sa chemise et son pull au-dessus de la baignoire pour les faire sécher.

« Tu as remarqué, je ne te l'avais pas demandé, par discrétion. Merci de me l'avoir dit. »

Elle sortit de la salle de bains. Il la suivit des yeux puis l'entendit ouvrir une armoire. Quelques secondes plus tard, elle lui apportait un pull vert.

« Il est à moi mais il devrait t'aller. Il ne faudrait pas qu'après avoir été sauvé d'une pneumonie tu t'enrhumes chez moi. »

Le garçon enfila le pull avec un sourire de gratitude. En passant le col roulé sur son visage, il ferma les yeux. Un doux parfum de vanille inonda ses sens.

« Laisse-moi regarder ta jambe. Tu t'es blessé au genou, mais ça a l'air superficiel.

— Tu es infirmière ? » demanda Alex.

Il ne s'était pas montré aussi curieux envers quelqu'un depuis des années.

« Quelle perspicacité ! Non, pas du tout ! Je suis une ex-vendeuse dans un magasin de vêtements, diplômée de philologie. »

Habitué à lire sur le visage de son père ce que ce dernier ne pouvait exprimer, Alex devina que, malgré ce ton sarcastique, Alma n'en avait pas fini. Il attendit patiemment qu'elle poursuive.

« Mais ce que j'aimerais vraiment, c'est soigner les autres. Soigner leurs cœurs avec des mots. Je voudrais être poétesse. Mes parents ont tracé pour moi un certain destin en choisissant mon prénom, mais la fée qui s'est penchée sur mon berceau était un peu distraite et elle s'est trompée de direction. »

Alex la contemplait, fasciné. Ils se connaissaient depuis à peine une demi-heure, pourtant elle lui avait plus parlé en ce court laps de temps que lui en plusieurs jours.

« Je ne comprends toujours pas. Tu t'appelles comment alors ?

— Mes parents m'ont donné le nom d'une pianiste et compositrice, mais je n'ai pas le sens du rythme et je danse aussi gracieusement qu'un manche de balai. À l'école, pour les fêtes de Noël, on me donnait un tambourin avec la consigne de ne pas y toucher. Si je le faisais, la directrice de la chorale perdait le rythme. »

Elle éclata de rire.

« Par contre, j'ai toujours aimé les mots. J'ai donc fini par trouver quelque chose lié à l'art comme le suggérait le prénom… »

Les éclats de rire d'Alma, légers, résonnèrent dans la salle de bains. Alex sentit son corps se détendre, avant d'éclater de rire à son tour, sans savoir très bien pourquoi.

« Tu as des bûches ? » demanda Alex.

Alma, qui fouillait dans le garde-manger, lui cria :

« Ouvre la petite porte à droite de la cheminée, tu trouveras un atelier de bricolage. Il y en a sous la bâche, je crois. »

Avant même qu'elle ait fini sa phrase, elle entendit la porte s'ouvrir.

Tiens, il n'est pas bavard mais déterminé. Il a peut-être envie de rester avec moi ? On va voir s'il est capable de réveiller une cheminée qui dort depuis vingt ans !

Il y avait une heure à peine, elle le faisait entrer et monter dans la salle de bains.

Elle avait cru qu'il allait s'écrouler sur le tapis de bain quand elle lui avait demandé de se déshabiller.

Elle imagina la tête de sa propre mère si elle l'avait entendue inviter un garçon qu'elle ne connaissait ni d'Ève ni d'Adam dans une maison perdue au milieu des bois où elle vivait seule. « Sais-tu seulement qui sont ses parents ? » lui aurait-elle dit en faisant trois fois le signe de la croix.

Un bruit sec la tira de ses pensées.

« Tu démontes la maison ?

— Des bûches ont glissé, pardon.

— Ce n'est pas grave. Au pire tu auras réveillé une famille de souris qui hiberne. »

Le feu crépitait déjà dans la cheminée quand Alma retourna au salon. Alex le ravivait à l'aide d'un vieux soufflet poussiéreux.

« Alors ce n'était pas du bluff…

— Quoi ?

— Tu sais faire un feu, dit Alma en contemplant les flammes hautes. Quand tu m'as demandé du bois, j'ai cru que tu voulais seulement m'impressionner.

— J'habite dans une vieille maison comme celle-ci. Impossible de vivre ici sans savoir allumer un feu ! »

Alex la regarda.

« Quoi ? fit-elle, coquette.

— Quand je dis une chose, c'est que je sais, c'est tout. »

Le caractère posé de ce garçon surprit Alma.

Assis sur le canapé, ils se laissèrent absorber par la contemplation des flammes qui dansaient dans la cheminée. Devant eux, un plateau avec une théière, deux tasses et des biscuits au chocolat.

Les vêtements d'Alex, un pull bleu marine et un tee-shirt avec la langue des Rolling Stones, séchaient à côté du feu.

Alex rompit le silence tout en regardant le fond de sa tasse.

« Quel genre d'infusion est-ce ?

— Du thé noir.

— Du thé ? Tiens…

— Un thé noir à la vanille. »

Alex fixa Alma.

« Il a ton odeur. Il sent aussi bon que toi. »

Alma ne souhaitait pas le voir partir, mais elle trouvait étrange qu'il n'ait prévenu personne de son accident. La pluie tombait, torrentielle, sur les bois qui les entouraient.

« Tu ne veux pas appeler pour qu'on vienne te chercher ?

— Si ça ne te dérange pas, je vais attendre que ça se calme et je repartirai à pied.

— Tu ne me gênes pas du tout. Je suis ravie d'avoir de la compagnie. Toi aussi tu vis seul ? »

Alex fit non de la tête.

« Tu es de Porvenir ? Tu habites avec ta famille ? »

Il acquiesça et changea de sujet :

« Mais toi, tu n'es pas d'ici. Pourquoi squattes-tu ici ?

— Moi, squatter ? répéta Alma, surprise.

— Cette maison a toujours été vide depuis que je suis né. Une fois par mois, un couple vient de la ville pour s'occuper du jardin et faire le ménage, mais ce ne sont pas les propriétaires. Ils sont payés par un cabinet d'avocats de la capitale. »

Le bureau de mon père, se dit Alma.

« Comment as-tu fait pour entrer ? Tu as forcé la serrure ? l'interrogea Alex. Ce doit être drôle pour une fille de la ville de se terrer dans une maison au fond des bois pour jouer au poète bohème.

— Tu ne sais pas de quoi tu parles, loser ! »

Alex ne se vexa pas. Il était bien trop intrigué par la présence de cette inconnue dans cette vieille propriété pour se fâcher.

« Ou bien ils ont vendu la maison, mais tu es trop jeune pour avoir autant d'argent…

— Qu'est-ce qui te fait croire qu'ils l'ont vendue ? demanda Alma, amusée.

— Les propriétaires ont disparu il y a des années, et on n'a jamais rien su d'eux. Je suppose que les héritiers ont mis la maison en vente après leur décès. »

Alma se recroquevilla sur le canapé, concentrée sur sa tasse.

« Tu les connaissais ? »

Alex demeura un instant pensif avant de répondre :

« Ma mère m'a raconté quand j'étais petit que la maison appartenait à un frère et une sœur. Elle, elle a fui très jeune à cause d'un chagrin d'amour, et lui a émigré en Allemagne quelques années plus tard. Il n'est jamais revenu et il n'a pas eu d'enfants dit-on. »

Tiens, tout le monde connaissait la triste histoire de ma grand-mère, sauf moi, se dit Alma.

Ils restèrent silencieux, perdus dans leurs souvenirs alors que la pluie tambourinait, monotone, sur le toit.

« J'ai toujours pensé que c'était du gâchis, reprit Alex soudain.

— Quoi ?

— Qu'une maison comme ça soit abandonnée, avec le jardin et le potager…

— Comment sais-tu qu'il y a un potager ? s'étonna Alma.

— Je viens tailler le prunier de temps en temps. Ça me fait un peu d'argent de poche.

— Tu fais quoi comme travail ?

— Un peu de tout. Rien de précis. »

Alex prit une longue gorgée, comme s'il comptait avaler la tasse. Elle devina au fond de ses yeux un abîme de tristesse qui lui serra le cœur.

« Le prunier vit toujours, dit-elle en se levant pour se diriger vers le jardin de derrière. Tu veux le voir ? »

Il lui emboîta le pas. La pluie avait cessé et tout sentait la terre mouillée. Une étrange tranquillité régnait dans le verger et dans le cœur de la jeune fille qui caressa le tronc humide de l'arbre, avant de déclarer :

« Je te propose un jeu.

— Très bien », accepta Alex, soulagé de ne plus avoir à parler de lui.

Son expression avait complètement changé depuis qu'ils étaient dehors. On aurait dit un gamin. Alma essaya de deviner son âge sans y parvenir, déroutée par la gravité de son regard. Comme ils étaient debout, face à face, elle s'aperçut qu'ils faisaient la même taille et qu'ils étaient aussi minces. Les cheveux blonds d'Alex contrastaient avec sa peau dorée.

« Tu veux toujours savoir comment je m'appelle ?

— Bien sûr !

— Je te propose un jeu de piste. »

Alex planta ses yeux dans les siens. L'assurance de cette fille, son regard pétillant le surprenaient. Il y avait si longtemps qu'il n'avait pas vu quelqu'un de son âge qu'il était incapable de définir pourquoi il ne pouvait s'empêcher de sourire.

« Mon homonyme a vécu à cheval sur deux siècles, le XIXe et le XXe.

— Elle était très connue ?

— On disait qu'elle brillait par sa beauté et son intelligence.

— Elle en vivait ? demanda Alex, intrigué.

— Très drôle ! Elle était compositrice, mais bon, d'une certaine façon, on pourrait dire que oui, elle vivait de sa beauté.

— Elle était modèle ?

— Pas du tout ! Mais elle a fait de très beaux mariages. Elle est connue surtout comme fille de et épouse de, plus que pour son talent. Son premier mari était un musicien qui avait vingt ans de plus qu'elle. Il était juif. C'est à lui qu'elle doit son nom de famille. Elle était amoureuse de lui, mais le contrat de mariage stipulait qu'elle abandonne sa carrière et sa passion. Ce qu'elle n'a pas supporté.

— Quelle époque !

— Ne t'y trompe pas, reprit Alma, très sérieuse. Cela arrive encore de nos jours. Cela a fini par la frustrer. Elle a épousé un architecte jeune et connu. Walter Gropius, ça te dit quelque chose ? Le fondateur du Bauhaus. Mais ce n'était pas terminé. Après, il y a eu un romancier, Franz Werfel.

— Où est-elle née ? voulut savoir Alex.

— À Vienne. Mais elle est morte à New York. »

Alex sourit. Tous les premier janvier, il suivait rituellement à la télévision le concert du Nouvel An de Vienne. En effet, les valses paraissaient calmer son père. Plus d'une fois, il avait rêvé qu'un jour ils s'assiéraient tous les deux dans ce théâtre flamboyant. *Des rêves, toujours des rêves*, songea-t-il.

« Qu'est-ce qui t'amuse ? lui demanda Alma en lui filant un coup de coude. Tu le connais ?

— J'aimerais connaître Vienne.

— Ce n'est pas très loin. Rien ne t'en empêche. »

Si tu savais, pensa-t-il en imaginant son père et sa garde-malade seuls pendant plusieurs jours.

« Je le note sur ma liste.

— Quelle liste ? Celle qui commence par la Patagonie ? »

Elle lui fit un clin d'œil en rappelant le livre qui les avait réunis. Alex rougit. Il fit le tour du prunier sous prétexte d'examiner une branche basse. Il la caressa et la poussa vers le bas pour vérifier sa souplesse. Alma le suivit et imita son geste.

« Au fait, tu as lu les lettres de Rilke ? »

Alex la regarda, ému, en hochant la tête. Elle avait appuyé sa tête contre le tronc. Ses cheveux châtains se fondaient dans la couleur de l'écorce.

« Tu as aimé ? » reprit-elle.

Il se souvint de sa surprise en trouvant le livre par terre, de sa curiosité alors qu'il le feuilletait, de l'écriture parfaite du message glissé entre les pages : « La prochaine fois qu'on se croisera, ne sois pas aussi fuyant. »

C'était le premier jour de froid. Le jour où il avait reçu la lettre de Mara Polsky. Une pensée s'insinua dans son esprit. La chaîne de lettres allait-elle continuer ? Hypatia avait-elle écrit à son tour ? Il aurait bien aimé le savoir.

« Ici la terre, vous m'entendez ? se moqua Alma tout en lui tapotant doucement l'épaule.

— Pardon, fit-il en reculant d'un pas. En réalité, ce n'est pas tout à fait un livre dans mon style.

— Ah bon ! C'est quoi ton style ?

— La poésie, ce n'est pas mon truc, je suis plus…

— Ne me dis rien… Tu aimes la science-fiction ? »

Un demi-sourire se dessina sur les lèvres d'Alex.

« Pas du tout ! Les autres mondes ne m'ont jamais intéressé. Celui-ci est suffisamment grand et mystérieux, tu ne trouves pas ? Même avec plusieurs vies, on ne pourrait jamais en faire le tour à pied. Les Martiens ne m'intéressent pas, pas plus que la technologie du futur. Ou que les romans d'horreur. »

Alma le contemplait, les yeux ronds comme des soucoupes.

« C'est fou, ça ! Quand tu veux, tu peux aligner plusieurs phrases à la suite ! s'exclama-t-elle. Donc si tu n'aimes ni la poésie, ni la science-fiction, ni… Alors tu aimes les romans sentimentaux, c'est ça ? plaisanta-t-elle sans le quitter des yeux.

— J'aime la littérature de voyage et les biographies, répondit-il d'un air très sérieux. Je ne rêve pas d'écrire, mais de voyager.

— Qu'est-ce que tu fabriques planté dans ta petite chapelle, si loin de tout aéroport ? »

Alex se tut. Il se leva, songeur. Il était tard, l'infirmière allait bientôt repartir.

Têtue, Alma ne voulut pas le laisser s'échapper sans obtenir de réponse.

« Allez, dis-moi, que fait un garçon comme toi dans un village comme celui-ci ? »

Alex ouvrit la porte en bois qui grinça. De dos, il lui répondit :

« J'attends le bon moment.

— Donc, tu renonces ? poursuivit-elle. Tu vas partir sans savoir comment je m'appelle ? »

Alex enfila son pull enfin sec. Il n'avait jamais beaucoup aimé les devinettes, mais il ne se voyait pas crier : « Hé la fille aux yeux couleur de miel ! » quand il la croiserait dans le village.

« Je te donne un dernier indice : on dit que son premier baiser lui a été donné par Gustav Klimt, le peintre. Un ami de son parrain… »

En se tournant vers elle, Alex la surprit en train de tirer sur les manches de sa veste. Un geste nerveux qui ne correspondait pas à la désinvolture qu'elle affichait et qui le toucha. Il sentait qu'auprès d'elle le froid de l'hiver disparaissait enfin et regrettait amèrement d'être obligé de partir. À cet instant même, il sut qu'il voulait la revoir.

« Je me rends, tu as gagné ! » s'exclama-t-il, s'avouant vaincu.

Elle leva les bras dans un geste de triomphe.

« Je m'appelle Alma, en hommage à Alma Mahler. »

Alex sentit un frisson parcourir tout son corps. Puis son visage s'éclaira. Les pièces s'emboîtaient. Alma était la fille dont parlait Mara Polsky, celle qui rêvait d'être poète. Le jeu continuait.

Il faillit faire une gaffe et se souvint *in extremis* du pacte : ce qui était écrit dans une lettre restait entre celui qui écrivait et celui qui la recevait. Il ne pouvait lui dire qu'il avait déjà entendu parler d'elle, ni qu'ils étaient unis par une chaîne de lettres avant même d'avoir échangé un mot.

« Pourquoi tu souris ? On dirait que tu as vu un ange ! »

La meilleure défense, c'est l'attaque, se dit Alex. Sans savoir très bien où il trouva ce courage, il lui proposa de but en blanc :

« Ça te dit de voir l'éclipse de lune avec moi ? »

15

Sarai/Manuela

Le 31 octobre
Diazepam
Une fois par jour pendant deux semaines.

Docteure Megías
Dispensaire de Porvenir

Le 24 décembre,

C'est la veille de Noël. Il est presque minuit. Aujourd'hui, même les pervers ne se sentent pas seuls. Tout le monde se parle au téléphone, mais pas un appel sur la hotline. Je ne dis pas que tous ceux qui m'appellent sont des pervers. Il y en a peut-être un sur dix. En général, j'ai des célibataires qui ont du mal à établir des relations, des maris qui s'ennuient avec des enfants en bas âge, d'anciens déprimés. Des hommes ordinaires que j'ai pu croiser à la boulangerie ou sur le trottoir en attendant que le feu passe au vert. Ils ne savent pas que je suis Sarai. Et je ne sais pas qu'ils sont « Petit Ours en rut » ou « x67 », un de ces pseudonymes qui leur garantissent l'anonymat. C'est curieux… La tête qu'ils feraient s'ils découvraient que la Mata Hari de leurs heures creuses ressemble à une femme au foyer d'une bonne quarantaine d'années, avec quelques kilos en trop et des racines apparentes ? Ils raccrocheraient tout de suite. Ou pas. Ça éveillerait peut-être chez eux un intérêt malsain. On ne sait jamais. S'il y a bien quelque chose que j'ai appris depuis que je travaille ici, c'est que rien ni personne n'est ce qu'il paraît.

Mais je n'écris pas pour faire de la philosophie. J'écris parce que je m'ennuie. Et ça, à la veille de Noël, c'est dangereux. Je suis allongée sur le canapé, comme tous les soirs. J'ai enfilé ma tenue de travail : des bas résille, une combinaison en satin rouge, des talons aiguilles assortis. Le rouge, c'est bien une couleur qui fait Noël. Depuis quatre heures que j'attends, le téléphone n'a pas sonné une seule fois. J'ai dîné, j'ai regardé un film, j'ai fait des mots croisés, j'ai ravaudé des bas. Rien. Pas un seul appel. Pas même un de ces types qui raccrochent en entendant ma voix. Il y en a toujours un ou deux comme ça, le soir. J'entends parfois leurs gémissements dans le silence. Mais cette nuit, rien. Je me suis aperçue que je n'avais rien à faire et, comme toujours dans ces cas, je me suis mise à cogiter. Qui ne se met pas à réfléchir un soir de Noël ? Surtout quand tu es loin, seule, sans existence réelle. Mes fils pensent-ils à moi ? Avec ce genre de questions, je sens que je file un mauvais coton, alors je me lève pour aller chercher une bouteille de vin blanc.

Le tire-bouchon se trouve dans le tiroir du buffet de la salle à manger. J'y range les factures, les ordonnances, le livret d'épargne et les bougies en cas de panne d'électricité. Aucune logique là-dedans, mais c'est comme ça. En ouvrant le tiroir, la première chose que j'ai vue, c'est cette maudite lettre que j'ai reçue il y a deux semaines. Je reconnais que si, au début, elle m'a énervée, elle a quand même fini par m'amuser. Je sais que ce n'est pas la grand-mère qui l'a écrite. L'écriture est celle d'un enfant. Ronde, soignée, avec des fautes d'orthographe. Un de ses petits-enfants sûrement. Je l'ai donc gardée parce qu'elle avait fini par me mettre de bonne humeur, et on ne sait jamais quand on a besoin de sourire. Et puis je l'ai oubliée.

Là, je me suis dit que c'était un signe. C'était évident. J'ai bien besoin de légèreté ce soir. J'ai emporté la lettre au salon, je me suis installée sur le canapé, j'ai ouvert la bouteille et je l'ai relue. Je n'ai pas du tout ri. Maudite femme avec son mari, ses enfants, sa vie parfaite, son bonheur. Parce qu'elle a l'air heureuse. Moi aussi je l'ai été, sans le savoir. On ne s'en aperçoit qu'une fois qu'on est malheureux ou quand on n'est plus rien, comme moi. Je me suis mise à écrire parce que moi aussi j'avais été heureuse, il y a très longtemps, et je voulais m'en souvenir. Je n'allais pas raconter ça à voix haute parce que ça aurait voulu dire que je serais devenue vraiment folle ; mais écrire, c'est différent : alors voilà, j'écris sur les pages arrachées d'un vieux cahier déniché ici.

Cette époque me paraît très loin, pourtant cela se passait à trois cents mètres d'ici, dans ce village.

J'ai été heureuse dans une petite rue sans bitume, dans une maison aux rideaux de cretonne, dans un salon où la radio était allumée en permanence, dans une chambre remplie de poupées et de coussins brodés. J'ai été heureuse avec ma mère, mon père et un chat borgne. Mais quand on a deux, cinq ou neuf ans, on ne sait pas que c'est ça le bonheur, un parfum d'eau de Cologne, des vêtements propres et repassés, les baisers du soir avant de se coucher. Mon père était ouvrier dans le bâtiment et avait débarqué dans cette vallée à la recherche de travail ayant appris qu'on y construisait des lotissements. Ma mère était la fille unique d'une famille du coin. Ils m'ont toujours dit que ce fut l'amour au premier coup d'œil, un dimanche, au parc. Ils se marièrent peu de temps après. Ils n'avaient pas grand-chose, seulement l'essentiel : l'amour. Je suis arrivée très vite. Ma mère me disait que j'étais son trésor le plus précieux. Mon père prétendait que, sans le savoir, c'était moi qu'il était venu chercher dans cette vallée. Et moi, je riais. Je grandissais. Si seulement je pouvais décrire chacun de ces jours, mois, années. Mais il ne m'en reste que des fragments décousus, un patchwork de petits bouts isolés, inutiles. Pourtant, cousus ensemble, ils forment un édredon qui me protège du froid.

Ma mère écoutait beaucoup de musique à la radio ou sur des disques. Elle adorait les boléros. Chez moi, on écoutait Lucho Gatica, Antonio Machín, Benny Moré… Parfois même Nat King Cole. J'ai grandi avec ces chansons d'amour et de désamour. Je les chantais avec elle. Je la vois encore dans son peignoir rose qui dansait avec le balai. Elle me disait : « Manuela, regarde bien, un jour ce sera ton premier bal et… » À force de les chanter, j'ai fini par croire à ce qu'elles racontaient. Quand ma grand-mère était encore en vie, elle faisait la deuxième voix… Ma grand-mère sentait le riz au lait. Elle prétendait que dans son enfance elle s'en était goinfrée. Elle insistait même, elle disait qu'elle était tombée dans une marmite. Je riais en l'imaginant. Et, tous les dimanches, je lui demandais de préparer du riz au lait. Elle avait sa propre recette. Quand elle nous a quittés, au début, pour me consoler, ma mère a essayé de refaire ce dessert, comme elle le lui avait appris. Mais son riz au lait n'avait pas le même goût. Peu à peu, elle abandonna, vaincue. Je n'ai plus jamais goûté un riz au lait comme celui de ma grand-mère. Le parfum de cannelle explosait dans la bouche et les grains de riz étaient fondants, soyeux.

Contrairement à mes camarades, moi, c'était toujours mon père qui me conduisait à l'école. Je me sentais si privilégiée que je marchais comme sur un nuage, accrochée à sa main forte et calleuse. Je me souviens du jour où nous avons recueilli Pirate, mon chat borgne. Il faisait très froid. Des miaulements sous une voiture attirèrent mon attention. En me baissant, j'aperçus un chaton plus petit qu'une pelote de laine. Il tenait dans ma main. Mon père le prit, le glissa dans la poche de sa veste et me promit que je le retrouverais en rentrant à la maison. La journée d'école me parut très longue. J'avais tellement envie de le voir. Mon père tint sa promesse, comme toujours. À mon retour, le minou était là, il m'attendait dans une boîte en carton. Il me sembla qu'il souriait, satisfait. Ce fut comme un pacte entre nous : il avait reconnu dès le premier instant qu'il me devait la vie et, à sa manière, me montra sa reconnaissance. Quand je me couchais, il venait me lécher comme si j'étais son petit ! En été, il chassait même les moustiques ! On ne s'est plus séparés jusqu'à ce que la vieillesse l'emporte.

Mais, à cette époque, nous avions déjà quitté Porvenir. Mon père n'était plus de ce monde. Et le chagrin rouillait l'âme de ma mère.

Nous sommes parties à Madrid toutes les trois, ma grand-mère, ma mère et moi. Sans un regard en arrière. En faisant comme si le bonheur n'avait pas existé pour ne pas sentir son absence. Le veuvage de maman dura deux ans seulement. Elle disait qu'elle n'était pas faite pour rester seule. Je ne comprenais pas ce qu'elle voulait dire puisque j'étais là, moi ! Mais cela ne lui suffisait pas. Alors il est arrivé, lui, ce gros chauve dégoûtant qui devait devenir mon beau-père. Au début, tout était flatteries puis, quand il nous eut bien ferrées, il nous enferma. Nous sommes devenues ses prisonnières. Nous ne pouvions rien faire sans son autorisation. Il voulait tout savoir, il nous accompagnait partout, contrôlait le moindre détail. Je vis ma mère dépérir. Elle ne s'inquiétait même pas de moi. Je crus que nous allions disparaître transformées en fantômes par cet homme abominable.

Je suis partie avant que cela ne se produise. À dix-neuf ans – quel autre choix avais-je ? – j'ai épousé un inconnu, ou presque. Un collègue de bureau, un homme bon, mais dont je me fichais complètement. En un rien de temps, j'avais déjà deux enfants, je travaillais et m'occupais de ma maison. J'étais sur le point de reproduire l'histoire de ma mère qui venait de nous quitter. Je crois qu'elle est morte d'ennui ou de tristesse.

Elle a rendu le dernier soupir en prononçant le nom de mon père. Ça, c'était de l'amour et pas le succédané dont elle avait essayé de se contenter. Sous le choc, parce que j'ai eu peur de finir comme elle, j'ai fait ma valise et je suis partie. En laissant mes deux enfants. La liberté a un prix, le mien ce fut de quitter mes fils. Je préfère imaginer que, de toute façon, ils ne m'auraient pas aimée, ils m'auraient mal traitée. Mais je n'en suis pas sûre... Je ne le saurai jamais...

Je suis revenue dans ce village comme pour y chercher quelques braises du foyer qui avait réchauffé mon enfance de tant d'amour. Mais je n'ai pas retrouvé le bonheur.

Peut-être parce que je n'ai pas osé retourner dans la petite rue sans bitume. Il y avait là une maison qui m'avait toujours paru incroyable. Ma grand-mère disait que c'était une folie et ma mère la jugeait prétentieuse. L'entrée était protégée par une grille magnifique flanquée de chaque côté par une immense colonne. Une haie épaisse entourait la maison, protégeant ses habitants des regards. À force de tourner autour, j'avais fini par trouver une brèche. J'avais ainsi pu apercevoir un étang où se trouvait une fontaine d'où l'eau ne cessait de jaillir été comme hiver. Mon père disait qu'il abritait des poissons aussi gros que des chiens. Je ne les ai jamais vus. J'arrivai juste à distinguer un palmier solitaire avec des chaises longues en dessous. Personne ne comprenait comment il avait pu survivre dans ce climat froid, à cette altitude. Je crois que les rêves du maître de maison le soutenaient, qu'il avait pu s'enraciner grâce à son désir. On disait que cet homme avait gagné beaucoup d'argent dans des régions lointaines et qu'il était revenu, déjà âgé, avec une partie de sa famille. On les voyait passer dans le village à bord de leur énorme voiture. Ils n'en descendaient jamais, comme s'ils étaient de passage. Après le palmier, c'était les portes-fenêtres que j'admirais le plus. Elles étaient magnifiques avec leur frise supérieure aux figures géométriques colorées. J'ai toujours pensé que les propriétaires de cette demeure devaient être heureux. Quand on s'obstinait à vivre à contre-courant avec des palmiers et des chaises longues dans un village de montagne, on devait forcément être heureux.

J'ai si souvent rêvé que la grille s'ouvrait et qu'on m'invitait à entrer ! Je me suis imaginée vêtue d'une jolie robe, des rubans sur mes nattes. Mes parents et ma grand-mère m'accompagnaient, eux aussi sur leur trente-et-un. Ma mère apportait ses disques préférés. Un majordome nous ouvrait comme dans les films et nous faisait passer dans la bibliothèque. Puis un couple et leur fille, très distingués, avec un accent étranger, entraient. Mon père partait visiter le domaine avec son hôte. Nous, comme de vieilles amies, nous passions l'après-midi dans un énorme salon, autour d'un thé et de petits-fours en écoutant des boléros. Telle était l'image de la félicité et du luxe pour une gamine qui vivait dans une maison aux rideaux de cretonne, je suppose.

La grille ne s'est jamais ouverte. Je ne suis jamais entrée dans cette maison. Pourtant, alors que je revis cette scène, une idée saugrenue me vient. J'ai peut-être bu trop de vin.

Et si je leur écrivais ? Et si j'envoyais ma lettre à cette adresse ? Ce serait une façon de pénétrer dans ta maison. Je ne sais pas qui tu es, mais mon bonheur s'est perdu dans un coin de ta rue ou de ton jardin. Le moins que tu puisses faire, c'est lire ces pages.

Et au passage, pourquoi pas, tu pourrais entrer dans cette chaîne absurde qui me conduit à t'écrire. C'est Noël. Tu as tout. Tu peux bien partager un peu de ce que tu as avec ceux qui n'ont rien ou sont sur le point de perdre le peu qu'ils possèdent.

Je ne te parle pas de moi. Je me débrouille bien, sauf certains jours. Je ne veux surtout pas de ta compassion de riche. Il y a quelques jours, j'ai reçu une lettre anonyme au sujet d'une certaine Sara. Tu l'as peut-être déjà croisée, c'est la postière. Je la connais et je t'assure que, même si elle est casse-pieds et se mêle de tout, ce n'est pas une mauvaise personne. Ses chefs lui ont annoncé qu'ils allaient la transférer loin de chez elle. Après plus d'un siècle, Porvenir va se retrouver sans facteur. Je ne te raconterais pas tout ça s'il n'était pas en ton pouvoir d'aider Sara et notre village. Comment ? C'est très simple. Comme je viens de le faire. Écris une lettre. Peu importe qu'elle soit longue ou courte, bien ou mal écrite. Envoie-la à une autre personne du village. Même si tu ne la connais pas, partage avec elle quelques minutes de ta vie. Construisons à nous tous une chaîne de mots si longue qu'elle parvienne à la capitale et si solide que personne là-bas ne pourra la briser.

16

Tel est pris qui croyait prendre

Le bonheur est un papillon qui ne se laisse pas attraper, mais restez tranquillement assis, il se posera peut-être sur votre main.

Nathaniel HAWTHORNE

SARA : Castaway… Tu es là ?

Elle attendit une réponse sans décoller les yeux de l'écran.

Les secondes, les minutes s'écoulèrent. Il était 15 h 27. Comme les enfants étaient en vacances, après le déjeuner, ils lui avaient demandé la permission d'aller faire du vélo. Il faisait un temps radieux et doux comme rarement à Porvenir.

C'était une bonne idée. Elle devait préparer le dîner de la Saint-Sylvestre et préférait le faire sans gamins courant à côté du four. Bien équipée, sa cuisine était néanmoins petite. Mais elle en était fière : elle l'avait rénovée depuis peu et la trouvait moderne et fonctionnelle. L'évier en inox brillait encore.

SARA : Hellooooo…

15 h 33. Toujours rien du côté de la Norvège.

« Et moi qui avais quelque chose d'important à lui raconter », maugréa Sara.

Elle décida de lui accorder encore quelques minutes de grâce avant de se déconnecter. Elle se sentait nerveuse. Elle aurait mieux fait de s'attaquer à la préparation de son « festin ». De lui dépendait la façon dont les êtres qu'elle aimait le plus commenceraient l'année. Ce soir, en plus de ses enfants, elle aurait autour de sa table sa voisine Rosa, son parrain, Mauricio, et le fils de ce dernier, Alex.

Depuis la mort de ses parents, Sara avait adopté leurs meilleurs amis comme s'ils étaient sa famille et, dans la mesure de ses moyens, veillait sur eux. *Pauvre Alex*, se dit-elle avec un pincement au cœur. Ce garçon rieur, toujours entouré de copains, n'était plus que l'ombre de lui-même depuis la maladie de son père. Il était devenu solitaire, taciturne, toujours plongé dans ses cartes et ses livres. Il quittait à peine Porvenir et, chaque fois qu'elle le croisait, il marchait seul, perdu dans ses pensées. *Pourtant, je dois reconnaître*, songea-t-elle, intriguée, *que ces derniers jours il a l'air plus heureux.*

Elle alluma le four et y glissa un énorme poisson, assaisonné de citron et d'herbes, accompagné de toutes sortes de légumes. Une recette qui lui venait de sa mère et que Rosa adorait. C'était devenu une tradition pour le réveillon.

Tout en jetant du riz dans une casserole d'eau qu'elle mit à bouillir, elle pensa de nouveau à Alex. Après sa chute à vélo, et la discussion avec le mari d'Hypatia, elle s'en était voulu. Elle l'avait abandonné sous la pluie parce qu'elle ne voulait pas rater sa conversation quotidienne avec la Norvège.

Elle l'avait appelé le soir même au téléphone pour s'excuser et les inviter, son père et lui, à dîner avec eux le 31 décembre. Non seulement il n'avait pas du tout l'air de lui en vouloir, mais il s'était montré étrangement bavard, lui disant de ne pas s'inquiéter et la remerciant de penser à eux pour fêter la nouvelle année.

Avant de raccrocher, il lui avait demandé, comme si de rien n'était, si elle savait qui était la fille qui vivait dans la grande maison. Apparemment, elle l'avait soigné le jour de sa chute. Sara n'en revint pas : la maison était inoccupée depuis vingt ans. Sans savoir très bien pourquoi, elle associa la mystérieuse amie d'Alex avec la première lettre qu'elle avait distribuée des semaines plus tôt au nom de Luisa Meillás, l'ancienne propriétaire. Aurait-elle un lien avec la nouvelle locataire ?

Elle demanderait ce soir à Alex comment était cette jeune fille.

Elle entendit soudain le sifflement familier qui annonçait le début d'un tchat.

« Il fallait que tu répondes maintenant ! » sourit Sara.

Elle essuya ses mains couvertes de farine sur son tablier et courut s'asseoir devant son ordinateur.

CASTAWAY 65 : Bonjour !!!!!!!!!

CASTAWAY 65 : Ce silence, c'est pour te venger de mon retard ?

Sara consulta l'heure. Il était 17 h 12.

SARA : Je suis là, monsieur l'impatient.

CASTAWAY 65 : Ne m'en veux pas. J'ai fini mon tour à 17 heures et la première chose que j'ai faite, c'est courir t'écrire.

Sara sourit. *Serait-ce vrai ? Quelle raison aurait-il de mentir ?* se dit-elle.

SARA : Je suis désolée de te déranger…

CASTAWAY 65 : Désolée ? Je ne comprends pas.

SARA : Je sais que ce matin nous avons déjà bavardé comme tous les jours mais…

CASTAWAY 65 : Voyons ! Et qui a dit qu'on ne devait se parler qu'une seule fois par jour ? Je suis casse-pieds à ce point ?

Sara rougit.

CASTAWAY 65 : C'est comme ça que tu traites un pauvre naufragé qui n'a même pas de vacances de Noël ? Mister Scrooge à côté de toi, c'est un saint !

SARA : Je ne voulais pas dire ça… Comment tu es !

CASTAWAY 65 : Beau, sympathique, bien fait de sa personne… et romantique !

SARA : ????

CASTAWAY 65 : Tu m'as demandé comment j'étais, non ?

SARA : ☺ Écoute-moi bien parce que je n'ai pas beaucoup de temps et j'ai une chose importante à te raconter.

CASTAWAY 65 : Je suis tout ouïe, enfin tout yeux.

« Cet homme ne prend rien au sérieux », murmura Sara. Il réussissait toujours à lui faire perdre le fil de ses pensées alors qu'elle avait une nouvelle fantastique à lui annoncer.

CASTAWAY 65 : Laisse-moi deviner… C'est lié aux lettres mystérieuses.

SARA : Oui, comment le sais-tu ?

CASTAWAY 65 : Étourdie ! Quand on s'est quittés ce matin, tu m'as dit que tu allais distribuer le courrier. J'en déduis donc que parmi toutes les factures typiques de la fin du mois il y avait une nouvelle perle anonyme.

Elle prit une profonde inspiration et attendit quelques secondes comme si elle voulait donner toute sa solennité à ce moment. Depuis qu'elle s'était arrêtée devant la grille monumentale de la vieille maison coloniale, ce matin, elle n'avait cessé de penser à l'effet que son annonce aurait sur Fernando.

SARA : Cette fois, on m'a écrit à moi.

CASTAWAY 65 : Tu as reçu une lettre anonyme ? Ne m'en dis pas plus ! Un admirateur ! Tu viens de briser mon cœur de glace en mille morceaux. J'ai été doublé…

SARA : Fernandito…

CASTAWAY 65 : Allô, c'est du sérieux ! C'est ce que disait ma mère quand elle allait me gronder.

SARA : Tu me laisses parler, oui ou non ? Enfin !

Il était 17 h 35. En moins de temps qu'il ne fallait pour le dire, ses trois tremblements de terre déboulèrent dans la maison. Avant 19 heures, Rosa apporterait le dessert. Et à 20 heures, elle aurait les deux autres invités devant sa porte. *Des horaires de vieux et de gamins !* protesta Sara en elle-même.

CASTAWAY 65 : Pardon, c'est parce que toi, tu sais m'écouter. Pas comme ces daurades de la mer du Nord qui ne font même pas attention à moi. ☺ Raconte !

SARA : En effet, j'avais une nouvelle lettre à remettre. Comme toujours, un courrier un peu étrange. J'ai distribué une lettre à une personne qui est partie de ce village il y a soixante ans dans une maison inhabitée ; une autre à une grand-mère qui sait à peine lire et la troisième à une étrangère excentrique qui ne voulait pas la prendre et en plus…

CASTAWAY 65 : Ah oui, j'avais oublié de te dire ! Quel idiot !

SARA : Quoi ? Toi aussi tu as reçu une lettre anonyme sur ta plate-forme en pleine mer du Nord ? Celle-là, ce n'est pas moi qui l'ai distribuée.

CASTAWAY 65 : Je me jette à la mer.

SARA : Tu exagères, comme toujours. Tu n'aimes pas lire ?

CASTAWAY 65 : Je me jette à la mer si j'apprends que tu es venue ici et que je t'ai ratée…

Sa réponse la laissa coite. Elle avait l'impression que mille mots étaient restés capturés entre la plate-forme et sa cuisine de village : *Tu me manques… Quand nous reverrons-nous… ? Tu es ravissante aujourd'hui…*

SARA : Tu allais me dire quelque chose sur l'étrangère, la poétesse sorcière et alcoolique…

CASTAWAY 65 : Si tu la connaissais, tu ne parlerais pas d'elle comme ça.

SARA : Pardon ?

CASTAWAY 65 : J'ai un collègue sur la plate-forme, un type de Chicago, on était en train de dîner et, par curiosité, je lui ai demandé s'il savait qui était Mara Polsky. Il m'a regardé d'un air stupéfait. Il s'est levé, sans un mot, et m'a laissé avec ma cuillère en l'air… J'ai cru que je l'avais vexé…

SARA : Et ?

CASTAWAY 65 : Il est revenu avec un de ses livres : *À l'aube*. Tu sais ce que cela signifie ici ?

SARA : Non…

Elle ferma les yeux. Elle essaya d'imaginer la Norvège, une plate-forme au beau milieu de la mer du Nord, sans y parvenir. Alors comment pourrait-elle comprendre ce que signifiait un livre de poèmes là-bas ?

CASTAWAY 65 : Tu connais cette question classique : quelles sont les trois choses que tu sauverais d'un naufrage ? On nous la pose toujours avant d'embarquer. Si John avait ce livre sur lui, cela veut dire qu'à ses yeux c'est un trésor précieux, qu'il emporterait sur le canot de sauvetage ! Et tu sais quoi ? Ça ne m'étonne pas.

SARA : Tu l'as lu ?

CASTAWAY 65 : Ce qu'elle écrit, c'est magnifique, lumineux, tendre. On sent un espoir fou dans chaque vers.

Sara n'en revenait pas. Cette femme désagréable, habillée en noir, recluse du monde dans une maison vide, était capable d'écrire sur l'espoir ?

SARA : J'ai du mal à te croire.

CASTAWAY 65 : Tu le sais bien, on a tous des hauts et des bas, non ? Le livre a trente ans… Qui sait ce qui a pu arriver à cette femme depuis tout ce temps ! Et à mon avis, il a dû s'en passer des choses pour qu'elle atterrisse à Porvenir !

Sara se sentit coupable. Elle avait jugé Mara Polsky sur de simples apparences. Pire encore, après avoir constaté que cette inconnue avait bien besoin de compagnie, elle l'avait complètement oubliée. Était-elle restée enfermée dans cette maison aux volets clos ? Le moineau et elle avaient-ils survécu depuis toutes ces semaines ?

CASTAWAY 65 : Toi et moi, on est des experts, hein ?

SARA : En quoi ?

Castaway 65 : Se perdre dans les vagues.

Sara : Pardon ?

Castaway 65 : J'ai adapté l'expression à la place de se perdre dans les pensées, quand je suis distrait… On parlait de la nouvelle lettre…

Sara : Je savais que je ne pouvais pas la distribuer. L'adresse était celle d'une maison ravissante, mais…

Castaway 65 : Elle est inhabitée ?

Sara : Pire que ça. Complètement abandonnée.

Castaway 65 : Tiens !

Sara : Les fenêtres et les portes murées, la façade couverte de graffitis. Et le toit est enfoncé par endroits.

Pourtant, elle s'en était approchée.

Collée aux gros barreaux de l'entrée, elle avait contemplé, découragée, l'ampleur du désastre. Même si elle s'y était attendue, elle avait été choquée en voyant le jardin abandonné aux ronces, l'étang vide, fissuré, rempli de mauvaises herbes, qui paraissait crier à l'aide. Elle s'était appuyée sur la porte rouillée qui avait cédé. Sans aucune hésitation, Sara s'était avancée. *Mon uniforme de postière me protège*, s'était-elle dit tout en se dirigeant vers l'entrée principale par ce qui avait été autrefois une élégante allée. Ici et là, les restes d'un naufrage : des bouteilles de bière vides, une poupée sans tête, une sandale au talon cassé, des emballages de bonbons…

Elle s'était assise sur les marches du perron en balayant du regard le jardin et s'était arrêtée sur le palmier qui se dressait, encore vivant, au-dessus de cet abandon absurde. Un sentiment de nostalgie difficile à expliquer l'avait submergée. Elle n'avait jamais vécu dans cette maison ni connu ses habitants. Elle n'avait même jamais distribué une seule lettre à cette adresse depuis qu'elle travaillait comme postière. Pourquoi avait-elle alors éprouvé autant de peine ?

La même impulsion qui l'avait conduite à entrer dans le jardin l'avait poussée à ouvrir sa sacoche. Elle avait sorti la lettre et l'avait examinée. Beige, à moitié transparente, l'enveloppe était tout à fait ordinaire, contrairement aux autres. Elle arborait deux grosses taches mais ne comportait que l'adresse, Calle del Rosa, 2, d'une écriture un peu froide. Ni destinataire ni expéditeur. Étrangement, cette missive dégageait la même tristesse qui l'avait envahie en pénétrant dans les lieux.

Elle réclamait à grands cris un lecteur ou une lectrice. Le destin venait de la désigner, elle, comme intermédiaire, elle s'était donc décidée à l'ouvrir pour y trouver un nom, une piste qui lui aurait permis de dénicher le bon destinataire.

Elle s'était mise à la lire à la façon d'un chirurgien cherchant un signe d'infection pour savoir où opérer, froidement. Mais elle s'était très vite aperçue qu'elle n'allait pas pouvoir maintenir longtemps ce professionnalisme. Elle s'était laissé emporter par l'histoire qui l'attrapa dans ses rets. À la fin, elle avait levé les yeux en se demandant si toutes les personnes auxquelles elle avait remis une lettre – Mara Polsky, Alex, Hypatia, l'inconnue de la boîte postale – s'étaient senties aussi émues.

SARA : La véritable surprise m'attendait dans les deux derniers paragraphes.

Castaway 65 : Que veux-tu dire ? Tu as trouvé le nom de l'expéditeur ?

Sara : Pas du tout ! Je vais te les copier et tu vas comprendre.

Castaway 65 : On peut dire que tu sais faire durer le suspense, toi !

Sara sortit la lettre de la poche de son pantalon. Elle l'avait rangée là, sans savoir ce qu'elle devait en faire : la jeter à la poubelle, la renvoyer à la poste centrale ?

Sara : « Et au passage, pourquoi pas, tu pourrais entrer dans cette chaîne absurde qui me conduit à t'écrire. C'est Noël. Tu as tout. Tu peux bien partager un peu de ce que tu as avec ceux qui n'ont rien ou sont sur le point de perdre le peu qu'ils possèdent. »

Castaway 65 : Tiens, une chaîne de lettres ! C'est génial !

« Plus que génial », murmura Sara tout en sachant que personne ne pouvait l'entendre. Ses yeux se remplirent de larmes de nouveau, comme ce matin, quand elle était assise sur le porche, la lettre à la main.

Sara : « Je ne te parle pas de moi. Je me débrouille bien, sauf certains jours. Je ne veux surtout pas de ta compassion de riche. Il y a quelques jours, j'ai reçu une lettre anonyme au sujet d'une certaine Sara. Tu l'as peut-être déjà croisée, c'est la postière. Je la connais et je t'assure que, même si elle est casse-pieds et se mêle de tout, ce n'est pas une mauvaise personne. Ses chefs lui ont annoncé qu'ils allaient la transférer loin de chez elle. Après plus d'un siècle, Porvenir va se retrouver sans facteur. Je ne te raconterais pas tout ça s'il n'était pas en ton pouvoir d'aider Sara et notre village. Comment ? C'est très simple. Comme je viens de le faire. Écris une lettre. Peu importe qu'elle soit longue ou courte, bien ou mal écrite. Et envoie-la à une autre personne du village. Même si tu ne la connais pas, partage avec elle quelques minutes de ta vie. Construisons à nous tous une chaîne de mots si longue qu'elle parvienne à la capitale et si solide que personne là-bas ne pourra la briser. »

Sara observa la tablée autour d'elle et sourit. Son fils aîné et Alex étaient plongés dans une discussion animée sur les exploits de tel ou tel footballeur qui méritait de gagner le Ballon d'or cette saison. Rosa aidait les plus jeunes à peler leurs douze grains de raisin avec la même patience infinie qu'elle lui montrait quand elle était petite. Mauricio, le père d'Alex, très concentré, s'amusait à en faire rouler un dans son assiette.

Dans deux minutes, on changerait d'année, songea Sara et, à part elle, tout le monde semblait s'en soucier comme d'une guigne. Elle se leva pour ouvrir la fenêtre. Elle se sentait très heureuse. Le temps d'une nuit, chacun paraissait avoir oublié les problèmes qui les menaçaient : maladie, solitude, déménagement… *Cerise sur le gâteau*, se dit-elle, *je finis l'année en sachant qu'ici comme en Norvège il y a des tas de gens qui m'aiment.*

Le sourire de Sara n'échappa pas à Rosa. Elle prit son couteau puis, en tant que doyenne de l'assemblée, tapota prudemment sur son verre de vin.

« Madame et messieurs, debout je vous prie. Prenez le premier grain de raisin et levez le pied droit comme Dieu le veut, le 31 décembre à minuit. Prêts ? Partez… »

On entendit sonner le premier coup de cloche à l'église du village.

Onze coups plus tard, Sara embrassait Rosa quand le téléphone sonna. Qui pouvait les appeler ?

Son aîné cria :

« Maman, c'est pour toi ! »

Elle prit le combiné et entendit un :

« *Godt nytt år!* » murmuré.

La voix lui parut familière.

« Pardon, je ne comprends pas… Qui est à l'appareil ?

— Bonne année, Sara ! Tous mes vœux de la mer du Nord.

— Fernando ! s'exclama-t-elle, très émue.

— Tout le monde roupille ici, je ne peux pas parler fort ni très longtemps, je risque de réveiller quelqu'un.

— Fernando…, répéta-t-elle en riant.

— Je me suis couché à 10 heures comme mes camarades. Mais je n'arrivais pas à dormir, j'avais envie de te parler… »

Sara rougit, comme une gamine, le front appuyé contre le mur, les yeux baissés tout en entortillant une mèche de cheveux autour de son doigt.

« Je voulais commencer le Nouvel An… »

Fernando s'interrompit.

« Oui ?

— Avec ta voix », chuchota-t-il lentement comme si chaque mot prononcé lui demandait un effort.

Sara sentit ses jambes trembler. Le cœur battant, elle ferma les yeux.

« Je suis heureuse de t'entendre…, répondit-elle sur le même ton.

— Avant de raccrocher, je voulais aussi te dire quelque chose, ça me turlupine depuis cet après-midi. »

Sara s'émut. Qu'avait-il en tête ? Allait-il lui proposer qu'ils se voient ? Ou, pourquoi ne pas rêver, lui demander si elle ne voulait pas être sa fiancée, comme les fiancées de guerre à une autre époque ? Elle sourit.

« Sara, tu dois écrire. »

Elle eut l'impression de recevoir une douche froide. Mais elle ne voulait pas qu'il devine sa déception.

« De quoi parles-tu ?

— Tu dois envoyer une lettre anonyme. Il faut que la chaîne continue.

— Tu es en train de me dire que je dois écrire une lettre pour sauver mon boulot ?

— Non, je te dis simplement que tu dois écrire à la personne qui a pensé à toi et a lancé cette idée même si tu ignores de qui il s'agit. Écris pour toutes les femmes qui ont correspondu en ton nom afin que leur effort ne s'arrête pas à cause d'une histoire de fenêtres murées. »

17
Débuts

Où iront les baisers que nous gardons, si nous ne les donnons pas, où disparaissent les caresses que tu ne sais pas donner ?

Víctor MANUEL

« Installe-toi », dit Alex.

Alma regarda autour d'elle. Si elle ne le connaissait pas un peu, elle pourrait croire qu'il hésitait. Il faisait nuit, ils se trouvaient à l'intérieur d'une chapelle à l'abandon et elle ne voyait pas sur quoi elle marchait ! À travers la fenêtre sans carreaux, ils pouvaient distinguer la pleine lune menacée par d'insolents nuages qui avaient décidé de lui disputer le trône.

L'espace d'un instant, elle regretta d'avoir accepté un premier rendez-vous aussi fantaisiste : voir une éclipse lunaire dans ce coin perdu, en plein hiver.

Pourtant, lorsqu'il lui avait proposé cette idée, le jour de sa chute à vélo, elle l'avait trouvée géniale. Mais cela faisait plus de trois semaines et, depuis, tout lui paraissait différent.

Elle avait passé les fêtes de Noël avec sa famille qui avait encore une fois tenté d'étouffer ses espoirs. Sa mère lui avait jeté à la figure qu'elle les faisait souffrir, elle ne comprenait pas pourquoi elle préférait vivre dans une vieille maison isolée, au fin fond d'un village perdu, plutôt que chez eux où ils avaient aménagé tout le grenier pour elle… Son père ne lui avait pas adressé la parole de tout le dîner, mais son silence avait été plus qu'éloquent : l'attitude intolérable de sa fille lui paraissait celle d'une enfant gâtée et capricieuse.

Alma ne connaissait que trop bien le caractère orgueilleux des Meillás. Son père ne lui pardonnerait que si elle revenait à la raison et abandonnait ses rêves de poésie pour préparer les concours.

Le premier janvier, elle prenait le premier train pour Porvenir.

Son verger et la maison lui avaient beaucoup manqué pendant cette semaine en ville. Et elle avait souvent pensé à Alex qui, à cet instant, s'agitait pour sortir quelque chose de son sac à dos.

Alma entendit un bruit bizarre au ras du sol. Elle éclaira avec son portable et poussa un hurlement.

« Des rats ! » cria-t-elle en faisant tomber son téléphone.

Dans le noir, elle sentit la main d'Alex se poser sur son épaule. Il la serra doucement.

« Du calme, les rats ont plus peur de toi ! dit-il sans aucune trace d'ironie. Et ne t'en fais pas, je suis habitué à combattre ces fauves. Je les connais bien. »

Ces mots et le calme dont il faisait preuve agirent comme un baume. Rassérénée, Alma sortit une petite couverture de son sac, l'étendit sur le sol et s'assit sans plus d'hésitations. Une lueur ténue se glissa, tremblotante, sur les murs. Alex avait allumé une bougie.

« En attendant que la lune apparaisse de nouveau », expliqua-t-il.

Alma lui sourit. Elle était sûre qu'il l'avait fait pour elle. Il paraissait à l'aise entre les ombres et le silence.

« Je regrette que les choses ne se soient pas passées comme tu le voulais chez toi, dit-il.

— Ce truc selon lequel tout le monde est joyeux à Noël, c'est bon pour les films hollywoodiens ! »

Alex haussa les épaules. Elle poursuivit :

« Les fêtes de Noël sont survalorisées. C'est comme le "Ils furent heureux et eurent beaucoup d'enfants" ! Tu parles, c'est dans les contes de Disney, ça ! » Elle se tut puis reprit : « Je ne sais pas pourquoi, je m'imaginais qu'après un mois et demi d'absence, à mon retour, ça se passerait mieux. Mais il faut que je m'y fasse, mes parents sont comme ils sont, ils ne changeront pas. »

Alex songea à sa propre situation tandis qu'Alma vitupérait contre sa mère protectrice et uniquement préoccupée par le qu'en-dira-t-on et contre son père, autoritaire, matérialiste.

Si seulement je pouvais en dire autant des miens, pensa-t-il. Il reconnaissait à peine son père depuis que la maladie l'avait attaqué ; quant à sa mère, son souvenir se faisait chaque jour plus évanescent. Il avait déjà perdu sa voix, son odeur…

« Un euro pour tes pensées.
— Pardon ?
— À quoi penses-tu ? insista Alma.
— À mes parents, répliqua Alex, sans hésiter.
— Tu vis avec eux ?
— Ma mère est morte quand j'étais encore petit. »

Alex, remarquant l'inquiétude de la jeune fille, lui adressa un sourire de réconfort.

« J'étais justement en train de me dire que je ne savais presque plus comment elle était. Tu n'as jamais désiré quelque chose de très simple de toutes tes forces ? Moi, je voudrais juste entendre ma mère m'appeler », conclut-il sans lever les yeux du sol.

Dans le silence gêné qui suivit, on n'entendait que leurs respirations.

« Tu vis avec ton père ? demanda Alma pour dire quelque chose.
— Je dirais plutôt qu'il vit avec moi.
— Comment ça ?
— Mon père a la maladie d'Alzheimer. »

Alma regarda Alex : elle comprenait enfin ces mystères dont s'entourait son ami. *C'est pour ça que tu es coincé ici*, songea-t-elle. Elle se sentit soudain très proche de lui alors que, assis épaule contre épaule, ils attendaient l'éclipse, mais aussi un signe qui donnerait une nouvelle tournure à leurs vies. Elle cherchait le prétexte parfait pour devenir une poétesse, et lui, pour partir.

« Si on te disait que demain même tu pourrais prendre un avion…, déclara Alma, quelle destination choisirais-tu ? »

Il se tut pendant quelques secondes, les yeux fixés sur le mur de la chapelle comme s'il y lisait une carte invisible.

Elle profita de ce moment pour examiner ses traits fins et délicats. Éclairée par la bougie, la moitié de son visage reflétait l'Alex songeur, voyageur et bon fils qu'elle connaissait. L'autre moitié, à l'ombre, durcissait ses traits, le rendait mystérieux. Quelles douleurs, quelles peurs avaient sculpté ces cernes sous ses yeux ?

« J'irais à Puerto Williams, au Chili. Une ville d'à peine deux mille habitants.

— Pourquoi ?

— C'est la ville la plus proche du pôle Sud, près du canal Beagle. Je donnerais tout pour voir les montagnes qui l'entourent.

— Pourquoi ? »

Alex éclata de rire.

« Je sais, je me répète comme si j'avais cinq ans, concéda Alma. C'est idiot !

— Ce qui m'amuse surtout, c'est de voir une poétesse manquer de mots. »

Alma allait protester quand il lui fit un clin d'œil qui la désarma. Elle insista cependant :

« Pourquoi les montagnes de Puerto Williams ?

— Parce que personne n'y vit. Ce que verront mes yeux, personne ne le verra. Et le silence… Tu imagines le silence ?

— Tu ne nous aimes pas beaucoup, nous autres humains, hein ?

— Ce n'est pas ça, fit Alex en rougissant. Pour une fois, j'aimerais être celui qui part et pas celui qui reste planté. »

Alma devina toute la souffrance qui se cachait sous ces mots. Elle essaya de se mettre à sa place, orpheline de mère, un père parti dans un étrange voyage, et des amis qui s'en étaient allés, en quête d'un avenir qui lui était refusé.

Sans réfléchir, elle tendit la main pour chercher celle d'Alex. Au contact de sa peau, elle hésita puis la posa sur la couverture, son petit doigt touchant celui d'Alex. Du coin de l'œil, elle vit son dos se raidir comme sous l'effet d'un coup de fouet intérieur.

Cela fait combien de temps que personne ne t'a touché ? le plaignit silencieusement la jeune fille.

« Au fait, en parlant de Puerto Williams, reprit Alex, tu devais me rendre le livre de Chatwin…

— Ah mais, donné, c'est donné ! se moqua-t-elle. Tu me l'as laissé le jour de notre rencontre, alors si notre amitié doit être éternelle, comme je l'espère, tu trouves ça bien de m'ôter ton premier cadeau ? »

Il la regarda d'un air inquiet.

« Il n'est pas à moi. Je l'ai emprunté à la bibliothèque.

— Houston, on a un problème ! L'autre soir, il faisait très froid et c'est la seule chose que j'avais pour allumer le feu…

— Quoi ? s'écria-t-il. Tu as brûlé mon livre ?

— Mais non ! Je t'ai bien eu ! »

Alex poussa un soupir de soulagement. Cette fille avait le don de le mettre sur des charbons ardents. Pourtant, il se sentait bien avec elle.

« Elle est comment, la bibliothèque de Porvenir ?

— Je la trouve géniale ! Elle est juste à côté de l'église, sourit-il.

— Qu'est-ce qui te fait rire ?

— Un énorme écriteau « RESPECTEZ LE SILENCE » domine la salle de lecture, mais les cloches sonnent toutes les heures, et elles ne sont pas discrètes, tu peux me croire. En plus de la salle principale, elle possède un espace pour les réunions en sous-sol mais…

— Mais ?

— Personne ne l'utilise. Et c'est vraiment dommage ! La cave est joliment aménagée. On a gravé sur les murs des citations tirées de *Don Quichotte*, de *Crime et Châtiment*, du *Rouge et le Noir* et même de la Bible !

— On devrait remédier à ça.

— Tu ne considères pas la Bible comme une œuvre littéraire ?

— Mais si, idiot ! fit-elle tendrement, je parlais du fait que personne n'utilise cette salle. Moi aussi, j'aime les bibliothèques. Je vais au moins une fois par semaine dans celle de mon quartier.

— Toi aussi, tu empruntes des livres ? »

Il la contempla, heureux de découvrir un nouveau point commun.

« Pas seulement. Tu as devant toi la fondatrice du club de lecture « La Montagne magique ». J'ai lutté jusqu'au dernier moment pour lui trouver un nom qui ne soit pas celui d'un roman mais… la poésie est un art minoritaire !

— Si seulement il y avait un club de lecture à Porvenir, soupira Alex.

— "Sois le changement que tu désires", a dit Gandhi. Tu veux un club de lecture ici, eh bien, crée-le ! »

En voyant le regard épouvanté d'Alex, elle précisa avant qu'il puisse protester :

« Et je t'aiderai. »

Alma savait que c'était un pari risqué. Elle n'était que de passage, elle ignorait même si elle allait garder la maison de sa grand-mère, et elle se retrouvait, assise dans une chapelle, au milieu de la nuit, à faire une promesse à un garçon qui prenait de plus en plus de place dans son cœur.

Tant pis ! se dit-elle, *j'aurai bien le temps de regretter.*

« Cela fait une heure qu'on est là et il ne s'est rien passé, soupira Alma. On va attendre encore longtemps ? »

À peine avait-elle prononcé ces mots qu'elle les regretta. Elle ne voulait pas donner à Alex l'impression qu'elle s'ennuyait en sa compagnie. Assis dans la pénombre, protégé par les murs de la chapelle, il paraissait comblé, heureux tandis qu'il lui parlait de voyages, de sa vie à Porvenir, de ses souvenirs d'enfance. Il lui expliqua qu'il avait fêté le Nouvel An chez Sara.

En entendant ce nom, Alma eut un petit sursaut qu'Alex ne manqua pas de remarquer. Pendant quelques secondes, ils se regardèrent tous les deux dans un silence gêné : ils avaient tous les deux un secret qu'ils ne pouvaient partager.

« "Une année n'a pas de valeur et dix ans ne sont rien" », dit Alex, énigmatique.

Surprise, Alma attendit quelques instants avant de compléter :

« “Être artiste c’est : ne pas compter mais être comme l’arbre qui ne garde pas sa sève mais se tient tranquille et confiant sous les tourmentes du printemps sans craindre qu’après elles, peut-être, un autre été n’arrive pas. Malgré tout, l’été arrive.”

— “Seulement pour ceux qui sauront avoir de la patience et vivre l’âme en paix comme si l’éternité devant eux s’étalait”, soupira-t-il.

— Tu as récité par cœur un passage des *Lettres à un jeune poète* de Rilke, s’exclama-t-elle, enthousiaste. Pour quelqu’un qui ne l’aimait pas, tu t’es donné beaucoup de mal !

— Je t’ai dit que je n’aimais pas spécialement la poésie… mais j’aime cette idée qu’il faut vivre comme si on avait l’éternité devant soi sans dépendre du passage du temps. En lisant cet extrait, j’avais l’impression que Rilke l’avait écrit pour moi.

— C’est ça la poésie ! Elle est éternelle et universelle. »

Malgré elle, elle prit sa main dans la sienne et la serra en ajoutant :

« Comme l’amour. »

À cet instant, la lune éclaira la chapelle.

Ils suivirent des yeux son rayon qui illumina leurs deux mains entrelacées.

Honteuse, Alma voulut retirer sa main, mais il la retint sans la regarder. Elle soupira. C’était bien ainsi. Elle posa la tête sur l’épaule d’Alex qui ne bougea pas d’un millimètre. Un sentiment de bien-être inonda leur cœur et leurs pensées.

Alex souffla sur la bougie qui s’éteignit. Ils n’en avaient plus besoin. En quelques secondes, la lune fut recouverte. Un calme étrange régnait.

« La Terre s'est interposée entre le Soleil et la Lune, murmura Alma comme si elle avait oublié que c'était son ami l'expert en éclipses.

— Tu n'aimes vraiment pas le silence, toi ! »

Elle éclata de rire. Il commençait à la connaître.

« Ça ne t'impressionne pas de te dire qu'il y a des tas de personnes partout dans le monde qui regardent la même éclipse que nous ? »

Alma ferma les yeux.

« Bien sûr que cela m'impressionne, monsieur le poète. »

Alma lui donna un petit coup de coude dans les côtes. Pour toute réponse, il retira sa main, lui entoura les épaules de son bras et l'attira contre lui.

« Mesure bien tes forces avant de me provoquer ou…

— Oh ! des menaces, maintenant ? plaisanta-t-elle.

— Et une attaque de chatouilles en règle », répondit-il en soufflant sur ses cheveux courts et rebelles pour la décoiffer.

Une heure après, Alma lui demanda, surprise :

« Mais ça dure combien de temps, une éclipse ?

— Parfois, toute une nuit. »

Il lui prit le menton avec délicatesse.

« Tu as un meilleur endroit où aller ? Quelqu'un t'attend chez toi, Alma Mahler ? »

Son cœur s'arrêta en entendant ces deux questions, mais elle se tut.

Alex se leva.

« J'ai une Thermos de café chaud et j'ai apporté deux sacs de couchage.

— Je le savais ! lâcha-t-elle en faisant semblant d'être fâchée.

— Quoi ?

— Que nous passerions la nuit ici.

— C'était une possibilité », dit-il en lui tendant un sac.

Elle ouvrit la bouche pour répondre mais ne trouva pas de mots.

« Tu as froid ? demanda-t-il alors qu'ils s'étaient déjà glissés dans leurs duvets.

— Un peu…

— Viens. »

Il l'enlaça. Elle posa la tête contre sa poitrine et entendit les battements de son cœur s'accélérer. Elle frissonna.

Peu à peu, il se calma. Quelques minutes plus tard, tous deux avaient l'impression d'avoir passé la moitié de leur vie dans les bras l'un de l'autre. Leurs battements de cœur se synchronisèrent et une fois de plus, cette nuit-là, ils partagèrent un silence apaisé.

M'embrassera ? M'embrassera pas… ? Comme les pétales d'une marguerite, ces pensées s'effeuillaient dans l'esprit d'Alma.

Le soleil commençait à poindre et les occasions s'échappaient avec les ultimes restes de la nuit. Alex avait les yeux fermés.

Ce que je donnerais pour savoir dans quel lieu de la planète il est à cet instant, se dit-elle. Une question la tarauda : *Y aura-t-il de la place pour moi dans son voyage ?*

L'aube ne lui apporta pas la réponse qu'elle attendait.

Alors qu'ils descendaient vers la vallée, Alma reconnut sa maison au loin. Elle s'arrêta pour contempler son toit perçant la brume. Ses volets ouverts annonçaient qu'elle était habitée. *C'est moi qui vis ici*, se dit Alma, heureuse. Elle essaya d'imaginer combien de fois sa grand-mère, ses arrière-grands-parents avaient contemplé ce même paysage en se faisant cette même réflexion.

« Tout va bien ? lui demanda Alex, étonné de ce silence inhabituel.

— Oui, très bien même. »

18

De l'autre côté de la mer

Pablo, mon amour, j'aimerais que cette lettre t'arrive le 12 juillet, jour de ton anniversaire. Pablo, mon amour, sois heureux. Toutes les heures du jour et de la nuit, où que tu sois, avec qui que tu sois, sois heureux, je me souviendrai de toi, je penserai à toi, mon âme.

Lettre d'Alicia, maîtresse de Pablo Neruda

« Vous avez l'air d'un lion en cage, ce matin. »

Sara s'arrêta net. En se retournant, elle bouscula la femme menue qui, une serpillière à la main, l'observait, amusée. Avec son visage presque enfantin, ses yeux sombres et pétillants, on avait du mal à lui donner ses trente ans.

« Que veux-tu dire, Karol ?

— Vous avez la bougeotte. Depuis mon arrivée, il y a une heure, vous vous êtes levée au moins cinq fois de votre bureau. Le formulaire de ce trimestre doit être vraiment difficile à remplir ! C'est vrai qu'il y a eu plus de lettres ces derniers temps… », continua la femme de ménage.

Sara se contenta de hocher la tête. Karol partit nettoyer l'arrière-boutique où l'on gardait les sacoches, les paquets et le courrier en attente. De dos, sa blouse blanche, trop large pour elle, lui donnait un air de fantôme, bien que sa voix douce et son rire contrastent avec cette image.

Si seulement c'était un formulaire à remplir et pas cette maudite lettre ! pesta Sara en elle-même avant de se rasseoir face à l'écran de son ordinateur.

Le coup de fil de Fernando le soir du réveillon avait chamboulé son existence. Entendre sa voix de nouveau, après tout ce temps, avait réveillé des sentiments qu'elle croyait morts ou du moins comateux.

Comment mon cœur peut-il battre à cette vitesse ? ne cessait-elle de se demander.

Cet appel d'à peine deux minutes lui avait laissé des papillons dans le ventre et une mission qui lui paraissait impossible : « Écrire une lettre afin que la chaîne continue. Je sais, Fernando ! » murmura-t-elle. Son ami avait insisté, elle devait le faire par égard pour celle ou celui qui en avait eu l'idée afin de sauver son poste.

Qui cela peut-il bien être ? s'interrogea-t-elle en tapotant la souris comme si celle-ci détenait la réponse. À dire vrai, si elle était sincère, ce n'était pas ce qui la préoccupait le plus depuis qu'elle avait accepté. Cela faisait plusieurs jours qu'elle réfléchissait à un éventuel destinataire et à ce qu'elle pourrait lui raconter.

Pour que tu ne m'oublies pas
et te souviennes de moi quand tu es loin
ont servi mes caresses,
nos étreintes, nos baisers.
Pour que tu ne m'oublies pas
et que je sois dans tous tes rêves,
je t'ai donné mon amour, ce que j'ai
de plus cher et de plus précieux.

La voix de Karol lui parvenait de l'arrière-boutique. Sara sourit. Malgré la passion qu'elle y mettait, la jeune femme n'arrivait pas à trouver le ton juste. Sara se concentra de nouveau sur le document Word : elle n'avait encore écrit que la date et le nom du village. *Porvenir, le 7 janvier.*

Pour que tu ne m'oublies pas
pas même un instant
et que nous restions unis grâce aux souvenirs.
Pour que tu ne m'oublies pas
Pas même un instant
et que nous restions unis nous deux.

La voix lui parvenait des toilettes, un seau d'eau coincé dans l'entrebâillement de la porte.

« Tu ne veux pas qu'on t'oublie, mais de qui parles-tu ? » demanda Sara, amusée.

La chanson cessa. Le silence s'installa dans tous les coins et recoins du bureau chassant notes et paroles.

« Il y a toujours quelqu'un dont nous ne voulons pas qu'il nous oublie », répliqua Karol au bout de quelques instants.

Sara ne sut quoi répondre.

« Vous ne croyez pas ? » insista Karol, en passant la tête par la porte entrouverte.

Sara acquiesça.

« Une mère, un fiancé, des enfants, des amis… Ton chien, même. Ou ta terre. Ou tout ça à la fois ! Mais je chante aussi pour ne pas les oublier. »

Sara s'aperçut qu'elle ne savait presque rien sur cette jeune femme qui travaillait au bureau de poste depuis deux ans.

Brune, petite, elle avait une voix douce et un rire contagieux qui disparaissait les jours de pluie. Ces jours-là, elle paraissait absente, perdue dans la contemplation de l'averse.

Son accent indiquait qu'elle venait de très loin, d'un pays de l'autre côté de la mer. À Porvenir, en plus du bureau de poste, elle travaillait à la bibliothèque et dans quelques domiciles privés.

Soudain des tas de questions se pressèrent sur les lèvres de Sara. Mue par une curiosité irrépressible, elle ne put éviter de lui demander :

« Où es-tu née ?

— Je suis péruvienne, répondit Karol. Mon père aimait dire que nous venons du cœur des Andes à l'intérieur des montagnes. Il exagérait un peu mais pas tant que ça. Mon village est si petit qu'il n'apparaît pas sur les cartes de mon pays. Pas la peine de le chercher. »

Elle avait une manière spontanée et fraîche de s'exprimer que Sara appréciait beaucoup.

« Nous étions cinq enfants, quatre garçons et moi. Je suis forte, hein ? Sinon je n'aurais jamais pu survivre dans cette tribu ! L'aîné s'est tué dans un accident de camion et mon père est mort de vieillesse. C'était un homme bon, honnête, mais il avait un de ces caractères ! »

La postière poursuivit son interrogatoire.

« Bien sûr que je suis allée à l'école, quelle question ! lui répondit Karol, courroucée. Je sais lire et écrire. Mais je suis devenue mère trop tôt, à seize ans. Ici, cela paraît bizarre, mais chez moi, c'est normal. Dès que tu sais lire et écrire, si tu es un garçon, tu pars travailler aux champs ou à la mine, si tu es une fille, à la maison.

— Je peux t'inviter prendre un café ? Je vais aller chercher le mien en face.

— Un thé, ce serait possible ? »

Sara sortit pendant que Karol dépoussiérait les meubles d'archives.

Cinq minutes plus tard, assises l'une en face de l'autre en sirotant leur boisson chaude, elles reprenaient leur conversation.

« Je me suis mariée avec un homme dont j'étais profondément amoureuse, et je le suis toujours. Nos trois enfants sont restés là-bas, poursuivit Karol.

— Avec le père ?

— La plus grande avec ma mère, les deux garçons avec mes beaux-parents », précisa Karol d'un ton résigné.

Sans raison, Sara se sentit coupable.

« Ils vivent dans ton village ? Ils ont quel âge ? C'est joli, chez toi ? » demanda-t-elle maladroitement, pressée d'en savoir plus.

Karol éclata de rire.

« Oui. Ils ont quinze, dix et sept ans. Notre village est beau et paisible. Il est entouré d'immenses montagnes aux sommets blancs. Mais c'est pauvre, chez moi. Sinon je ne serais pas venue ici. Cela fait trois ans maintenant. Toute ma famille est restée là-bas, les vivants et les morts », ajouta-t-elle avec un soupir. Elle baissa les yeux avant de poursuivre : « J'ai tellement peur que mes enfants m'oublient. Et ma mère, mes frères, mes neveux, mes amies… »

Émue, Sara prit sa main dans la sienne.

« C'est bizarre, ajouta-t-elle d'un ton triste. Je les appelle tous les jours, nous rions, ils me racontent leurs journées. J'ai tellement besoin de savoir s'ils ont gagné le match de football ou si leur dent de lait est tombée. Ce genre de détails, c'est ça qui me manque le plus. Mais quand je raccroche, je me sens encore plus seule qu'avant. Et coupable aussi. De ne pas être avec eux. Vous comprenez ça, vous, Sara ? Pas moi. Qu'est-ce qui vaut mieux, les appeler ou ne pas les appeler ? Écrire ou pas ? Leur envoyer des photos ou pas ? Je n'ai pas choisi de venir ici. Il fallait que je le fasse, par nécessité, pour nourrir ma famille. Pourtant, je me sens coupable de ne pas voir grandir mes enfants et que d'autres les élèvent à ma place. Même si je sais que leurs grands-parents les aiment beaucoup… Je me sens mal à chaque fois que je raccroche, j'ai l'impression de les abandonner encore une fois. »

Karol détourna les yeux vers la fenêtre. Sara eut la certitude qu'à cet instant elle traversait un océan imaginaire pour voyager jusqu'à un village de maisons de pisé et de rues en terre. Spectatrice muette de ce désespoir, elle s'aperçut soudain que si le bureau de poste fermait, Karol perdrait son travail. Ce qui rendrait son sacrifice encore plus pénible.

« Allez, finie la récréation, au travail ! » s'exclama cette dernière.

Mais avant que Sara ait eu le temps de se tourner vers l'écran de son ordinateur, elle ajouta :

« Merci. Cela faisait longtemps que je n'avais pas passé un aussi bon moment.

— Je peux te poser une dernière question ?

— Bien sûr ! répondit-elle en souriant.

— Le père des enfants, il est où ?

— Il est mort. Il travaillait à la mine, il y a eu un effondrement… Je dis toujours que si Dieu avait voulu que nous vivions sous terre, il aurait fait de nous des taupes… Je vous l'ai dit, je chante aussi pour ne pas oublier. »

Sara rentra chez elle, les écouteurs sur les oreilles. Le boléro de Karol lui était resté en tête.

Pour que tu ne m'oublies pas
et que tu m'accordes une pensée
Mes lettres te parviendront
chaque jour, elles te diront je t'aime.
Pour que tu ne m'oublies pas
et que notre amour soit éternel,
je supprimerai les distances
et j'arrêterai le temps.

Une idée surgit soudain dans son esprit.

Elle allait écrire à Karol en lui racontant des petites choses du quotidien, celles qui manquent le plus, se dit-elle, toute contente d'avoir trouvé sa destinataire quelques secondes à peine avant qu'un petit de huit ans se précipite sur elle comme un bolide en hurlant : « Maman est là ! »

19

Sara

Porvenir, le 7 janvier

Chère Karol,

J'espère que, lorsque tu recevras cette lettre, tu auras passé une bonne journée.

Je sais, la première chose que je devrais faire, c'est me présenter. Désolée, je ne peux pas. Imagine que je suis une de tes amies que tu n'aurais pas vue depuis longtemps et, je t'en prie, lis ma lettre comme si cela faisait des années que nous nous connaissons, comme si nous avions grandi ensemble. Pendant quelques instants, ferme les yeux et donne-moi le visage d'une personne que tu aimes pour que mes paroles t'accompagnent et te réconfortent.

Je comprends que tu puisses te poser des tas de questions, mais je vais t'expliquer la situation pour que tu comprennes mieux.

Toi et moi nous faisons partie d'une chaîne de lettres.

Quand j'étais petite, j'ai participé un jour à une chaîne internationale de ce genre entre enfants de facteurs. J'ai reçu ainsi une carte d'un village en Finlande représentant un père Noël sur son traîneau. Moi, j'avais écrit à… Berlin! Rien que ça. J'avais passé des heures avec ma mère au bar-tabac à choisir une carte de Porvenir avec l'impression de porter une grande responsabilité. De mon choix dépendait l'idée concrète qu'une famille allemande et ses voisins se feraient de mon village. Je voulais leur montrer que nous vivions dans un endroit très ancien mais moderne, petit mais qui ne manquait de rien. Je voulais montrer l'église mais aussi les montagnes et la chapelle parce que je me suis toujours sentie privilégiée d'être née et de vivre ici.

Tu sais quoi? Comme j'étais incapable de me décider, j'ai fini par en envoyer trois. La famille allemande n'a pas dû en revenir!

Il existe dans ton pays des échanges de ce genre? Je l'espère parce que je trouve que c'est une très bonne idée. J'aimerais que mes enfants puissent un jour participer à l'un d'eux. Mais tu es peut-être de celles qui pensent que les e-mails te demandant de faire suivre le message à tes contacts, c'est la même chose. Pas du tout. Ce dont je te parle est très différent. Et beaucoup plus sérieux.

Il y a quelques jours, j'ai reçu une lettre anonyme qui parlait de Sara – tu l'as peut-être déjà croisée, c'est notre postière. Elle vient d'apprendre que le bureau de poste va fermer, qu'on va l'envoyer loin de chez elle, à la capitale.

Je ne te raconterais pas tout ça s'il n'était pas en ton pouvoir d'aider Sara et notre village. Comment? C'est très simple. Comme je viens de le faire. Écris une lettre.

Longue ou courte, bien ou mal écrite, peu importe. Envoie-la à qui tu veux dans le village. Partage ainsi quelques minutes de ta vie. Construisons à nous tous une chaîne de mots si longue qu'elle arrivera à la capitale et si solide que personne ne pourra la briser.

Je dois t'expliquer deux autres choses sur cette chaîne : la première, c'est qu'on envoie la lettre de manière anonyme puisqu'on n'attend pas de réponse. La seconde, c'est qu'en participant à cette initiative tu acceptes le pacte suivant : ce que tu lis est confidentiel. Tu ne peux en parler à personne.

Maintenant tu comprends pourquoi je m'adresse à toi. Quelque chose me dit que l'idée devrait te plaire. Appelle ça un sixième sens.

Choisir le destinataire et parler de ce dont on a envie, cela paraît facile, pourtant je t'assure que ça ne l'est pas. Moi, j'ai eu du mal à te trouver. Par contre, je savais très bien ce que je voulais te raconter. Des petites choses de la vie. Quoi de plus beau que de partager notre quotidien avec quelqu'un pour qui nous comptons et qui compte pour nous ?

Je suis une femme et j'ai une vie très normale. Je n'ai rien d'exceptionnel, je me situe plutôt dans la moyenne, ni jeune ni âgée, ni riche ni pauvre, ni jolie ni laide, ni super diplômée ni analphabète. Mais attention, je n'ai pas dit médiocre.

Je suis raisonnablement heureuse. Dans la mesure où une femme seule avec des enfants à charge peut être heureuse. J'ai mes propres blessures : la mort de mes parents et l'abandon de mon mari. J'ai connu des moments très durs, mais je ne veux pas en parler maintenant. Je suis sûre que toi aussi, tu as des cicatrices, elles sont même peut-être plus profondes. Mais on ne va pas s'appesantir là-dessus, ce serait gâcher notre temps.

J'ai toujours pensé que notre vie pouvait changer à n'importe quel moment. Même quand on s'y attend le moins. Comme un vêtement qu'on retourne d'un côté ou de l'autre, parfois on voit les coutures, d'autres fois, on le remet à l'endroit et il brille, comme neuf.

Ces derniers mois, j'ai découvert que… je comptais aux yeux de beaucoup de gens.

Cette remarque doit te paraître puérile. Elle l'est peut-être… Dernièrement, j'ai l'impression d'avoir rajeuni. Sans aller chercher plus loin, l'autre jour alors que j'étais dans la rue avec mon plus jeune fils, il m'a tirée par la manche d'un air inquiet en me disant : « Maman, qu'est-ce qui te prend ? »

J'étais en train de chanter sans m'en apercevoir. Il m'a même assuré que je sautillais ! J'ai du mal à le croire !

J'ai toujours pu compter sur l'amour inconditionnel de ma voisine, qui est comme une tante pour moi et mes enfants. Cette femme si généreuse, la meilleure amie de ma mère, était présente à ma naissance, comme elle aime à me le rappeler, dans cette maison où nous vivons encore toutes les deux, elle au premier étage, mes enfants et moi au second. Elle a plus de quatre-vingts ans, paraît fragile, mais il ne faut pas se fier aux apparences : il faudrait plusieurs tsunamis pour briser sa volonté ! Quand elle a décidé quelque chose, impossible de lui faire entendre raison ! Ceux qui la connaissent depuis toujours disent qu'elle était déjà comme ça dans sa jeunesse, impétueuse et déterminée. Depuis que ma mère nous a quittés, elle est devenue mon ange gardien et je lui en suis immensément reconnaissante.

Élever seule ses enfants, ce n'est pas facile même quand ils sont aussi gentils que les miens. Je suis tellement fière d'eux ! L'aîné obtient toujours les meilleures notes de toute sa classe. Il adore les animaux, tous les animaux. Il avait même installé une clinique vétérinaire dans sa chambre. Il récupérait tous les animaux blessés : un chat boiteux, qu'on a surnommé Jambe-de-Bois, un lézard sans queue qui a fini par s'enfuir de sa boîte à chaussures et a filé par le balcon – enfin, j'espère, parce que, sinon, on risque de tomber sur son cadavre en déplaçant un meuble. Les problèmes ont commencé quand il a rapporté une mouffette borgne. Ne me demande pas comment il a fait, il l'a fait. Tu as déjà eu à affronter une mouffette en colère ? J'espère pour toi que non. Je crois que j'ai dépensé un mois de salaire en désodorisants et parfums d'intérieur. Heureusement, ma voisine a réussi à faire entendre raison à mon garçon. Du moins, provisoirement. Je sais qu'il rêve d'être vétérinaire, mais pour l'instant il collectionne les animaux… en vignettes.

Mon deuxième est très drôle. Comme tous les enfants du milieu, il est devenu expert dans l'art de passer inaperçu entre le petit parce qu'il est petit et le grand parce qu'il est grand. Grâce à son don d'invisibilité et son caractère sympathique, il a déjà un passeport pour arriver où il veut… en faisant le moins d'efforts possible. Si tu le voyais, il t'arracherait un sourire en moins de temps qu'il ne faut pour le dire. Il a toujours été comme ça. Quand tout allait si mal, juste après que son père était parti de la maison, il se donnait beaucoup de peine pour me faire rire. Le matin, comme j'avais du mal à sortir du lit, j'étais déprimée, j'avais l'impression que le monde m'était tombé dessus, tu sais ce qu'il faisait ce petit coquin ? Il entrait en silence dans ma chambre et sautait sur mon lit pour me chatouiller ! Il n'arrêtait pas tant qu'il ne m'avait pas arraché un sourire.

Quant au cadet, c'est un ange ! Mais il a du caractère. Comme il est le plus jeune, il doit marquer son territoire. Quand il se fâche, ses deux frères partent se cacher. Imagine un peu ! Cela arrive rarement, c'est pour ça que je l'appelle mon petit ange, sans compter qu'il est tout blond et qu'il a les yeux bleus.

Mais je ne vais pas te mentir, Karol, pas à toi. Pouvoir compter sur ma voisine et mes amis, voir grandir mes enfants, vivre à Porvenir dans cette maison charmante en pierres et ardoises, ce n'est pas la seule chose qui me rende heureuse ces derniers temps. Pourtant, j'aime notre vallée avec ses forêts et vallons ! Surtout au printemps. Tu as vu ces couleurs ? Et les fêtes de notre sainte patronne ! Ce sont les plus belles de toute la région. Je n'en ai pas raté une seule depuis ma naissance !

Tu veux savoir ce qui me rend si heureuse ? J'ai honte de l'écrire. C'est idiot ! Tu ne sais pas qui je suis, pourtant je ne peux pas m'empêcher de rougir ! On ne dirait pas que dans quelques semaines je vais avoir quarante ans !

Assez tourné autour du pot ! Alors voilà, je crois que je suis amoureuse. Je ne pensais pas que cela pourrait encore m'arriver… Mais c'est la vérité ! Le plus beau, c'est que c'est réciproque, je pense ! C'est fou !

Il s'appelle Fernando, il est né tout près d'ici. On s'est rencontrés, il y a longtemps, pour le travail. Et on a sympathisé, c'est tout. Pas de papillons dans le ventre, pas d'étincelles, rien… Je mentirais si je te disais que j'ai tout de suite su que c'était l'homme de ma vie. Simplement, je me sentais bien en sa compagnie. Il a le don de vous mettre de bonne humeur. Il est gai, amusant. Nous ne bavardons que par Internet, mais tu imagines le bonheur de se réveiller à côté d'un homme comme ça ?

J'étais mariée quand on s'est connus. Je suis une femme libre maintenant. Pour la première fois depuis longtemps, après avoir survécu à la séparation, m'être reconstruite, je me sens libre d'aimer à nouveau. Son apparition, ça tient du miracle ! Il vit en pleine mer, dans la mer du Nord, à des milliers de kilomètres de Porvenir, et puis tout d'un coup, il me contacte, par Internet. Je t'assure, Cupidon devait avoir envie de plaisanter ce jour-là. Mais c'est génial, non ?

La première fois qu'il m'a écrit, c'était pour me demander de l'aide au sujet d'un document administratif. Pour une fois, je bénis les tracas de la bureaucratie qui ne mérite finalement pas cette mauvaise réputation qu'on lui fait… Je plaisante, bien sûr. Depuis, on n'arrête pas de se parler par tchat. Tous les jours ! Au début, on trouvait n'importe quel prétexte, on se contentait de discuter du beau temps et de la pluie. Peu à peu, nos conversations sont devenues plus personnelles. Je suis sur la route, j'aperçois un oiseau que je n'ai jamais vu, et la première chose qui me vient à l'esprit, c'est : « Je dois le dire à mon ami. » Mes enfants m'offrent un dessin, ma voisine me rappelle une anecdote de sa jeunesse, il m'arrive quelque chose de bien dans mon travail… Je n'attends qu'une chose : me connecter pour le lui raconter.

Il dit que c'est un peu pareil pour lui. Il dit « un peu » parce qu'il ne roule pas en voiture, il n'a pas d'enfants ni d'amis proches. Il travaille sur une plate-forme pétrolière et ses collègues viennent tous de pays différents dont il ne comprend pas la langue. Il fait toujours nuit là-bas, tu imagines ? Six mois d'obscurité ! Il assure qu'au bout d'un moment tu apprends à interpréter les signes qui prouvent qu'une journée est passée mais que tu ne t'habitues jamais. Bien sûr que non ! Tu sais ce qu'il m'a écrit un jour ? Que quand il bavarde avec moi, à l'heure du déjeuner, c'est comme si le soleil se levait pour lui. Je lui rends la lumière en pleine nuit. Je ne lui ai pas dit que c'était pareil pour moi.

Le 31 décembre, à minuit cinq, le téléphone a sonné alors que nous fêtions le Nouvel An avec mes enfants et des voisins. Il voulait commencer l'année avec le son de ma voix. Crois-le ou pas, au moment pile où il m'a appelée, je pensais à lui.

Je sens qu'il attend plus de moi, chacune de ses paroles est pleine de sous-entendus. Mais j'ai peur. Je ne suis plus une gamine. Je vais bientôt avoir quarante ans, j'ai trois fils, des factures à payer, quelques kilos en trop, et je ne veux pas quitter mon village.

La fille qu'il a connue n'existe plus. Ma voisine dit que ce n'est pas vrai, qu'elle est juste cachée par quelques rides et des tonnes de problèmes. Qu'il suffit de gratter un peu pour qu'elle réapparaisse. C'est à moi de la laisser sortir. Elle a peut-être raison… Mais comment savoir s'il aimera la femme que je contemple tous les matins dans mon miroir ?

Il dit qu'il est fatigué et qu'il veut rentrer au pays… Et s'il le regrettait dans un an ou deux ? Qui peut m'assurer qu'il ne voudra pas repartir ? Qui peut me promettre qu'il ne m'abandonnera pas, lui aussi ?

Comment savoir que je ne me trompe pas, encore une fois ?

Tu vois, je me pose tellement de questions que je suis incapable de prendre une décision ! J'ai peur qu'il ne comprenne pas mon silence, qu'il me croie indifférente. C'est faux. Je te le dis à toi, je meurs d'envie de le revoir, de me promener dans nos bois avec lui, main dans la main, d'un dîner aux chandelles… Qu'il m'embrasse !

Je voulais t'écrire pour te raconter des tas de choses quotidiennes et j'ai fini par te parler de mes problèmes de cœur. Ah, l'amour ! Cet éternel dilemme… J'espère qu'au moins ma lettre t'aura distraite un moment de ta routine et t'aura tenu compagnie.

Maintenant, le stylo est entre tes mains. Tu écriras à ton tour à une femme ? Ne le fais pas seulement pour éviter qu'on ferme le bureau de poste de Porvenir. Fais-le surtout pour partager avec elle tes joies, ta tendresse et cette énergie qui court dans tes veines.

Tu as tellement à donner, Karol ! Pourquoi ne pas en offrir un peu à une inconnue qui en a besoin ?

20
En attendant Margot

Le plus difficile ce n'est pas le premier baiser, mais le dernier.

Paul GÉRALDY

Alma et Alex attendaient depuis un bon quart d'heure devant la porte close de la bibliothèque. Alma commençait à désespérer. Alex, amusé, lui expliqua que le temps à Porvenir ne se mesurait pas de la même façon qu'à la capitale.

« Sois patiente. La bibliothécaire finit son café en famille ou à moitié endormie devant la télévision.

— Je veux bien qu'on n'ait pas la même notion du temps, mais… moi je gèle ! » grogna Alma avec une moue hostile.

Avant qu'elle ne se fâche pour de bon, Alex proposa d'aller chercher la clé au bar du Cercle qui conservait un double pour les urgences.

« On l'attendra à l'intérieur, assis dans de confortables fauteuils.

— Je vais te tuer…

— Qu'est-ce que j'ai fait ? se récria-t-il, surpris.

— Tu as la clé et tu me fais attendre dehors par moins zéro une vieille chouette qui…

— Attends un peu ! Elle n'a rien d'une vieille chouette. Margot est une femme attachante. Je la connais depuis que je suis petit et…

— Et elle est bien au chaud chez elle, emmitouflée dans sa couverture, tandis que nous, on se pèle à cause d'elle. Je la vois, tiens, une tasse de chocolat chaud entre les mains, se moqua Alma d'un ton sarcastique.

— Tu exagères ! Vraiment, ça ne t'est jamais arrivé d'avoir quinze minutes de retard ?

— Vingt.

— Vingt ?

— Il est 17 h 20, précisa Alma en poussant un soupir exaspéré. On avait rendez-vous à 17 heures, je te rappelle. Mais je ne sais pas pourquoi on continue à discuter ici puisque tu peux te procurer la clé. »

Alex l'observa avec attention. C'était la première fois qu'il la voyait en colère. Ses yeux couleur de miel étincelaient et son petit nez se plissait dans une grimace enfantine très amusante.

Il haussa les épaules mais, avant de disparaître au coin de la rue, déclara :

« Je préfère que tu m'attendes ici au cas où elle arriverait… Ce serait idiot.

— Ben oui, trop idiot ! » murmura Alma, mais il ne l'entendit pas.

Sa colère s'évanouit dès qu'elle franchit le seuil de la bibliothèque. Comme toujours, elle eut l'impression d'entrer dans une maison familière qui ne lui rappelait que de bons souvenirs. La sensation de paix qu'elle éprouvait était toujours la même. Cervantès, Shakespeare, Virginia Woolf, Neruda, Saint-Exupéry, Tchekhov ou Kafka vivaient en bonne harmonie aux côtés de Borges, Charlotte Brontë ou Louisa May Alcott, sans que les différences d'âge, de nationalités ou de genre, importent.

Si seulement le monde pouvait ressembler à une grande bibliothèque où cohabiteraient Occidentaux et Orientaux, jeunes et moins jeunes, se dit-elle.

Quand, cinq minutes plus tard, Alex repartit rendre la clé au bar, elle n'émit aucune objection. Sans le savoir, il venait de réaliser un des rêves les plus récurrents d'Alma : posséder une bibliothèque à elle. Certains auraient rêvé de se retrouver enfermés dans la mythique bibliothèque d'Alexandrie ou celle du Congrès, à Washington. Elle, ici à Porvenir, elle avait déjà l'impression d'être dans un petit paradis.

Alma caressa du bout de l'index le titre gravé sur le dos du premier livre qui se trouvait en face d'elle : *Orgueil et préjugés*. À côté de l'œuvre de Jane Austen, Paul Auster et sa *Musique du hasard* attendaient un lecteur qui tardait à se présenter au vu de l'état neuf du livre. *Jamais deux sans trois*, se dit la jeune fille. « Voici encore un bijou : *La Volonté* d'Azorín. Quel étrange compagnonnage dû aux hasards de l'alphabet », murmura-t-elle en reculant pour avoir une meilleure perspective sur ce paysage de livres.

Fascinée, elle pivota sur elle-même. La bibliothèque de Porvenir dépassait tout ce qu'elle avait imaginé depuis qu'Alex lui avait proposé, deux jours auparavant, d'aller voir Margot, institutrice en préretraite, pour lui soumettre leur idée d'un club de lecture dont les réunions auraient lieu dans la salle du sous-sol.

Alma se trouvait seule au centre de la salle qui sentait le vieux bois et regorgeait de livres et de revues qui débordaient des rayonnages. Elle se fraya un chemin en se faufilant parmi eux. Ici et là, dans un coin ou au milieu du couloir, une pile de livres apparemment abandonnés. À côté, quelqu'un avait placé stratégiquement un fauteuil rembourré au velours grenat ou un tabouret de piano.

À première vue, le chaos semblait régner dans ce lieu. Pourtant, en y regardant de plus près, Alma s'aperçut qu'on s'était occupé des moindres détails : tous les livres étaient rangés par ordre alphabétique, parfaitement recouverts et étiquetés. Sur les étagères, quelques boîtes, sans couvercles, contenaient des fiches. Alma en sortit une.

D'une écriture soignée, quelqu'un avait écrit :

Charles Baudelaire (Paris, 9 avril 1821–31 août 1867)
Genre : poésie.
Mouvement : romantisme et symbolisme.
Appelé « poète maudit » en raison de sa vie de bohème et de ses excès. Parmi ses œuvres les plus connues, Les Fleurs du Mal, Les Paradis artificiels *et* Petits Poèmes en prose.

Elle remit la fiche à sa place et avança de deux lettres. Elle tomba sur Dante. À côté d'un vieux volume de *La Divine Comédie*, quelqu'un avait laissé une feuille de papier qu'elle ne put éviter de prendre. Elle la déplia et lut, de la même écriture : « Souviens-toi que pour arriver au Paradis, le poète Dante passa d'abord par l'Enfer et le Purgatoire. Il faut connaître les vicieux, les pénitents et les bons, que la vie se révèle sous toutes ses formes. »

Une bibliothécaire philosophe ! s'étonna Alma. *Philosophe et absente.* Cela faisait plus d'une demi-heure qu'ils l'attendaient.

Elle abandonna Dante et avança jusqu'à Kafka. Elle trouva quatre œuvres de l'auteur né à Prague : *Le Procès*, *Le Château*, *Lettres à Milena* et *La Métamorphose*, la seule qu'elle avait lue. Elle aperçut à côté une petite boîte en carton qu'elle ouvrit. Celle-ci contenait un petit scarabée en plastique. Elle le sortit et, en le retournant, y vit une petite étiquette au nom de Gregor Samsa. Elle le rangea dans sa boîte et prit le volume qui racontait les aventures de ce malheureux personnage :

« En se réveillant un matin après des rêves agités, Gregor Samsa se retrouva, dans son lit, métamorphosé en un monstrueux insecte. »

Cette bibliothèque est pleine de surprises...

Intriguée, elle était prête à en faire tout le tour quand elle entendit frapper quelques coups secs dans son dos. Elle retint sa respiration. Personne ne savait qu'elle était là. Personne excepté Alex et Margot. Celle-ci daignait-elle enfin se présenter ? Les cloches de l'église sonnèrent 17 h 45.

« Margot ? »

Pour toute réponse, elle entendit un nouveau coup sec.

Dans un geste d'autodéfense comique, elle s'empara au hasard de deux livres pour se protéger, les *Chants ibères* de Gabriel Celaya qui n'était pas rangé à sa place et *Le Chat noir* d'Edgar Allan Poe.

Elle entendit alors la porte s'ouvrir.

Telle une lanceuse de javelot, elle recula les bras et prit son élan. Son assaillant se trompait s'il croyait qu'il allait pouvoir l'attaquer sans qu'elle se défende.

« Tu sais quoi… »

Alex n'eut pas le temps de finir sa phrase. Il réussit à esquiver de justesse le premier projectile et s'arrangea pour que le second ne lui effleure que l'épaule.

« Mais qu'est-ce qui te prend !

— Je ne pouvais pas savoir que c'était toi…, lui rétorqua Alma, irritée.

— Évidemment, tu m'as agressé avant que je puisse ouvrir la bouche, se défendit-il en se baissant pour ramasser les livres.

— Ça t'apprendra à faire le malin ! Tu m'as fait vraiment peur avec tes petits coups ! C'est ce que tu voulais, hein ? Je croyais que c'était Margot mais je l'ai appelée et elle n'a pas répondu alors…

— Tu aurais préféré que je miaule ? répliqua-t-il en s'approchant d'elle.

— Comment ça ?

— C'est ce que j'allais te dire quand tu m'as bombardé de livres, il y avait un chat de gouttière dans la bibliothèque, se moqua Alex. Tu ne l'as pas vu ?

Quand j'ai ouvert la porte, il a filé comme s'il avait le diable aux trousses. »

Alex feuilleta les livres avant de les ranger à leur place.

« Joli choix, dis donc. Tu connais ce poème des *Chants ibères* : "La poésie est une arme…

— … chargée de futur", finit Alma.

— Exactement ! Tu as voulu me tuer d'un coup de futur ? plaisanta Alex en lui pinçant la joue.

— Je commence à me dire que je suis tombée dans une souricière.

— À cause de Margot ?

— Non, de toi, répondit Alma avec un clin d'œil.

— Moi ?

— Tu t'es arrangé pour te retrouver seul ici avec moi sans autre témoin que les écrivains… »

Alma se tourna vers les rayonnages. *Othello*, *Hamlet*, *Le Songe d'une nuit d'été*… Shakespeare en occupait un à lui seul ou presque.

« … Et comme la plupart sont morts, ils ne pourront rien raconter », poursuivit sur le même ton Alma.

Alex vira à l'écarlate.

Comme lors de la nuit de l'éclipse, elle se demanda ce qu'il attendait pour l'embrasser. *Vraiment*, songea-t-elle, *les choses à Porvenir vont à une autre allure*.

Quand les cloches sonnèrent 19 heures, ils étaient assis tous les deux dans les fauteuils d'un petit espace de lecture accueillant, niché au fond de la salle. Alex prenait en note les thèmes qu'Alma proposait pour leur futur club de lecture.

« Par expérience, je te préviens, il ne faut pas être trop généraliste, sinon on risque de passer la journée à discuter quel livre lire ou quel auteur traiter », précisa Alma qui raconta sa propre expérience dans le club qu'elle avait fondé à la fac.

Deux groupes s'opposaient : ceux qui préféraient analyser l'œuvre d'un auteur en vie parce qu'ils estimaient qu'on pouvait encore savoir si ses conclusions étaient justes et ceux qui voulaient étudier un auteur mort parce qu'ils pensaient qu'il valait mieux analyser un travail qui ne connaîtrait plus de révisions. Les premiers furent appelés par leurs détracteurs les cannibales et les seconds traités de nécrophages.

« Je suis d'accord, mais un seul auteur, ça risque d'être un peu ennuyeux, non ? jugea Alex.

— On n'a qu'à choisir un pays ou un continent ? proposa Alma.

— Je ne suis pas convaincu. Et puis, quel pays ? Tu crois qu'à Porvenir on aura beaucoup de participants pour analyser la poésie malaise ou le théâtre afghan ? »

Ils éclatèrent de rire.

« Ni à Porvenir, ni à Mastán, ni… nulle part. Difficile de trouver un public aussi pointu.

— Il vaudrait mieux qu'on se concentre sur un genre, opina Alex. Qu'en penses-tu ?

— C'est une idée géniale.

— C'est tout ?

— Comment ça ? »

Il lui adressa un clin d'œil.

« Tu n'es pourtant pas du genre à céder facilement… »

Un livre traversa l'espace aérien de la bibliothèque : *En attendant Godot* de Samuel Beckett. Alex le rattrapa au vol. Il l'ouvrit au hasard et lut en silence pendant deux minutes.

« Je commence à me sentir comme Estragon et Vladimir. »

Alma l'interrogea du regard.

« Écoute ce que je viens de lire : "Rien ne se passe, personne ne vient, personne ne part, c'est terrible." »

Elle haussa les épaules et demanda :

« Tu es sûr que Margot va venir ? Il est 19 heures passées.

— J'en suis convaincu. Margot est une femme très sérieuse, ajouta-t-il en baissant la voix comme s'il en doutait.

— En tout cas, on est mieux ici qu'à la petite chapelle, il fait moins froid, tu ne trouves pas ? »

Elle essayait de le provoquer pour qu'il l'embrasse de nouveau. En vain.

Comme s'il n'avait pas compris le sous-entendu, il répondit simplement :

« Oui, il fait moins froid… Bon, on devrait avancer sur le thème du club… puisqu'on est là pour ça…

— Bien, dans ce cas, on se partage le terrain et dans dix minutes on se retrouve ici dans ces fauteuils, chacun avec deux propositions de genre et de livres à lire », proposa Alma en se levant pour masquer sa déception.

Ils étaient plongés dans leur quête quand un cri d'Alma fit sursauter Alex :

« Non !

— Que se passe-t-il ? » lui demanda-t-il, perché sur une échelle, dans la section consacrée à la littérature de voyage.

« Viens voir, tu comprendras. »

Alma avait trouvé un classeur à archives métallique près de la porte menant à la cave. Il ressemblait à ceux des films policiers en noir et blanc dans lesquels le détective rangeait les dossiers des cas les plus macabres ou les preuves définitives d'une affaire. Que pouvait cacher une bibliothécaire de village dans ce bloc de plus d'un mètre et demi de hauteur ?

Après avoir hésité quelques secondes, elle ouvrit le tiroir inférieur. *Le contraire de ce que ferait tout le monde*, se dit-elle. Il y régnait un désordre indescriptible : papiers épars, factures, coupures de journaux, cahiers de comptabilité… ainsi qu'une enveloppe aux timbres colorés qui attira son attention. Elle était adressée au très original *Village de Porvenir (Espagne, Europe)*. Elle la prit et la retourna. L'expéditeur était : *Village de Porvenir (Chili, Amérique du Sud)*.

« Mais qu'est-ce que tu fabriques ! Margot va nous tuer… ! s'exclama Alex en découvrant son amie au milieu d'un tas de papiers.

— Si tant est qu'elle existe, cette Margot, ironisa Alma, assise par terre.

— Sérieusement, qu'est-ce que tu as fait ? C'est quoi tout ça ?

— Au lieu de ronchonner, assieds-toi là, je vais t'expliquer. J'ai tout sorti de cette grande enveloppe. Ne t'en fais pas, je remettrai tout à sa place après au cas où, dans cinquante ans, quelqu'un se déciderait à ranger… »

Alma détourna les yeux d'une vieille carte en voyant Alex s'approcher. Il posa la main sur son épaule. Une étincelle l'obligea à la retirer.

« Regarde ces cartes, elles sont datées d'il y a un siècle ! »

Alma lui tendit une vieille carte géographique qu'il reconnut immédiatement, bouche bée. Un océan à gauche, une longue cicatrice montagneuse à droite. Au centre, une langue de terre qui rétrécissait et se terminait par une petite pointe. De l'eau, des îles, et plus loin, le bout du monde. Plusieurs noms défilèrent sous ses yeux : Patagonie, Terre de Feu, Andes, canal Beagle, île Navarino, Antarctique… Seules deux villes étaient indiquées : Punta Arenas et, à quelques kilomètres, une autre plus petite dont le nom l'estomaqua :

« Porvenir ? Il y a écrit Porvenir ?

— Ah, ah ! Monsieur le grand amoureux de la Patagonie, tu ne savais pas qu'il existait un Porvenir de l'autre côté de l'Océan ? »

Alex secoua la tête tandis que ses mains caressaient la carte. Ses yeux verts brillaient et Alma devina qu'à cet instant il était parti très loin. Elle était certaine qu'il marchait dans les rues de ce Porvenir austral, humant l'air marin et le vent glacé du sud. Respectant sa rêverie, elle garda le silence tout en l'admirant. *Il est encore plus beau quand il voyage*, se dit-elle.

Elle mourait d'envie de l'embrasser, de partir avec lui où qu'il aille. Mais, une fois de plus, la timidité d'Alex l'empêcha de le faire. Elle poussa un soupir avant de reprendre à voix haute :

« Tiens, ce document explique pourquoi la bibliothèque conserve cette enveloppe dans ses archives. »

Alma lui tendit un formulaire comportant de nombreux timbres.

Alex le lut en silence. Puis il leva les yeux et les planta sur le visage de son amie :

« Nous avons une ville jumelle. »

Sa solennité amusa Alma.

« Une ville jumelle », s'extasia Alex tout en soulevant quelques photos en noir et blanc éparpillées par terre.

Elles montraient de hautes montagnes, des maisons en bois peint, des rues en terre. Et des chiens, des enfants, des personnes âgées qui ne paraissaient pas très différents des habitants de Porvenir, simplement un peu plus petits et plus bruns.

« Le Porvenir sud-américain était une petite ville de garnison créée en 1883 durant la fièvre de l'or. Des immigrants européens attirés par l'appel du métal roi s'y installèrent et…, s'interrompit Alma, mystérieuse.

— Et ?

— Il semblerait que tu n'aies pas été l'unique habitant de notre village à rêver de grands voyages !

— Pourquoi ?

— Parce que parmi ces Européens partis vers ces terres dures et arides, il y avait un voisin de nos ancêtres. C'est pour ça que les deux villes sont jumelées. Il a trouvé de l'or et, même s'il a décidé de ne pas revenir ici, il s'est toujours souvenu avec affection de son village si bien que ses héritiers ont demandé le jumelage. »

Alma se tut. Une pensée occupait son esprit. Malgré les différences évidentes, les histoires de sa grand-mère Luisa et de ce chercheur d'or inconnu lui paraissaient similaires. Tous les deux avaient émigré, l'un par mal d'amour, l'autre en quête de fortune, sans jamais oublier Porvenir. Cette vallée, ces bois et ce dédale de pierre s'étaient gravés dans leur cœur. À jamais. Elle-même commençait à sentir leur pouvoir.

« Il y a quelqu'un ? cria soudain une voix.

— Oui, Sara, on est là ! » s'exclama Alex en se levant d'un bond.

Surprise, Alma demeura figée sur place. *Sara ? La postière ? Combien de Sara pouvait-il y avoir dans un village comme celui-ci ?* se demandait-elle encore quand une femme rousse s'approcha qu'elle reconnut, même si elle lui parut plus petite que la dernière fois, quand elle l'avait aperçue de la fenêtre de son salon.

« Bonjour Alex et compagnie, dit Sara en esquissant un sourire.

— On attend Margot, on avait rendez-vous, mais…, s'excusa Alex, honteux du désordre qui régnait dans la bibliothèque.

— Justement, c'est elle qui m'envoie. La pauvre, elle a une lombalgie. Elle ne peut pas bouger de son lit. Elle voulait vous prévenir mais, à cause des cachets, elle s'est endormie. Elle m'a téléphoné en urgence pour que je vienne vous demander de l'excuser. »

Soudain, comme si elle se souvenait de quelque chose, Sara se tut. Elle fixait Alma du regard.

Tiens, tiens, voilà pourquoi le jeune Alex semble si heureux ces derniers temps.

« Je ne crois pas vous connaître, dit-elle à voix haute. Je suis Sara. »

Alma déglutit sans pouvoir prononcer un mot. Elle savait parfaitement qui était cette femme si gaie : elle était née à Porvenir, elle avait trois enfants et risquait de perdre son travail. Mais elle ne pouvait rien dire, la chaîne de lettres le lui interdisait.

« Bonjour ! Moi c'est Alma. »

Alex tendit la main à son amie pour l'aider à se relever. Pendant un instant, Alma eut l'impression que cette scène l'amusait, mais qu'y voyait-il de si drôle ?

Mais elle n'avait aucun moyen de savoir qu'il connaissait l'existence de la chaîne, ni qu'il savait qu'elle en faisait partie.

« Nous n'avons pas encore visité la salle pour le club… », dit Alex.

Il se tut soudain. Il regarda Sara et demanda hâtivement :

« Sara, Margot t'a bien expliqué pourquoi on devait la voir ?

— Non, mon petit, mais elle m'a dit que la réponse était oui et que vous comprendriez.

— Nous voulons créer un club de lecture, expliqua Alex pendant qu'Alma acquiesçait.

— Quelle excellente idée ! »

Les jeunes gens échangèrent un regard. Ils étaient d'accord : il fallait convaincre Sara de participer.

En moins de dix minutes, ce fut fait.

« Je suis donc officiellement le premier membre du club ! s'écria Sara avec orgueil. Je suis ravie !

Maintenant il faut que je vous laisse, les enfants », dit-elle en quittant la bibliothèque.

Alex et Alma sourirent. Leur projet était devenu réel ! Ils avaient une salle de réunion et une adhérente. Il ne restait plus qu'à trouver le thème. Subitement Alma donna un coup de coude à Alex et pivota sur ses talons. Elle s'était souvenue d'un titre.

« Regarde ! s'écria-t-elle en tendant à Alex un livre. Voilà ce qu'il nous faut.

— Les *Lettres à Milena* ?

— Un club de lecture consacré au genre épistolaire. »

Alex la contempla sans dire un mot. Il attendit quelques secondes, persuadé qu'Alma allait lui parler de la chaîne, lui raconter l'histoire de Sara et de Mara Polsky. C'était un secret, il le savait, mais il devinait qu'Alma était prête à partager beaucoup de choses avec lui. Pourtant, Alma poursuivit comme si de rien n'était :

« L'idée m'est venue grâce à Sara. Elle est bien postière, n'est-ce pas ? J'adore les correspondances littéraires. J'avais choisi à la fac une option sur le thème, j'ai plus de matériel qu'il n'en faut. Cela nous aidera à préparer les premières sessions.

— Ça nous sera certainement très utile pour débuter. »

La soirée était bien avancée. Il était temps de rentrer. Ils verrouillèrent scrupuleusement la porte de la bibliothèque.

Avant de partir, Alex demanda :

« Tu emportes les *Lettres à Milena* pour préparer la première réunion ?

— Je les connais presque par cœur. Je te les laisse.

— C'est ça... par cœur ! » se moqua-t-il.

Alex ouvrit le livre et s'éclaircit la voix avant de lire ces mots qui avaient près de cent ans :

« "Je n'ai pour ainsi dire jamais été trompé par les gens, par les lettres toujours et cette fois ce n'est pas par celle des autres, mais par les miennes. La grande facilité d'écrire des lettres doit avoir introduit dans le monde, du point de vue purement théorique, un terrible désordre des âmes : c'est un commerce avec des fantômes... Le fantôme grandit sous la main qui écrit, dans la lettre qu'elle rédige, à plus forte raison dans une suite de lettres où l'une corrobore l'autre et peut l'appeler à témoin. Comment a pu naître l'idée que des lettres donneraient aux hommes le moyen de communiquer ? On peut penser à un être lointain, on peut saisir un être proche : le reste passe la force humaine[1]."

— "Écrire des lettres c'est se mettre nu devant les fantômes ; ils attendent ce moment avidement" », récita Alma de mémoire.

Elle regarda Alex avec intensité, cherchant à lire dans ses yeux verts un élan, une certitude qui lui épargnerait ce qu'elle allait faire.

« "Les baisers écrits ne parviennent pas à leur destination. Les fantômes les boivent en chemin" », ajouta-t-elle timidement.

Elle s'approcha lentement d'Alex, le cœur battant, en le fixant du regard. Avant qu'il ne puisse se détourner, Alma posa ses lèvres sur les siennes.

---

1. Franz Kafka, *Lettres à Milena*, traduit de l'allemand (Autriche) par Alexandre Vialatte, Gallimard, 1988.

Quelques secondes plus tard, elle partait en courant, laissant un garçon stupéfait.

« Celui-ci, ils ne l'ont pas bu. Il est arrivé à bon port ! »

21

Devine qui vient à Porvenir

Il vaut mieux voyager plein d'espoir qu'arriver.

Proverbe japonais

Sara contempla sa main droite d'un air désolé. Elle s'était rongé les ongles jusqu'au sang. Elle n'éprouva pas de remords, mais de la colère parce qu'elle n'était pas parvenue à se calmer. Elle était prête à s'attaquer à la main gauche quand on frappa à la porte de sa maison.

Qui cela pouvait-il être à 11 heures du soir ? Ses enfants dormaient. Comme presque tout le village.

Encore une nouvelle explosive ? se dit-elle en se levant pour aller ouvrir. *Non merci, une par jour, c'est bien assez pour mon pauvre cœur.*

« Rosa ? Que se passe-t-il ? Entre, enfin ! Que fais-tu dans l'escalier en robe de chambre et pantoufles ?

— C'est plutôt à moi de te poser la question, que t'arrive-t-il ? lui demanda la vieille dame en se dirigeant vers la cuisine avec l'assurance que donnent des années de familiarité et d'affection.

— Que veux-tu dire ? » s'exclama Sara, surprise.

Bien sûr qu'il se passait des choses, ou plutôt une seule, très importante, mais comment sa voisine avait-elle deviné ?

« Sarita, ma petite, tous les jours, vers 21 heures, tu montes me voir… Aujourd'hui, à 21 h 30, comme je ne te voyais pas, je me suis dit que tes enfants te donnaient du fil à retordre, qu'ils ne voulaient pas aller se coucher. À 22 heures, j'ai pensé que tu avais peut-être reçu un coup de fil qui te retardait, mais à 23 heures, j'en suis arrivée à la conclusion qu'il se passait quelque chose ! Et me voilà ! »

Attendrie, Sara contempla son amie qui, assise à la table de la cuisine, attendait sa réponse dans sa robe de chambre rose molletonnée. *Que ferait-elle sans l'amour inconditionnel de Rosa ?* se demanda-t-elle tout en préparant un bol de lait dans le micro-ondes avec une cuillerée de miel, comme l'aimait la vieille dame.

« Mais c'est une excellente nouvelle ! Pourquoi fais-tu cette tête d'enterrement ? »

Rosa avait la mine réjouie d'une gamine prête à ouvrir ses cadeaux.

« Je ne crois pas que je…, hésita Sara.

— Tu ne crois pas quoi ? dit Rosa en buvant une gorgée de lait. Moi, j'ai beau la tourner dans tous les sens, je la trouve très positive. »

Sara l'envia. Si seulement elle avait la même manière de voir les choses. Depuis qu'elle avait reçu la nouvelle,

elle n'avait cessé d'y penser. À cet instant même, trois aspirines plus tard, elle avait l'impression que sa tête était devenue une toupie qui tournait, tournait.

La douleur venait de loin. Vers 16 heures, elle avait reçu un e-mail d'un expéditeur très bizarre. Elle était dans le bureau, à surveiller Karol. Elle était soucieuse parce qu'elle avait envoyé sa lettre depuis une semaine et la chaîne n'avait pas repris. Elle n'arrivait pas à comprendre pourquoi. Il n'y avait aucune erreur possible pourtant. Karol avait bien reçu la lettre puisqu'elle l'avait déposée chez elle et comme c'était elle qui vidait la boîte aux lettres municipale, elle savait qu'elle n'y avait glissé aucune enveloppe.

Elle continuait à s'interroger quand un mail suspect, écrit en anglais, apparut sur sa messagerie. Elle allait l'effacer, craignant les virus qui lui avaient joué plus d'un mauvais tour, mais au dernier moment sa curiosité fut plus forte que ses craintes. C'était la confirmation d'un billet d'avion. Aucune indication de date, simplement les points de départ et d'arrivée : *From Bergen to Madrid.*

Sans avoir jamais entendu ce nom, elle devina qu'il s'agissait d'une ville norvégienne.

Castaway 65 ne se connecta pas avant 19 heures. Il lui expliqua qu'une nouvelle équipe était arrivée pour remplacer ceux qui prenaient leurs congés, que les horaires avaient changé parce que les anciens devaient former les nouveaux et les accompagner partout.

CASTAWAY 65 : Mais tout arrive à celui qui sait attendre et finalement je me suis débarrassé de mon oisillon.

SARA : Ton oisillon ?

CASTAWAY 65 : C'est un surnom. J'ai intérêt à bien le former parce que c'est lui qui va me remplacer pendant quelques semaines. Je dois lui apprendre suffisamment de choses pour qu'il survive, mais pas trop non plus pour éviter qu'il me pique mon boulot.

Sara avait encore des doutes sur le courrier électronique reçu l'après-midi. C'était peut-être une erreur. Il lui était déjà arrivé de recevoir un mail qui ne lui était pas adressé. C'était peut-être un Norvégien qui préparait ses vacances en Espagne. Tous ces gens du Nord cherchaient le soleil et la mer… Mais Castaway 65 finit par confirmer ce qu'elle se refusait à s'avouer :

CASTAWAY 65 : Hello ? Tu es toujours là ? Tu as perdu ta langue ?…

CASTAWAY 65 : Je sais ! Tu es jalouse, tu es en train d'écrire à tes supérieurs pour leur demander un serin à toi toute seule !

SARA : Tu n'as rien à me dire ?

Elle décida d'attaquer directement. Ils avaient passé l'âge de ces petits jeux.

CASTAWAY 65 : Dis-le-moi, toi.

SARA : Pardon ?

CASTAWAY 65 : Tu n'as pas reçu une surprise cet après-midi ? Je pensais que tu serais contente, comme si tu avais reçu un cadeau. Mais à ce ton, je…

SARA : Ne tire pas de conclusions hâtives.

CASTAWAY 65 : Pffff ! Ça veut dire que…

SARA : Je ne sais pas, je ne sais pas, ça ne veut rien dire. Encore.

CASTAWAY 65 : Ahhhh…

SARA : J'ai vu un billet d'avion à destination de Madrid.

CASTAWAY 65 : Tu as bien vu.

SARA : Mais je ne sais pas ce que cela signifie…

CASTAWAY 65 : Ça veut dire que moi, Fernando, je compte prendre un bateau qui me conduira jusqu'à la côte norvégienne. Une fois là, je monterai dans un bus jusqu'à Bergen et de là je sauterai dans un avion pour Madrid.

L'écran demeura vierge. Les doigts de Sara tremblaient sur le clavier. Elle était incapable d'écrire. Elle ne voulait pas le montrer mais une question la tourmentait : le voyage de Fernando s'arrêtait-il à Madrid ?

CASTAWAY 65 : Et si ça te paraît bien, si tu veux…

SARA : Oui.

Elle regretta aussitôt son geste en voyant les trois lettres lui échapper.

CASTAWAY 65 : Alors, c'est une affaire entendue.

SARA : Entendue ?

CASTAWAY 65 : On a enfin un rendez-vous.

SARA : Comment ça ?

CASTAWAY 65 : Tu viens de dire oui.

SARA : À quoi ?

CASTAWAY 65 : Tu ne m'as pas laissé terminer ma phrase. J'allais te dire que si tu le voulais, nous pouvions dîner ensemble. Si je me souviens bien, il y a un certain temps, tu m'avais proposé un dîner romantique.

SARA : Moi ! Je ne...

CASTAWAY 65 : Allons, allons... Bon, c'est pas grave, c'est moi qui invite. Mais tu choisis le restaurant. Ça fait des années que je ne suis pas revenu à Porvenir et... Je ne connais pas les endroits à la mode.

SARA : Il n'y a pas d'endroits à la mode à Porvenir.

CASTAWAY 65 : Pour quelqu'un qui a passé six mois sur une plate-forme pétrolière entre des machines et des camarades graisseux, n'importe quel endroit sera glamour. Je t'assure !

Sara sentit son estomac se nouer.

Elle se leva de table sans un mot, se rendit à la salle de bains et se regarda dans le miroir. Soudain elle sentit le poids de toutes les années lui tomber dessus. Elle examina d'un œil critique ses cheveux mal colorés, ses cernes. Un sentiment de peur s'insinua en elle. Pourtant, elle reconnut au fond de ses yeux noirs une étincelle de joie.

Quelques instants plus tard, elle retrouva son ami qui venait du pôle Nord pour dîner avec elle. Rien que ça ! Pas question de gâcher cette agréable surprise, elle aurait bien le temps de se repentir plus tard. Là, elle voulait juste profiter.

Elle se rassit devant son écran, affichant sa dernière phrase.

SARA : On se donne rendez-vous quand ?
Silence.
SARA : Je t'attends quand ?

Pas une lettre. L'oisillon avait certainement réclamé l'assistance de Castaway 65.

« Mais pas pour très longtemps, hein ? Parce que dans quelques jours il sera à moi », jura Sara en s'adressant à l'invisible remplaçant.

22
La liste

Les lettres d'amour s'écrivent en commençant sans savoir ce qu'on va dire et se terminent sans qu'on sache ce qui s'est dit.

Jean-Jacques ROUSSEAU

« La liste, c'est toi qui t'en occupes.

— Mais enfin, tu m'as dit que tu m'aiderais !

— Tu es têtu ! Et qu'est-ce que je fais dans ta cuisine, à ton avis ! Je pourrais choisir mille endroits plus agréables…

— Merci, Alma. »

Elle poussa un soupir désespéré.

Depuis la bibliothèque, Alex se montrait grognon. Elle ne comprenait pas pourquoi : il n'avait pas apprécié son baiser ? *Mais c'était un petit baiser de rien du tout !* se répétait-elle. *Comment cela avait-il pu le troubler à ce point ?*

Si ça n'avait tenu qu'à moi, le menaça-t-elle mentalement, *je t'aurais donné un bon cours de rattrapage.* Mais il était si timide, elle n'oserait jamais. La dernière chose qu'elle voulait, c'était l'embarrasser. Il était évident qu'il n'avait pas l'habitude de flirter. *Sans ses yeux qui me dévorent, je finirais par croire que je ne suis pas son genre.*

« Écoute, je suis ravie d'être là, je te l'ai dit quand tu m'as appelée, que cela ne m'ennuyait pas de venir chez toi pour continuer à parler du club puisque la garde-malade qui s'occupe de ton père devait aller chez le médecin. Pas de problème.

— Pas de problème, répéta-t-il d'une drôle de voix.

— Pardon ? »

Alma le regarda fixement alors qu'il lui tournait le dos et préparait un café.

« Pas de problème. »

De nouveau cette voix.

Alex se retourna. Il prit une mine si terrifiée qu'Alma se retourna à son tour et ne put retenir un cri en apercevant le visage d'un homme tout près de sa nuque, comme s'il voulait sentir ses cheveux.

« Papa ! » cria Alex en se précipitant sur le vieillard vêtu d'un pyjama à carreaux.

Il le prit par le bras pour l'éloigner, sans succès.

Mauricio était plus grand et plus costaud que son fils. Même s'il avait un regard perdu et des rides trahissant son âge, il n'avait rien perdu de sa force. Il s'appuya contre le mur dans une attitude signifiant : « Je ne bougerai pas d'ici. »

Devant l'air inquiet de son ami, Alma se décida à intervenir :

« Bonjour, je m'appelle Alma.
— Bonjour », répondit l'homme.
Alma sourit. Mauricio paraissait l'avoir comprise.
« Je m'appelle Alma, répéta-t-il d'une voix grave.
— Non, non, vous, vous êtes Mauricio.
— Non, non, vous, vous êtes Mauricio, répéta l'homme en indiquant son fils.
— Non, lui, c'est votre fils Alex. »

Alma essayait vainement de mettre de l'ordre dans ce petit chaos. Alex prit la parole, plus détendu.

« Ce n'est pas la peine… On pourrait y passer l'après-midi. Je sais de quoi je parle. »

Il sourit. L'air confus d'Alma lui avait rendu sa bonne humeur. Son amie était pleine de bonnes intentions, mais très impétueuse. Comme la fois où elle avait accepté de l'accompagner voir l'éclipse lunaire sans imaginer qu'ils dormiraient au milieu des ruines ou quand, en sortant de la bibliothèque, elle l'avait embrassé avant de s'enfuir en courant.

Il faut réfléchir avant d'agir, Alma Mahler, sinon gare aux conséquences, pensa-t-il tout en raccompagnant son père dans sa chambre.

Elle emporta les tasses et la cafetière au salon comme Alex le lui avait demandé. En attendant qu'il aide son père à se recoucher, elle fit le tour des lieux.

Il est clair que si je veux en savoir plus sur toi, il va falloir que je me débrouille seule parce que tu ne me diras rien.

Deux paysages encadrés couvraient le mur principal. Elle n'eut aucun mal à les reconnaître. L'un représentait la chapelle de la Virgen del Romero ; l'autre, la rue principale du village.

Une grande table ornée d'un vase rempli de fleurs séchées attira son attention. À la façon dont elle était placée dans un coin contre le mur, il était manifeste qu'elle servait rarement. Il manquait une touche féminine dans cet appartement. Même si tout paraissait propre et rangé, ce qui prouvait que quelqu'un se chargeait du ménage, l'absence d'attention aux détails d'une maîtresse de maison se faisait sentir. Depuis que la mère d'Alex était morte, il n'y avait plus eu de dîners entre amis dans ce salon, devina Alma.

Devant le canapé, une table basse sur laquelle étaient posées quelques photos encadrées. On voyait, sur la première, deux garçons en short munis d'une canne à pêche. Elle reconnut tout de suite Alex et à côté de lui, la même version en plus costaud, son frère aîné.

Elle examina un autre cliché, en noir et blanc. Un groupe en liesse entourait un couple de mariés. Elle reconnut Mauricio qui serrait le bras de sa jeune épouse et regardait devant lui avec assurance et confiance, prêt à conquérir le monde.

Alma eut un petit sourire triste. Que restait-il de cette détermination dans le regard perdu du vieil homme ? Que restait-il du Mauricio jeune, amoureux, fort, dans ce cerveau dévoré par la maladie ?

« Elle était belle, n'est-ce pas ? »

Alma sursauta. Absorbée par la photo d'une femme aux longs cheveux blonds qui souriait avec insouciance, elle ne s'était pas aperçue qu'Alex l'avait rejointe.

« C'est la préférée de mon père. Quand ma mère est morte, il a enlevé tous ses clichés. Il en a offert certains à la famille, il en a jeté d'autres. Celui-ci, il l'avait rangé dans une boîte de chaussures au fond du cagibi au milieu d'un tas de papiers administratifs. »

Alex retira avec délicatesse la photo de ses mains. Il la regarda comme si c'était la première fois qu'il la voyait depuis longtemps.

« J'étais tellement fâché contre lui que, sans rien dire, je l'ai prise et je l'ai cachée. Quand il a commencé à la chercher en m'assurant qu'il ne s'en était pas débarrassé, qu'elle devait bien être quelque part, je ne lui ai rien dit. »

Il planta ses yeux dans ceux d'Alma.

« J'ai passé beaucoup de temps en colère, tu sais. »

Elle se contenta de hocher la tête. Elle comprenait ce qu'il voulait dire. Cela faisait longtemps qu'Alma était furieuse contre son père elle aussi. Peut-être même depuis toujours. Parce qu'il ne se comportait pas comme elle l'espérait, qu'il attendait d'elle quelque chose dont elle ne voulait pas. Elle sentit une pointe de remords. Depuis son installation à Porvenir, elle n'était allée voir ses parents qu'à une seule occasion, pour Noël, et ne les appelait qu'une fois par semaine, c'était tout.

« Et puis quand papa est tombé malade, tout a changé. Il appelait ma mère, il la cherchait partout. Je lui disais d'aller faire sa sieste et il me répondait qu'il ne pouvait pas, qu'il devait l'aider à ranger les courses. Quand on s'asseyait à table pour déjeuner, il me grondait parce que j'avais encore oublié de mettre le couvert pour maman… Tout est devenu si confus pour lui. Alors j'ai décidé de l'aider à retrouver ma mère dans la mesure de mes moyens. J'ai sorti la photo que j'avais cachée et je l'ai posée là où tu l'as trouvée. Il ne m'a rien dit. Il n'est sans doute plus conscient des changements autour de lui. Mais… »

Alex reposa le cadre sur la petite table et alla s'asseoir à côté d'Alma sur le canapé.

« Mais quoi ?

— Tous les jours il vient s'asseoir un petit moment ici. Il la regarde, il lui parle. Avant, il lui racontait ce qu'il avait fait dans la journée, ce qu'il avait mangé, il lui parlait de ses plantes. Dernièrement, ce qu'il raconte n'a aucun sens, enfin, ça en a peut-être pour lui. Mais c'est comme si entendre sa propre voix pendant qu'il lui parle le tranquillisait. »

Alex baissa les yeux sur sa tasse de café fumante. Alma lui prit la main. Il ne la retira pas. Il se cala au fond du canapé et la regarda. Il avait l'air de vouloir lui dire quelque chose sans parvenir à trouver les mots.

Toi aussi, songea-t-elle, *tu es perdu à ta façon*.

Elle se renfonça contre les coussins, posa la tête sur l'épaule d'Alex et ferma les yeux. Les mains unies, ils gardèrent le silence, profitant de ce moment précieux.

« Papa ! Qu'est-ce que tu fais encore debout ? »

Alma sursauta. En ouvrant les yeux, elle vit Mauricio, en pyjama, qui indiquait du doigt un point indéfini sur le canapé entre Alex et elle. Il voulait s'asseoir avec eux ? Sérieusement ? Elle avait entendu parler de pères qui servaient de chaperon à leurs enfants, mais pas dans cette tenue.

« Photo », dit lentement Mauricio.

Pour lui, c'était tout un effort de transformer une idée ou un sentiment en une phrase intelligible. La plupart du temps, il s'avouait vaincu avant d'y parvenir et seuls quelques balbutiements sortaient de sa bouche.

« Il veut parler à la photo. Je t'ai dit qu'il le faisait tous les jours. »

Il aurait pu choisir un autre moment, regretta Alma.

« On fait quoi ? »

Mauricio avait encore l'index pointé sur le même endroit du canapé. Alex prit la photo et la lui tendit, puis il l'accompagna doucement jusqu'au fauteuil et l'aida à s'asseoir.

« Ici tu seras mieux. Je vais aller te chercher une couverture parce que tu n'as même pas ta robe de chambre. »

Elle aurait préféré qu'Alex ne la laisse pas seule avec ce vieillard qui ne cessait de la regarder d'un air accusateur parce qu'elle avait pris sa place.

« Il peut rester combien de temps à regarder la photo ?

— Ça dépend.

— Ah… »

Ils n'allaient pas y arriver, se dit Alma. Chaque fois qu'elle sentait qu'Alex allait se lancer, il y avait toujours quelque chose pour l'en empêcher. Depuis l'arrivée de Mauricio, intimidée, elle-même s'était écartée de quelques centimètres.

« Nous, on va reprendre là où on était », déclara Alex.

Alma le regarda, inquiète. Qu'avait-il en tête ?

« Nous… ?

— Ben oui, la liste. Tu avais bien dit que tu m'aiderais à l'établir, non ?

— Je ne vois pas comment, je ne connais personne dans ce village. Enfin, les seuls que je connais, c'est-à-dire Sara et toi, font déjà partie du club.

— Tu es sûre que tu n'oublies personne ? »

Il lui en voulait un peu. Elle ne lui avait pas avoué qu'elle participait à la chaîne de lettres, elle lui avait caché qu'elle avait écrit à Mara Polsky et qu'elle-même avait reçu une lettre anonyme. Pourquoi ne lui faisait-elle pas confiance ?

« Je ne vois pas, non… Je t'ai déjà dit que je faisais mes courses à Mastán et, chez moi, je suis seule.

— Très bien, pas la peine de te fâcher.

— Je ne sais pas, moi… L'homme qui t'a renversé devant chez moi ?

— Tomás ? Lui ? Oh non, il ne viendra pas. Il dira que c'est une affaire de bonnes femmes… »

Il sourit.

Soudain une idée lui traversa l'esprit.

« Mais on pourrait inviter sa femme, Hypatia !

— Si elle est aussi aimable que lui…

— Ce jour-là, Tomás devait avoir un problème parce que sa femme et lui sont très gentils. Ce sont les parents d'un de mes meilleurs amis. »

Alma avait appris à se taire quand quelque chose tracassait Alex. Il ne parlait jamais de ses amis présents ou passés, si bien que ce thème était tabou.

Elle regarda Mauricio qui tenait toujours la photo entre ses deux mains. Alex avait sacrifié beaucoup de choses pour accompagner son père. *Il mérite un sacrifice encore plus grand*, se dit-elle avec tendresse.

« Hypatia est une excellente cuisinière. La meilleure de tout Porvenir ! s'exclama Alex d'un ton joyeux comme si c'était un argument imparable.

— Et… ?

— Alors, même si elle ne sait pas très bien lire et écrire…

— Pour un club de lecture, c'est quand même un peu ennuyeux. Je sais qu'ici les choses sont différentes, mais…

— Hypatia pourra toujours se charger du buffet. Et puis, elle s'y connaît en correspondance, elle écrit des lettres et en reçoit.

— C'est un argument plus convaincant que celui des tartes.

— Si tu le dis…, répondit Alex tout en écrivant le nom sur sa liste.

— Mara Polsky ! s'écria Alma en se frappant le front de la main. Comment n'y ai-je pas pensé avant !

— Qui ? demanda Alex comme s'il entendait ce nom pour la première fois.

— Mais on ne peut pas l'inviter comme ça. C'est quelqu'un de très spécial… On pourrait lui demander de parrainer le club… Si elle assiste à la première rencontre… », poursuivit Alma.

Elle se leva d'un bond, devant un Alex médusé, et fit les cent pas dans le salon.

« Quelle bonne idée ! Ce serait un stimulant parfait pour notre club ! Comment n'y ai-je pas pensé plus tôt ? C'est vrai qu'elle, c'est surtout la poésie, mais quelqu'un de sa stature je suis sûre qu'elle pourra… Tu en penses quoi ?

— Je ne comprends rien à ce que tu dis ! Qui est Mara Polsky ? Pas une voisine, ça j'en suis sûr… »

Avec un soupir, Alma se disposa à lui résumer en quelques minutes tout ce qu'elle savait à propos de

Mara Polsky : sa carrière, ses œuvres, ce qu'elle signifiait pour elle et ce qu'elle faisait à Porvenir.

« Bon, j'ai compris, pas la peine de me faire un dessin, répliqua Alex, un peu jaloux de cette femme qui éveillait une telle passion chez Alma.

— Quoi ?

— Tu es amoureuse de Mara Polsky.

— Qu'est-ce que tu racontes, idiot ! s'indigna-t-elle en faisant mine de le frapper avec un coussin.

— Platoniquement ou poétiquement, comme tu voudras… Mais avoue, tu craques pour elle. Reconnais que tu serais super heureuse si elle acceptait d'inaugurer notre club. »

Alma ferma les yeux en prenant une expression rêveuse.

« Ce serait trop beau… »

Dix minutes plus tard, ils relisaient la liste des membres potentiels. Alma fit une moue :

« Nous ne sommes pas assez nombreux, tu ne trouves pas ? Sara, Hypatia, Alma, Alex…

— Rosa…, l'interrompit Mauricio sans cesser de regarder la photo qu'il tenait entre les mains.

— Que dis-tu, papa ?

— Rosa », répéta-t-il.

Alex regarda Alma, surpris. Elle haussa les épaules et lui montra la liste.

« Il te demande d'inclure Rosa dans ta liste. »

Alma regarda cet homme âgé à l'expression absente. Comment savait-il qu'elle connaissait une Rosa ? Ce n'était pas possible.

« C'est logique ! s'écria Alex.

— Logique ?

— Mes parents, ceux de Sara et Rosa se connaissaient depuis toujours. Il a entendu le nom de la factrice et il l'a associé à celui de Rosa. Elles sont voisines et amies. L'une s'occupe de l'autre et toutes les deux, à leur manière, veillent sur nous. On forme une sorte de famille atypique. »

Alma baissa la tête. Mauricio avait-il connu sa grand-mère Luisa ? Connaissait-il les détails de son histoire avec Rosa ? Il savait quelque chose, mais quoi exactement ?

Elle eut l'impression d'étouffer. Elle se leva et s'avança vers la fenêtre. Le village était petit, toutes ses rues menaient à la même place. Au club de lecture, elle finirait par croiser Rosa, cette femme qui, soixante ans plus tôt, avait trahi sa grand-mère.

« J'ai la tête qui tourne un peu, ce n'est rien.

— Tu es sûre ? s'inquiéta Alex.

— Oui, oui, j'ai trop chaud, c'est tout.

— C'est à cause du chauffage. Je suis obligé de le mettre à fond pour mon père. »

Alma hocha la tête. Elle lui demanda si elle pouvait aller se rafraîchir dans la salle de bains.

Alex s'approcha de son père et l'aida à se lever de son fauteuil délicatement, puis il l'emmena dans sa chambre et fit signe à Alma de les suivre.

« Et voilà, l'après-midi est passé et ce beau garçon fuyant ne m'a toujours pas rendu mon baiser ! » se dit-elle tout en ouvrant la porte qu'il lui indiquait.

Elle se contempla dans le miroir. Des gouttes de sueur coulaient sur son front. Elle tendait la main pour prendre une serviette quand la porte s'ouvrit soudain derrière elle.

Alex apparut dans son dos. Elle lut un tel désir dans ses yeux qu'elle crut sentir un coup de fouet électriser ses jambes et dut appuyer les deux mains sur le lavabo pour ne pas chanceler.

Il referma derrière lui sans faire de bruit. Puis il s'approcha d'elle. Alma sentit son souffle dans sa nuque sans pouvoir éloigner les yeux du miroir. Il allongea un bras pour prendre la serviette et passa l'autre main autour de la taille d'Alma.

Elle se tourna vers lui, les yeux baissés, n'osant pas le regarder. Elle craignait sa propre réaction.

Il lui leva le menton avec douceur.

Il souriait. En soufflant, il écarta sa mèche de cheveux.

D'un geste doux, il essuya les gouttes sur son visage en commençant par la joue droite. Il termina par un baiser comme pour vérifier qu'il avait bien fini son travail. Il répéta ce mouvement sur la joue gauche, le front, le nez.

Il ne restait plus que les lèvres. Alex les regarda pendant un instant avant de suivre leur contour du bout de la serviette. Il approcha son visage et Alma ferma les yeux en tremblant.

Un coup sec sur la porte la tira de sa rêverie.

« Non… », laissa-t-elle échapper dans un murmure.

On n'allait pas la priver de ce baiser.

Alex sourit. Il posa un doigt sur ses lèvres pour lui demander le silence. Il s'assura que la porte était bien fermée, puis il la regarda avec une telle intensité qu'elle eut l'impression qu'il la voyait réellement pour la première fois.

Alma n'aurait pu dire si leur baiser passionné dura quelques secondes ou une minute, mais il contenait toute l'éternité.

Quand ils s'écartèrent, il recula d'un pas sans la quitter des yeux.

« Ce baiser, les fantômes ne pourront pas l'emporter non plus », murmura-t-il.

Un sourire tremblant se dessina sur les lèvres d'Alma. Elle lui prit les mains pour l'attirer contre elle. Elle ne voulait aucune distance entre eux. L'air la blessait. Tout son corps était une invitation.

« Alma Mahler, tu vas rester coincée dans mon Porvenir », murmura Alex.

Elle poussa un soupir tandis que de ses mains elle déchiffrait la carte de son corps.

23
Karol

15 janvier, Porvenir

Bonjour,

Cette lettre fait partie d'une chaîne.

Il y a quelques jours, j'ai reçu un courrier anonyme au sujet de Sara. Tu l'as peut-être déjà croisée, c'est la factrice. Elle vient d'apprendre que le bureau de poste va être fermé et qu'elle sera transférée à la capitale. Il n'y aura plus de facteur à Porvenir. Je ne te raconterais pas tout ça s'il n'était pas en ton pouvoir d'aider Sara et le village. Comment, veux-tu savoir ? C'est simple. Fais comme moi, écris une lettre. Peu importe qu'elle soit longue ou courte, bien ou mal écrite ; adresse-la à une autre femme du village. Même si tu ne la connais pas, partage avec elle quelques minutes de ta journée. Construisons à nous toutes une chaîne de mots si longue qu'elle parviendra à la capitale et si solide que personne, là-bas, ne pourra la briser.

Je connais Sara. C'est une femme bien. Comme vous, certainement. Elle a toujours un mot gentil pour les autres. Elle est généreuse. C'est pour ça que j'écris. Mais aussi parce que, grâce à elle, je me sens moins seule.

J'aime écrire. J'envoie des lettres à mes enfants, à ma mère, à mes frères et sœurs. Parfois, je m'assois dans un café chic et je demande à un passant de me prendre en photo pour l'envoyer chez moi. Je veux qu'ils croient que je vais bien. Que tout va bien.

Ou bien, je choisis des catalogues de magasins de luxe. Je découpe la plus belle robe et je l'envoie à ma Valentina avec un petit cadeau. Je lui dis qu'à mon prochain voyage, je lui apporterai cette blouse sans manches ou cette robe de fête. Je sais qu'avant que je puisse rentrer, elle aura oublié ma promesse. Du moins, je l'espère.

À ma maman, je lui décris les choses. Elle n'aime pas du tout les photos et les images sur papier glacé. Elle dit que même si elles ont l'air vraies, ce n'est pas la réalité et que ça la trouble. Elle ne veut pas embrasser une photo comme toutes les vieilles dames au village qui ont des enfants émigrés et s'imaginent qu'elles les embrassent pour de vrai. Elle garde ses baisers pour me les donner quand elle me verra. Elle m'assure qu'elle les compte. Qu'elle m'en garde un le matin et un le soir, comme du temps de mon enfance. Que pour mon anniversaire, c'est deux. Et aussi pour Noël.

Alors j'additionne. Je suis partie depuis trois ans. Deux baisers par jour, cela fait 730 par an. Plus les deux des fêtes, 734. Multiplié par trois égale 2 202 baisers sur mon compte. Ça va être de la folie quand on va se retrouver ! On ne pourra plus se séparer ! Pourvu que ça arrive dans pas trop longtemps.

À ma maman, je lui explique que les montagnes de Porvenir sont différentes des nôtres. Elle n'arrive pas à croire qu'ici tout est vert. Chez nous, tout est marron ou rouge selon l'heure ou la saison. Franchement, je préfère ici : il y a tant de nuances de vert.

Le dimanche, quand je ne travaille pas, je sors me promener. Si j'ai de la compagnie, une voisine par exemple, nous allons dans les bois. Si je suis seule, je marche seulement jusqu'au quartier résidentiel. Les gens aiment bien se promener par là. Moi je trouve que cela ressemble un peu à un cimetière en hiver avec toutes ces maisons identiques les unes aux autres et les rues vides. Ma maman non plus n'aime pas beaucoup les lotissements.

Mais cette lettre va être différente parce que vous, je ne vous connais pas. Enfin, pas encore puisque je n'ai pas choisi à qui je l'enverrai. Alors forcément je ne sais pas quoi raconter. Je ne peux pas vous parler de football comme à mes garçons. Je regarde toujours les informations à la télévision avant de leur écrire. Vous saviez qu'une grande partie des actualités est consacrée aux matchs, aux équipes et aux ligues ? Ensuite, je leur parle de ce que j'ai entendu. Parfois même, je fais comme si j'avais assisté au match. Mais je triche à peine parce que je l'ai vu à la télé, et je peux le décrire en détail. Comme ça, eux, ils rêvent que leur maman a vu Messi de sa place dans les gradins. Parce que vous voyez, la Sagrada Familia ou la ville de Florence, à mes enfants, ça ne leur dira rien, par contre, dans mon village perdu au milieu des Andes, tout le monde sait qui est Messi ou Ronaldo. Je ne critique pas. Je veux juste dire que je parle à mes enfants de choses qu'ils aiment.

Vous, je ne sais pas ce que vous aimez, du coup je ne sais pas trop quoi vous écrire. Je suppose que je pourrais vous écrire sur ce qui me plaît à moi. Mais il y a peu de choses ici qui me plaisent. Par contre, quand je ferme les yeux en pensant à mon village, mille choses me viennent à l'esprit.

Ici, mes journées se ressemblent toutes. Je me lève tôt et je pars faire des ménages. C'est la routine, qu'on soit lundi ou jeudi, le travail est le même.

Après, je fais les courses et je rentre chez moi. Le meilleur moment de la journée, c'est quand je m'installe au salon pour envoyer un mail à ma famille. Ou quand je me connecte sur Facebook et que je vois les photos de mes amis, de leurs enfants, de leurs dernières fêtes. Je téléphone à mes enfants un jour sur deux. On bavarde un petit moment, je leur pose des questions sur leurs devoirs, leur santé, leurs copains, ce qu'ils veulent bien me raconter.

Voilà mon quotidien.

Quand je vivais dans mon village, chaque jour était différent. J'avais toujours une visite à faire : une tante âgée, une amie malade ou un frère qui venait d'avoir un bébé. Ou bien j'allais aider à la paroisse pour préparer les fêtes, je cousais les déguisements de carnaval pour les enfants ou j'aidais mes parents à la ferme. On se réveillait sans trop savoir ce que nous réservait la journée. La plupart du temps, rien que des choses très banales. Mais il arrivait parfois quelque chose de spécial, de bon. Ou alors, au contraire, elle nous jouait de sales tours. Comme le jour où, le matin, je me suis réveillée avec mon mari à côté de moi et, le soir même, je me suis couchée, seule, pendant que ses parents veillaient son corps dans le salon. Je me souviens parfaitement de notre dernière matinée. Ça ne remonte pas si loin. Pendant que je préparais le petit déjeuner des enfants avant qu'ils partent à l'école, il a pris sa douche. Ensuite, comme il était en retard pour aller à la mine, il est parti en courant. Je lui ai réclamé un baiser sur le seuil de notre porte. Et il me l'a soufflé du coin de la rue. Je ne pouvais pas savoir qu'il n'y en aurait plus d'autres, que je ne le reverrais pas vivant. Cette nuit-là, je me suis dit, je m'en souviens très bien, que ce baiser avait réclamé ses intérêts.

Mais ce n'était pas ça que je voulais vous raconter. Je voulais vous parler de mon beau pays. Ici, personne n'a la patience de m'écouter. On me demande d'où je viens, je leur donne un nom et ça leur suffit. Si les gens savaient comme mon pays est grand ! Comme les habitants sont différents d'un bout à l'autre, entre la sierra, la jungle, la côte, la capitale. Rien à voir. Mais comprendre, cela prend du temps. Et du temps, les riches d'ici n'en ont pas.

Chez moi, il n'y a pas de printemps, d'été, d'automne ou d'hiver. Tu parles ! Là-bas, il pleut ou il ne pleut pas, c'est tout. Ma période préférée, c'est à la fin des pluies. Tout le monde a l'air si content ! On sait qu'il va s'arrêter de pleuvoir, qu'on va pouvoir faire des tas de choses : travailler la terre, se promener, jouer au football, réparer les maisons, sortir en ville… Et puis quand on est resté plusieurs mois sans pluie, ce n'est plus drôle. Les gens s'inquiètent parce qu'il manque de l'eau pour le bétail, parce que la terre est sèche.

J'adore les orages ici avec les éclairs et le tonnerre. Le ciel se brise. Tout s'obscurcit. Ça claque et soudain le ciel s'éclaire de nouveau. C'est un véritable spectacle. Dans mon village, c'est différent. Quand il se met à pleuvoir, ça dure des jours entiers. Un rideau de fine pluie. Interminable. Pourtant, la vie ne s'arrête pas. On travaille sous la pluie, l'eau dégouline sur nos épaules tandis que nous ramassons les patates, que nous allons à l'école, au marché; quand on dort, les gouttes tambourinent sur le toit. C'est un peu fatigant. Pour la pluie, c'est mieux ici.

Mais quand il fait beau, je préfère mon village! Le ciel est d'un bleu intense. On est en altitude, c'est peut-être pour ça. Quand ils débarquent chez nous, les étrangers souffrent du « soroche ». *C'est comme ça qu'on appelle le mal des montagnes. Ils marchent comme des canards qui auraient bu, s'épuisent avant de dire un seul mot et parfois, même, ont des saignements de nez. Ils se soignent avec des bonbons à la coca, des infusions de coca et des chewing-gums à la coca. Je suis sûre qu'en partant ils ont le mal des vallées et que la coca leur manque! (La coca est une plante, pas une drogue, même si beaucoup de gens les confondent. J'espère que ce n'est pas votre cas. Chez moi, de ma grand-mère à mon petit frère, on boit tous des matés à la coca pour ses vertus digestives entre autres.)*

La nourriture aussi est différente malgré certaines ressemblances. Vous me direz, une pomme de terre, c'est une pomme de terre. Vous saviez qu'elle vient d'Amérique du Sud ? Oui, ce sont elles les premières émigrantes, bien avant les femmes de ménage. Pourtant elles n'ont pas le même goût. Chez nous on a des centaines d'espèces différentes. Ici, au marché, on n'en trouve que deux ou trois sortes. Là-bas, le minimum c'est une vingtaine. Le maïs aussi vient de mon continent. Mais rien à voir avec celui d'ici ! Ici, les grains sont petits, ils n'ont presque aucun goût. Chez moi, on trouve toutes sortes de maïs... mauve, noir ; certains ont des grains aussi gros qu'une pièce de deux euros.

Une fois par mois, le dimanche, on se retrouve entre compatriotes. C'est sympa. On prépare des plats de chez nous, on boit du pisco en écoutant de la musique de chez nous. On se sent encore plus seules, mais accompagnées. Ça paraît contradictoire, mais ça ne l'est pas. C'est difficile à expliquer... Quand on est ensemble, on parle de chez nous et on mesure tout ce qu'on a quitté.

Moi, j'espère retourner dans mon pays. Non, je n'espère pas, je suis sûre que j'y retournerai. J'y ai laissé mes enfants. Pour un temps seulement. Pour l'argent. Certains savent qu'ils n'y reviendront jamais. Ils resteront coincés dans ce Pays de Nulle Part qui figure dans un livre que j'ai offert à mon petit, à Noël : Peter Pan. *Le Pays de Nulle Part ou du Tu pars et ne reviens jamais et tu te retrouves coincé entre deux mondes, sans être ni de là-bas ni d'ici. Heureusement, moi, ça ne m'arrivera pas. Mais je ne dois pas trop tarder, sinon je risque d'oublier le chemin du retour.*

Il est tard. Je dois vous laisser. Désolée si ma lettre est un peu désordonnée. Merci de m'avoir donné la possibilité de partager ces instants avec vous. Maintenant il ne me reste plus qu'à vous trouver. Je ne sais pas encore qui vous êtes, mais je suis sûre que, sans le savoir, vous attendez ma lettre.

Je vais guetter un signe, puis je la posterai.

Bien affectueusement.

24

Le Club des poètes vivants

La jeunesse n'est pas une période de la vie, c'est un état d'esprit.

Mateo Alemán

Cela faisait dix minutes qu'Alma attendait Alex à la sortie du village, juste avant le quartier résidentiel. L'auvent d'une agence immobilière de luxe lui servait de refuge : l'orage était arrivé sans prévenir.

Un éclair zébra le ciel, menaçant. Et si Mara Polsky refusait de les recevoir ? Après tout, elle était venue à Porvenir pour fuir le monde. Alma se repentait déjà de l'avoir proposée comme marraine.

Qu'est-ce qu'elle pourrait bien faire d'autre ici que se cacher ? pensa la jeune fille en se souvenant qu'elle-même était venue se réfugier dans ce village.

C'était idiot de se comparer à cette poétesse renommée qui ne fuyait pas, comme elle, ses parents ou un concours. Pourtant quelque chose avait bien poussé

Mara Polsky à venir se cacher dans ces bois. *Pour quelle raison ?* s'interrogeait Alma tout en contemplant le gros nuage noir qui déversait sur elle des trombes d'eau, impitoyable.

Elle regarda, dépitée, ses ballerines. Quelle idée de mettre une minijupe, une blouse légère et des chaussures bon chic bon genre, dans un village de montagne en plein hiver ? Il n'y avait qu'une fille de la ville sans une once de bon sens pour faire ça !

Depuis qu'Alex lui avait donné rendez-vous cet après-midi à 18 heures pour aller voir son écrivaine préférée, elle n'avait cessé d'imaginer leur rencontre. Elle n'avait rien pu avaler à midi et s'en mordait les doigts. Son estomac protestait parce qu'il ne comprenait rien aux muses et à l'art, mais réclamait des spaghettis ou des lentilles.

Elle avait passé la matinée devant le miroir de sa chambre à essayer différentes tenues, constatant, à son grand désespoir, qu'elle avait emporté peu de vêtements ! Son placard dans le grenier de ses parents, rempli de tout ce que sa mère s'obstinait à lui acheter malgré son indifférence, lui manquait. Le souvenir de l'insistance de sa mère sur le fait que les jupes lui allaient bien l'incita à se décider pour ce choix.

Mais avec la minijupe, elle n'avait qu'une option : ces ballerines vernies qui s'abîmaient, trempées. Comment s'habillait Mara Polsky ? Une femme du monde comme elle devait être élégante, sophistiquée. Alma était convaincue que son armoire regorgeait de robes Carolina Herrera ou Valentino. À moins qu'elle ne préfère peut-être quelque chose de plus sport et penche plutôt pour Donna Karan ou Tom Ford.

Mais la question vestimentaire n'avait pas été la plus compliquée. Ce qui la tracassait vraiment, c'était comment s'adresser à elle ? Elle avait rêvé mille fois de cette rencontre. Pourtant, alors qu'elle était sur le point d'aboutir, toutes les phrases ingénieuses qu'elle avait mentalement formulées s'étaient effacées de sa mémoire. Devait-elle faire comme si elle ne la connaissait pas ? Ou lui dire son admiration d'entrée de jeu ? Lui réciterait-elle quelques-uns de ses vers les plus connus ou, au contraire, prendrait-elle des classiques ? Valait-il mieux ne pas se ridiculiser en évoquant seulement des questions pratiques et éviter ainsi de se mesurer à l'une des voix les plus personnelles de ces quarante dernières années ?

Elle sentit une vibration dans la poche de son manteau, sortit son téléphone et lut en pestant contre le sort :

Urgence totale. Mon père terrifié par l'orage s'est caché sous le lit. Il refuse d'en sortir. Je reste. Bonne chance. Appelle-moi.

« Ah oui, tiens, il pleut, je n'avais pas remarqué, merci Alex, je croyais que quelqu'un m'arrosait ! » fulmina Alma, contrariée, alors que des gouttes d'eau coulaient dans son cou. « Moi aussi, je devrais être sous mon lit », soupira-t-elle.

Mais comment en vouloir à Alex dans sa situation si compliquée avec un père atteint d'Alzheimer ? Si elle voulait donner une chance à leur relation, elle allait devoir s'habituer à ce genre d'imprévus.

Elle imagina son ami allongé par terre le bras tendu essayant de tirer un Mauricio effrayé, les yeux écarquillés dans l'obscurité, et regretta aussitôt son bref moment d'énervement.

Depuis qu'il l'avait enfin embrassée dans la salle de bains, ils s'étaient à peine quittés. Alex paraissait avoir attendu ce moment toute sa vie. Elle se souvint de ses caresses impatientes comme s'il essayait de lui dire avec les mains ce qu'il était incapable d'exprimer par les mots.

Cela leur ferait du bien de se séparer un peu pour ne pas se lasser l'un de l'autre.

Mais pourquoi lui souhaitait-il bonne chance comme si elle était la seule à vouloir inviter Mara Polsky ? *Bon, demain sera un autre jour*, se dit-elle. Le père d'Alex n'allait pas passer toute la semaine sous le lit, ils pouvaient reporter leur visite. Après tout, il leur restait du temps avant la première réunion du club qu'elle avait fixée au 14 février, pour la Saint-Valentin.

« Tu ne vas pas me dire que tu crois à ces niaiseries ? » s'était exclamé Alex d'un ton incrédule quand elle le lui avait proposé la veille.

Sans savoir très bien pourquoi, sa réaction avait ennuyé Alma. Bien sûr, c'était une fête commerciale, elle le savait, mais le ton de son supposé amoureux qui avait repoussé si vite cette célébration l'avait blessée.

« Bien sûr que non, avait-elle menti, mais je suis sûre que Mara Polsky appréciera le geste. Cette fête moderne est née aux États-Unis, tu sais, les cartes aux garçons qui te plaisent, les cœurs pleins de bonbons, les fleurs… Et puis, réfléchis, qui dans sa vie n'a pas écrit une lettre d'amour ? C'est un bon sujet de discussion. »

Il reste encore un mois, pourquoi s'inquiéter ? se dit Alma en regardant de nouveau le ciel qui ne paraissait pas du tout vouloir se calmer.

Il pleuvait à verse. Elle regarda le pont et la route qu'elle devait traverser pour arriver à La Rose des Vents sans aucune envie de s'y aventurer. Elle s'apprêtait à abandonner son refuge quand elle remarqua que son téléphone vibrait de nouveau.

C'est hors de question. Ne remets pas au lendemain ce que tu peux faire le jour même. Vingt-trois ans d'attente, ça ne te paraît pas suffisant ? Je te connais mieux que tu ne le crois.

Comment Alex avait-il deviné qu'elle comptait rebrousser chemin ? Elle leva les yeux, examina la rue déserte. Est-ce qu'il l'espionnait caché derrière une fenêtre ? Alma scruta celles qui se trouvaient en face d'elle. Avec leurs rideaux tirés à cause de l'orage, impossible de savoir si on l'épiait.

« Mais il croit quoi ? » s'exclama-t-elle, fâchée, tout en remontant le col de son manteau pour se protéger de la pluie.

Puis, après avoir regardé une dernière fois le ciel, elle se dit qu'en courant elle pourrait arriver jusqu'à la maison sans se convertir totalement en une flaque.

« Je te connais mieux que tu ne le crois », se répéta-t-elle. *Ah oui ? Eh bien, on verra quelle tête*

tu feras demain quand je te raconterai à quel point la poétesse est sympathique et agréable !

« Mara Polsky ? » demanda-t-elle à la femme qui lui ouvrit la porte. Elle avait une allure très excentrique avec sa longue tunique noire qui couvrait ses chevilles, et des chaussettes dont chaque orteil était d'une couleur différente. Des tas de pendentifs étaient suspendus à son cou, certains très étranges, comme une main en argent ou une clochette. Au milieu de ses cheveux gris-blanc, emmêlés, étaient plantés deux crayons, une baguette chinoise et même une plume.

Je suis tombée sur une soirée déguisée ou quoi ? s'inquiéta Alma.

Trente, quarante secondes passèrent et elle n'avait toujours pas obtenu de réponse. Alma s'agita nerveusement sous la pluie torrentielle. Elle se trouvait devant une maison inconnue et cette femme dans l'encadrement de la porte l'épinglait du regard comme si elle n'était qu'un papillon dans un insectarium.

Elle répéta :

« Mara Polsky ? »

Comme si sa voix avait rompu une sorte d'enchantement, l'inconnue bougea. Elle leva le menton et plissa les yeux comme pour mieux voir.

« Qui la demande ? »

Alma ne voulait pas lui dire son nom. Deux mois plus tôt, elle lui avait envoyé une lettre dans laquelle elle promettait de garder le silence sur sa présence dans le village et voilà qu'elle apparaissait sur le seuil de sa porte pour la supplier d'assister à un événement public. Que penserait-elle d'elle si elle constatait qu'elle ne savait pas tenir parole ?

« Milena, déclara-t-elle. Elle ne me connaît pas mais…

— Alors pourquoi voudrait-elle te voir ?

— Elle ne m'attend pas, c'est moi qui voudrais… », balbutia Alma, nerveuse.

Elle constata que, même sous la pluie, on pouvait transpirer. Elle n'avait pas envisagé la possibilité de tomber sur une inconnue et de devoir laisser un message. Malgré elle, ses épaules s'affaissèrent sous le coup de la déception.

Devant ce geste de vulnérabilité, le visage sévère de Mara Polsky se détendit légèrement. Elle ouvrit la porte et laissa passer cette jeune fille trempée jusqu'aux os. Cependant, elle ne baissa pas la garde.

« Milena, puis-je connaître le motif de votre visite ? »

Alma s'avança avec précaution. Elle avait peur de salir le vestibule de son écrivaine préférée. Pourtant, à peine entrée, elle découvrit que les lieux ressemblaient davantage à l'antre d'un bouquiniste qu'à un palais. Un tapis de feuillets raturés menait à un grand salon. C'était sans doute là que Mara Polsky travaillait. Des livres ouverts, des cartons de pizza et des paquets de biscuits jonchaient le sol. Les murs étaient couverts de papiers punaisés, avec des bouts de phrases aux encres de couleur différente. Sur la table traînait une bouteille de whisky presque vide.

« Je vis à Porvenir, je prépare une thèse sur son œuvre et… », commença Alma.

Les mots se bousculaient dans sa bouche. Cette femme au regard incisif et ironique lui faisait perdre ses moyens. Mais où était son aimable Mara Polsky ? Pourquoi n'apparaissait-elle pas ? Son cœur battait à tout rompre.

« Je vois. Asseyez-vous, je vous en prie. Je vais voir si Madame est prête à vous recevoir. Vous comprendrez que si vous n'aviez pas rendez-vous…

— Bien sûr, bien sûr », répondit Alma qui ne souhaitait qu'une chose : que cette femme s'en aille.

Les minutes s'égrenaient depuis que l'extravagante secrétaire avait disparu dans l'escalier.

Passé les premières craintes que lui avaient causées le désordre et le regard perçant de cette femme, Alma retrouva son calme. Elle ne put s'empêcher de s'approcher d'un des feuillets punaisés au mur. Avec un respect quasi mystique, elle lut chaque fragment. Elle ferma les yeux, cherchant à sentir en elle la passion de la main qui avait tracé ces mots désordonnés.

Accroupie en haut de l'escalier, Mara Polsky observait sa jeune invitée aux airs de poussin mouillé. Elle la vit fureter dans le salon, se penchant devant chaque feuillet éparpillé. Elle le ramassait, le lissait puis le posait sur la table. Quand elle eut fini, elle s'approcha des livres et, avec la même délicatesse, les referma les uns après les autres pour éviter qu'ils s'abîment. Quelque chose en elle éveilla la tendresse de la poétesse. Elle décida de lui accorder une chance. Quelqu'un qui traitait les mots avec autant de douceur ne le méritait-il pas ?

« Je vous en prie, installez-vous confortablement. Je peux vous offrir quelque chose ? Un thé, un café ? De l'eau ?

— De l'eau, ça m'ira très bien », répondit Alma qui n'osait pas s'asseoir sur l'élégant canapé, craignant de le tacher.

Comme si elle lisait dans ses pensées, la secrétaire revint avec une couverture en patchwork aussi colorée que ses chaussettes. Elle l'étendit sur une partie du canapé et lui indiqua d'un geste de s'asseoir dessus.

« De l'eau, parfait », répéta Alma.

Décidément, cette femme la rendait nerveuse. Son assurance prouvait qu'elle était proche de Mara Polsky. Était-ce une amie, une secrétaire, une éditrice ?

Mara Polsky remarqua la voix chevrotante de la jeune fille. Elle savait que sa présence lui en imposait, que son regard était aussi tranchant que l'acier et que, d'un mot, elle pouvait la tailler en pièces. Mais sa curiosité attisée, elle préféra détendre l'atmosphère pour mieux connaître son adversaire.

En silence, elle se rendit à la cuisine. Elle revint chargée d'un plateau sur lequel étaient posés un verre et une petite cuillère. Elle le plaça sur la table basse devant Alma. D'un geste solennel, elle s'inclina vers elle et demanda, comme s'il s'agissait de confirmer une information :

« De l'eau ? »

Alma hocha la tête sans quitter des yeux la main de son hôtesse qui prit le verre avec précaution. Elle ouvrit une des fenêtres, tendit le bras puis revint vers elle, la mine toujours impassible. Alma la regarda, les yeux écarquillés comme des soucoupes, poser le verre rempli d'eau de pluie sur le plateau.

« Je vous recommande d'attendre un peu. L'eau d'orage est un peu trouble, il faut lui enlever l'agitation avant de la boire ou elle pourrait vous contaminer », lui dit-elle en lui tendant la cuillère.

Alors Mara Polsky esquissa un bref sourire assez sincère cependant pour qu'Alma se couvre la bouche, se retenant de s'esclaffer. Mara Polsky la regarda et rit ouvertement, l'invitant à l'imiter.

Puis elle se leva et repartit avec le plateau. À son retour, elle tenait une bouteille d'eau minérale et un autre verre.

« Je suis Dulcinée, la secrétaire de Mara Polsky. Elle vous prie de l'excuser. Elle ne se sent pas bien. Mais elle trouve votre visite extrêmement intéressante. Si vous voulez bien m'expliquer ce qui vous amène, je lui transmettrai votre message. »

Elle lut la déception sur le visage de la jeune fille. Elle éprouva un sentiment de gaieté et se dit qu'elle avait bien fait de la laisser entrer pour entendre ce qu'elle avait à lui proposer et pas seulement pour s'amuser à ses dépens. Cela faisait si longtemps qu'elle ne parlait à personne qu'elle avait peur de devenir folle. Bien sûr, elle était sortie faire les courses et elle s'était même installée dans les cafés de plusieurs villages du coin pour chercher l'inspiration, mais les conversations qu'elle avait eues se limitaient à de simples transactions commerciales.

Tant que l'oisillon était resté avec elle, elle lui avait parlé pendant des heures du divin et de l'humain ! Ses monologues s'étaient arrêtés quand elle l'avait relâché. C'était déjà un miracle qu'il ait survécu à ses côtés alors qu'elle n'avait pas la moindre idée de la façon de soigner un être vivant de quelque espèce qu'il soit.

Elle songea alors à la postière rousse qu'elle avait renvoyée manu militari. Celle-ci lui avait laissé les instructions qui, sans aucun doute, avaient contribué à cette petite victoire contre la mort. *Un hourra pour la postière !* s'était-elle dit. C'était la dernière personne avec laquelle elle se souvenait avoir eu une véritable conversation, cependant lacunaire, en raison du nombre de verres de whisky qu'elle avait ingurgités.

Comme par un effet de dominos, ce souvenir en entraîna un autre, celui de la chaîne de lettres. Elle avait fourni son « maillon ». Sa destinataire inconnue, celle à qui elle avait envoyé sa confession, en avait-elle fait de même ?

Ces deux derniers mois, elle s'était souvent surprise à penser à cette histoire. Celle-ci lui avait même inspiré un poème qu'elle avait dédié à cette apprentie poétesse, cette Alma qui l'avait mise dans la boucle. Elle le lui devait bien. Après avoir écrit sa lettre, son blocage s'était estompé, sa créativité renaissait, lentement mais sûrement.

Quand, à Noël, elle avait téléphoné à son éditrice à New York, elle avait utilisé une image digne d'un documentaire de *National Geographic* : elle avançait comme un brise-glace s'ouvrant un passage vers le pôle Sud, à son rythme, implacable. Cette lettre avait chassé le silence qui s'était installé dans son esprit.

« Voilà, commença Alma, nous ouvrons un club de lecture à Porvenir, dans sa bibliothèque, et nous serions très heureux que Mara Polsky l'inaugure en tant que marraine. Et, dans nos rêves les plus fous… »

Ah ! Parce que ta première requête ne te paraît pas suffisante ? songea Mara Polsky. *Tu me vois, moi, un prix Pulitzer, évoquée pour un Nobel, assise au milieu de vieux paysans, d'ados boutonneux et de femmes au foyer, parlant de littérature. Pour moi ce n'est pas un rêve, ça ressemble plutôt à un cauchemar, oui !*

« Continuez, je vous en prie, se contenta-t-elle de dire.

— Nous aimerions qu'elle devienne membre du club pendant son séjour ici », se lança Alma.

C'est le bouquet ! pensa Mara.

Si encore elle était romancière ou anthropologue, l'expérience vaudrait peut-être la peine. Mais elle était une poétesse de premier ordre et ses réflexions n'avaient rien à voir avec ce village paumé dans le fin fond d'une vallée. Pourtant, sans savoir très bien pourquoi, l'ingénuité et l'audace de cette gamine trempée qui avait enfin arrêté de goutter l'amusaient.

« Je transmettrai votre demande à Mara Polsky. Mais, dites-moi, l'inauguration est prévue à quelle date ?

— Le 14 février. »

Mara simula une quinte de toux pour masquer son fou rire.

« Je consulterai l'agenda pour voir si Madame est encore ici. »

Elle se surprit en utilisant ce mot pour la deuxième fois.

« Mais, dites-moi, pourquoi avoir choisi ce jour en particulier ? »

Elle interrogea du regard la jeune fille qui tira sur sa minijupe noire mais lui répondit en la regardant droit dans les yeux :

« C'est un clin d'œil, Mara Polsky étant américaine… Et puis souvent la littérature épistolaire traite de relations amoureuses… »

Mara décida d'oublier la première partie du commentaire. Elle se sentait américaine pour certains sujets seulement et la Saint-Valentin n'en faisait décidément pas partie. Mais son invitée n'avait pas à le savoir. Elle se concentra sur la deuxième partie de la phrase : la littérature épistolaire. Qu'est-ce qu'ils avaient tous dans ce village ? Ils étaient obsédés ou quoi ?

« La littérature épistolaire ?

— Pardon ! Je ne vous ai pas dit que le club se consacrerait à ce genre. Je trouve qu'il n'a pas la place qu'il mérite dans l'histoire de la littérature. »

Alma ne sut comment interpréter l'expression de surprise qui se peignit sur le visage de la secrétaire. Sa bouche s'ouvrit légèrement et elle secoua la tête d'un geste imperceptible. Avait-elle réussi enfin à capter son attention ? Enhardie par cette idée, Alma décida de porter l'estocade finale.

« Vous savez qu'envoyer une lettre est la meilleure manière de voyager sans bouger autre chose que son cœur.

— Cette phrase est de vous, mademoiselle ?

— Oh, j'aimerais bien ! Mais je l'ai volée à Phyllis Theroux.

— Et comment l'interprétez-vous ?

— Nous avons tous besoin de nous évader, d'échapper à nous-mêmes, de connaître d'autres horizons, de rester proches de ceux qui nous ont quittés, de sentir que nous retournons chez nous quand nous sommes loin… Les lettres sont un moyen d'y parvenir. Nous n'avons pas tous la possibilité de prendre l'avion ni de fuir quand les choses se compliquent ou deviennent si ennuyeuses qu'elles… »

Alma se repentit aussitôt de ces deux dernières phrases qu'elle vit flotter entre Dulcinée et elle comme un gros nuage menaçant, impossible à chasser. La secrétaire allait croire qu'elle jugeait l'artiste qui avait fui New York pour se réfugier ici, se fâcher…

Contrairement à toute attente, cette sincérité émut Mara Polsky. Alma avait tapé dans le mille !

« Je ne vous promets rien, mais je transmettrai fidèlement votre message à Mara Polsky. Je lui demanderai si elle peut se libérer le 14 février pour une petite conférence sur le genre épistolaire. Mais auparavant j'aimerais savoir, comment avez-vous su que nous étions ici ? »

Alma la regarda effrayée, sans pouvoir répondre. Elle avait préparé un tas de questions et de réponses dans les dernières vingt-quatre heures mais celle-ci ne figurait pas dans sa liste.

Elle poussa un long soupir. Elle se souvint alors de ce que sa grand-mère lui disait : on attrape plus vite un menteur qu'un boiteux. Elle avait déjà inventé tant de choses, à commencer par son prénom, qu'il valait mieux dire la vérité. Elle raconta l'histoire de son amie à l'université qui lui avait fait découvrir la grande Mara Polsky. Et comment celle-ci, qui travaillait pour une revue littéraire dans son pays d'origine et connaissait sa passion pour cette autrice, lui avait appris que son écrivaine favorite était partie vivre dans le village de sa grand-mère.

Mara Polsky n'en crut pas ses oreilles. Elle connaissait cette histoire, cette Milena serait-elle sa correspondante anonyme ?

Elle décida de tenter le tout pour le tout.

« Alma ? »

Cette dernière piqua un fard. La secrétaire venait de l'appeler par son prénom ? Avait-elle bien entendu ?

« Alma Meillás ? »

Elle déglutit sans pouvoir prononcer un mot. Avec la mine d'une enfant prise les doigts dans le pot de confiture, elle inclina la tête, comme si elle attendait le couperet du bourreau, et balbutia :

« Je… Nous… Je ne savais pas… »

Mara Polsky lui montra d'un geste sévère la sortie. Le visage effrayé d'Alma lui rappelait certains tableaux expressionnistes. Elle luttait pour garder de la contenance.

Heureusement il avait cessé de pleuvoir. Mara Polsky lui claqua la porte au nez. Puis, le dos tourné, s'appuya contre la porte.

Elle ferma les yeux et compta à voix basse : « Un, deux, trois… », en imaginant la stupéfaction mêlée de désespoir de l'apprentie poète.

Elle se retourna et ouvrit la porte comme si on venait de sonner avec un grand sourire, celui qu'elle arborait quand elle était heureuse de présenter un nouveau livre. Puis, comme si de rien n'était, elle salua Alma d'un chaleureux :

« Bonjour ! »

Celle-ci hésitait entre doute, joie, surprise… et panique.

« Je suis Mara Polsky et toi ? » dit d'un ton malicieux la poétesse en tendant sa main.

Elle devait à Alma le retour de l'inspiration, et l'irascible et ironique Mara Polsky n'avait jamais été une ingrate.

Le malentendu dissipé, le temps fila entre les deux femmes comme si elles étaient deux vieilles amies. La plus âgée descendit de son piédestal, abandonnant ses glorieux oripeaux, pour se nourrir à la passion et à l'espoir de cette jeunesse pleine de désir. La seconde abandonna ses peurs, ses doutes, pour s'abreuver à l'expérience et à la sagesse de celle qui avait déjà vécu.

Mara Polsky ouvrit son cœur et décrivit à Alma, parce qu'elle était certaine qu'elle pourrait la comprendre, le blocage dont elle souffrait depuis des mois. Elle lui raconta ses jours et ses nuits de vide et d'angoisse, en se sentant allégée d'un fardeau. Elle lut dans les yeux de la jeune fille l'admiration sincère qu'elle éprouvait pour son œuvre puissante et authentique. Cette foi aveugle en sa poésie l'émut profondément.

Alma lui récita quelques-uns de ses poèmes et Mara Polsky les redécouvrit grâce à sa voix. Avait-elle réellement été capable de créer ces images ? Était-ce bien elle qui avait fouillé dans ces paysages de l'âme ? s'étonna-t-elle.

Elle avoua à la jeune fille qu'elle avait fui, désespérée, les appels de son éditrice, des journalistes, des collègues… qui réclamaient son prochain opus avec insistance. Elle était en cale sèche depuis trois ans et n'arrivait plus à justifier cette « panne ». Des amis proches lui avaient dit qu'à Porvenir elle trouverait quelque chose qui ressemblait au paradis. Elle était aussitôt partie en écoutant son instinct.

« Mais, Alma, l'enfer et le paradis sont à l'intérieur de soi-même, déclara-t-elle avec douceur. J'ai retrouvé ici mes démons. Ils logent en moi. »

Avec une patience surprenante pour quelqu'un de son âge, Alma écouta en silence ces plaintes et peurs. De temps en temps, tel un archer professionnel, elle lançait une question qui faisait toujours mouche.

Au début, cela surprit Mara Polsky. Mais au bout d'une heure, elle cessa de juger sa nouvelle amie, sa jeunesse, son inexpérience. Elle sentit qu'elle possédait comme elle ce même cœur poétique capable de faire tomber les barrières, générationnelles ou culturelles, qui pouvaient s'élever entre elles.

« J'ai lu ta lettre comme une voyageuse perdue dans le désert. Impossible de la lâcher. Elle possède une force extraordinaire », lui dit-elle en sortant la lettre rangée entre les pages d'un livre.

Alma, émue, reconnut sa missive en se disant : *Même si j'atteins les cent ans, je ne revivrai jamais un moment comme celui-ci*.

Elle essaya de graver cet instant dans son cœur avec la saveur salée de ses larmes.

« Tu t'es décidée pour la maison de ta grand-mère ? Tu sais ce que tu veux faire de ta vie ? lui demanda Mara en lui offrant un peu de pain et de fromage.

Tu sais que le sort des deux est irrémédiablement lié, n'est-ce pas ? »

La question prit Alma au dépourvu. Cela faisait déjà plus de deux mois qu'elle était descendue de ce fameux taxi en pleine nuit, qu'elle avait glissé la clé dans la serrure d'une maison qu'elle connaissait à peine et qu'elle était partie directement se coucher en se disant que le lendemain elle y verrait plus clair. Jour après jour, elle avait retardé sa décision au sujet de son avenir et de son héritage. La chaîne de lettres lui en avait offert une première occasion ; la rencontre avec Alex, une deuxième. Le club de lecture allait être la troisième.

« Ce n'est jamais le bon moment pour affronter ce qui nous inquiète le plus, reprit Mara après qu'Alma eut partagé cette réflexion avec elle. Je ne dis pas que la chaîne, le club de lecture, et ce beau blond ne t'intéressent pas vraiment. Je suis sûre que si. Mais tu ne t'engageras à fond sur aucune de ces trois choses tant que tu ne sauras pas ce que tu veux faire de ta vie… »

Alma baissa les yeux sur un point indéterminé du parquet. Elle grignota un bout de pain et but une gorgée de vin. *Bon sang, elle est directe cette femme !* se dit-elle.

« Je vais te la faire plus simple : imagine que tu écris un roman et que ton personnage rêve de se consacrer à l'écriture et hérite d'une maison dans un village. Que ferais-tu avec elle ? Que se passerait-il dans le dernier chapitre ? Sois une écrivaine courageuse. Refuse d'être conventionnelle. »

Quand, des années plus tard, Alma se remémorera sa réponse, elle ne saura toujours pas d'où elle lui était sortie. Jusqu'à cet instant, elle ignorait que cette idée dormait, enfouie dans les tiroirs secrets de son cœur.

« Mon héroïne abandonnerait sa vie confortable dans la capitale et un travail qui ne l'épanouit pas. Elle prendrait ses valises et viendrait vivre à Porvenir pour se consacrer à l'écriture. Quelques semaines plus tard, elle s'apercevrait que ses économies ne lui permettent pas de vivre et…

— Et… ? Je t'en prie, ne me dis pas qu'elle prendra un boulot de caissière dans un magasin du village. Pire encore, qu'elle trouvera un prince charmant, se mariera et vivra de ses rentes. Parce qu'on écarte l'idée d'un trésor caché sous le prunier, n'est-ce pas ? se moqua Mara Polsky pour la provoquer et la pousser à lui révéler ce qu'elle désirait vraiment.

— Elle pourrait ouvrir dans sa grande maison une résidence pour écrivains en herbe. Comme ça, cela couvrirait ses frais et elle n'aurait pas à la vendre. Cinq aspirants auteurs pourraient y vivre. Poètes, romanciers, dramaturges… Peu importe le genre, le pays, l'âge. Seule condition : n'avoir rien publié. »

Sans s'en apercevoir, Alma s'était levée et faisait les cent pas dans le salon devant une Mara Polsky qui observait d'un air amusé la jeune fille agiter les mains comme pour dessiner ses mots dans l'air. Elle n'avait pas terminé une idée qu'une autre surgissait.

« Ils ne paieraient rien. Ils participeraient aux tâches ménagères, s'occuperaient du potager qui assurerait leur propre consommation, et si un jour ils devenaient connus, ils devraient verser une bourse à un autre aspirant écrivain. Ils pourraient rester le temps que leur manuscrit soit prêt à être envoyé à une maison d'édition. S'il était accepté, *bye bye*. L'auteur volerait de ses propres ailes !

— J'aime beaucoup cette idée. Oui, elle me plaît énormément ! s'exclama Mara Polsky en fermant les yeux.

— Tant mieux parce que dans mon roman une poétesse américaine est la marraine de la résidence. Et je ne vois personne d'autre que toi. »

Mara Polsky écarquilla les yeux puis sourit :

« Tu apprends vite, toi ! Et on peut savoir comment s'appellera cette résidence ?

— Il faut un nom anglais puisqu'elle sera internationale, facile à prononcer dans tous les continents.

— Je suis d'accord.

— Puisque je propose le toit et le couvert : Bed & Breakfast littéraire ?

— Fais un effort ! Allez ! »

Alma tourna la tête vers la fenêtre. Il faisait nuit, pourtant elle avait l'impression qu'elle venait à peine d'arriver. Elle se sentait bien dans cette maison, comme si elle y venait depuis toujours.

« Bed & Breakbloc ?

— Pas mal… Mais que dirais-tu de Bed & First Draft ? »

Alma applaudit et se mit à tournoyer dans le salon. Elle ferma les yeux et se cogna contre la table, la bibliothèque et une lampe sur pied, avant de sentir des mains se poser sur ses épaules.

Elle ouvrit les yeux. Mara Polsky se tenait devant elle et paraissait l'interroger du regard.

Alma haussa les épaules.

Mara Polsky la secoua doucement :

« N'attends plus ! Tu es l'autrice de ta propre vie. Écris cette fin. »

25

Mieux vaut tard que jamais

L'amour est un motif de surprise et l'humour un paratonnerre vital.

Alfredo BRYCE ECHENIQUE

Alex se sentait coupable. Il avait menti à Alma en lui disant qu'il ne pouvait pas l'accompagner chez Mara Polsky parce que son père s'était réfugié sous son lit.

Il croisa les doigts pour ne pas la rencontrer alors qu'il pédalait sous la pluie en direction de Mastán. La résidence La Rose des Vents se trouvait dans la direction opposée, mais avec une apprentie poétesse, on ne savait jamais… Elle pouvait choisir le chemin le plus long pour arriver à destination ou chercher sa muse sous l'orage. Il rit et accéléra.

Il avait une bonne raison de l'abandonner à son rendez-vous qu'il ne pouvait lui révéler, pas encore.

D'ailleurs il ne s'inquiétait pas pour elle. Il savait qu'Alma se débrouillerait encore mieux toute seule.

Entre poétesses, on se comprend. Je suis sûr qu'elles vont s'entendre à merveille, se dit-il pour chasser un reste de culpabilité avant de distinguer les premières lumières du village voisin.

Il s'arrêta devant le café où il avait rendez-vous. En entrant, il balaya les lieux du regard. Il entendit alors, venant d'une table au fond, une voix qu'il reconnut aussitôt, commandant au serveur un café et des churros avec une blague qui laissa ce dernier indifférent tandis qu'il retournait au comptoir.

Le son de ce rire rappela à Alex certains dimanches après-midi de son enfance, l'odeur du chocolat qui fond dans la cuisine de sa mère, les deux grands jouant aux Meccano et lui, le petit dernier, s'ingéniant à démonter chacune de leurs constructions. Son frère, énervé, le grondait et le meilleur ami de celui-ci tentait de le consoler d'un : « Tu verras, Alex, un jour, tu en auras un pour toi tout seul, et ce sera à notre tour de te supplier pour y jouer. »

« Alex, Alex ! »

La voix le rappela au présent. Un homme grand, costaud, d'une trentaine d'années s'approcha de lui et le serra dans ses bras.

« Toujours aussi rêveur, toi ! Tu ne m'entendais pas ? »

En retrouvant le meilleur ami de son frère aîné, Alex eut l'impression qu'ils ne s'étaient jamais quittés malgré les dix années qui venaient de s'écouler.

C'est une de ses grandes qualités, se dit-il sans cesser de l'observer, *il est si chaleureux, tu te sens tout de suite à l'aise et accueilli avec lui.*

« Mais qu'est-ce que tu fais ici ? Je croyais que tu gagnais des millions sur ta plate-forme ! Tu viens demander la permission à tes parents d'épouser une Viking ? Je ne te savais pas si respectueux des traditions, plaisanta Alex.

— Froid, froid…

— Attends, je sais. Tu es venu chercher les dernières affaires qui te restent au village pour commencer une nouvelle vie loin d'ici ?

— Glacial, Alex.

— Je donne ma langue au chat !

— Tu fais bien. Je ne vais rien chercher du tout. Au contraire, j'ai l'intention de m'installer ici. Tout dépend d'une petite affaire que j'ai en cours. Si ça se passe bien… »

Alex le regarda, stupéfait. Il était habitué à ce que les gens partent, pas qu'ils reviennent. Fernando avait été un des premiers à quitter Porvenir. D'après son frère, tout allait bien pour lui : il gagnait bien sa vie, il avait un bon travail, des amis et souffrait à peine du mal du pays. Alors pourquoi revenait-il ?

« C'est l'amour qui me ramène à Porvenir. Un coup de foudre. Tu verras, tu comprendras quand ça t'arrivera. »

Alex ne put s'empêcher de rougir. Il pria pour que son ami ne s'en aperçoive pas, mais ce fut peine perdue.

« Ah, mais on dirait que ça t'est déjà arrivé… Je ne poserai pas de questions… pour l'instant, plaisanta Fernando. Mais dès que j'ai résolu mon affaire, je m'occupe de la tienne.

— Eh ! je ne t'ai rien demandé, moi ! rétorqua Alex, gêné.

— Eh bien moi, je vais te demander un service. J'ai besoin de ton aide pour faire une surprise à la femme que j'aime et lui arracher un *Oui*. Enfin, un *Peut-être* au moins.

— C'était pour ça, tous ces mystères ? Mais enfin, qu'est-ce qu'il y a de si compliqué ? Tous les jours, partout dans le monde, des amoureux se déclarent ! Et toi, tu me convoques ici tard dans la soirée, tu m'interdis de dire que tu es ici, tu me donnes rendez-vous dans le bar d'un autre village par un jour d'orage. Je te jure, j'ai plus l'impression d'être un résistant qu'un assistant de Cupidon !

— Je dois créer un véritable effet de surprise ! déclara Fernando. J'ai pensé à tout, ne t'en fais pas. Maintenant, il faut se mettre au travail et c'est là que tu interviens. Tu ne peux pas me le refuser. Tu me le dois.

— Pardon ?

— Je t'ai évité plus d'une fois les baffes de ton frère, non ? Pourtant, tu les avais bien méritées », plaisanta-t-il.

Alex s'amusait. Il était prêt à tout pour aider son ami. Pas parce qu'il l'avait sauvé autrefois, mais parce qu'il l'aimait bien.

« Elle a un nom au moins, ta promise ? Ou dois-je appeler la future mère de tes enfants ta “petite affaire” ?

— Je ne te connaissais pas ce sens de l'humour ! Bon, tu es bien assis ? Quand tu vas savoir qui c'est, tu vas comprendre ma prudence.

— Allez, vas-y, lâche le morceau !

— Elle porte un prénom court, ancien, à la force biblique. Elle s'appelle Sara. »

Alex le contempla, bouche bée, la mâchoire pendante. Sara ? Sa Sara ? Ce n'était pas possible. Mais il n'y avait pas d'autre Sara à Porvenir…

« Il y a quelques mois je l'ai contactée pour lui demander un service, un truc administratif, et puis de fil en aiguille… »

Il n'y avait plus aucun doute, il s'agissait bien de la postière !

En dix minutes, Fernando le mit au courant de ses conversations par tchat tandis qu'il montait la garde au milieu de la mer du Nord et qu'elle se trouvait au bureau de poste. Il lui raconta leur échange téléphonique du Nouvel An, son sentiment de tristesse parce qu'il ne pouvait pas passer les fêtes avec elle.

« Allongé sur mon lit, entouré d'étrangers, ce jour-là j'ai compris que le prochain Noël, je voulais le passer avec les miens et… elle. Tous les obstacles, je les connais. Elle est un peu plus âgée que moi ? Elle a trois enfants ? Elle est sur le point de perdre son travail ? Ne te fatigue pas, c'est inutile. »

Alex le regarda en silence. Il ne pensait rien de tout ça. Était-il sur le point de protester ? Bien au contraire ! Il était ravi pour Sara, elle le méritait !

Il se contenta de répondre :

« Je serai heureux de retrouver un ami au village. Que dois-je faire pour qu'elle accepte ta demande ? »

Fernando lui expliqua que dans trois jours elle aurait quarante ans. Il voulait organiser une fête surprise avec tous ses amis, dans son village. Il fallait garder le secret parce qu'il comptait se présenter comme un cadeau.

« Pour commencer, nous avons besoin d'un endroit où je pourrai me cacher pendant que j'organise tout.

— Tu sais que chez moi il y a de la place, offrit Alex.

— Ce n'est pas une très bonne idée. Sara pourrait passer prendre des nouvelles de Mauricio. Et puis tu vis en plein centre ! Je ne pourrais pas sortir me dégourdir les jambes ou alors seulement à l'aube, sinon je risquerais de la croiser. »

L'unique auberge de Porvenir se trouvait à côté de la maison de Rosa et Sara. C'était tout aussi risqué.

« Dommage que la mode des fermes à louer ne soit pas arrivée jusque chez nous. Ce serait parfait. Un lieu éloigné du centre, discret, disposant de l'espace nécessaire pour se réunir à plusieurs et préparer notre stratégie d'attaque. Une jolie maison qui ait du cachet. »

Alex bondit. Il existait à Porvenir une maison de ce genre sauf que sa propriétaire n'avait pas pensé à l'exploiter en location.

« J'ai trouvé ! J'ai une amie qui vit seule dans une propriété entre Mastán et Porvenir. On peut lui demander son aide. Je suis sûr qu'un peu de compagnie et un peu d'argent lui feront du bien.

— Une amie ou l'Amie avec un grand A ? » interrogea, moqueur, Fernando en lui faisant un clin d'œil.

Il était 23 heures et Alma ne répondait toujours pas à son portable. Alex s'inquiéta. Elle devait voir Mara Polsky à 18 heures, elle ne pouvait quand même pas être encore chez elle ? Elle avait certainement éteint son téléphone avant d'y aller et oublié de le rallumer en sortant. Ou bien elle lui en voulait de lui avoir posé un lapin ?

Il laissa Fernando dans le bar de Mastán, remonta sur son vélo et partit chercher Alma en se disant qu'il valait mieux lui expliquer son plan de visu.

Il attendait depuis dix minutes, assis sur les marches du perron, quand Alma sortit d'un taxi. Malgré l'obscurité, il devina qu'elle exultait. Elle courut vers lui et se jeta à son cou. Surpris, il perdit l'équilibre et ils tombèrent tous les deux sur l'herbe. Elle couvrit son visage de petits baisers tout en murmurant des phrases incohérentes sur le blocage, le paradis et l'enfer, sur le fait d'être l'autrice de sa propre vie et une histoire de Bed & Breakfast.

Il faut battre le fer tant qu'il est chaud, se dit Alex tandis qu'ils entraient chez elle.

« Au fait, en parlant de chambres d'hôtes, je crois que j'ai ton premier client… Ce n'est pas un écrivain, mais… »

Alma le regarda, déconcertée :

« Mais enfin, je n'ai encore rien décidé… Je ne sais même pas quel prix demander.

— Tu verras bien. Ça te servira d'entraînement.

— Alex ? Que s'est-il passé cet après-midi ? J'ai l'impression d'avoir raté quelque chose…

— Je vais tout te raconter mais si je faisais un feu d'abord ? Il fait un froid de canard.

— Je sens que ça va être une longue histoire », fit Alma en s'allongeant sur le canapé, un sourire aux lèvres.

Alex l'observa, amusé. Cette fille ne finirait jamais de le surprendre. Quand il eut fini de lui raconter l'histoire de Fernando et son plan pour conquérir Sara, elle s'était écriée, emballée comme une gamine :

« Assistants de Cupidon ! J'adore cette idée ! Je suis prête à tout pour que l'amour triomphe. Même à loger un inconnu dans ma maison. »

Elle avait l'impression d'être l'ange gardien de la postière. D'abord elle l'aidait à garder son travail et maintenant à trouver l'amour.

Heureusement, se dit-elle, *que le jour où je l'ai croisée à la bibliothèque elle m'a paru charmante.*

« Ce n'est pas un inconnu, précisa Alex, je le connais depuis que je suis tout petit. C'est un type bien, sinon je ne te l'aurais jamais proposé. »

Alex souffla sur la courte frange d'Alma et la prit dans ses bras dans un geste protecteur.

Elle ferma les yeux et poussa un soupir de satisfaction : que pouvait-elle demander de plus ? En une journée, elle avait fait la connaissance de son écrivaine préférée et, même s'il était un peu tôt pour le dire, une amitié semblait être née entre elles ; puis elle touchait du bout des doigts une solution possible à son dilemme sur l'avenir ; enfin, son petit ami, le garçon le plus beau de la Terre, était en train de l'enlacer.

Mais une question de ce dernier, alors qu'ils attendaient l'arrivée de Fernando, la tira brutalement de son état de félicité :

« Au fait, Mara Polsky a accepté de venir inaugurer notre club de lecture ? »

Alma s'aperçut à cet instant que la poétesse ne lui avait pas donné de réponse.

26

Assistants de Cupidon

Le plaisir des banquets se mesure non à l'abondance des mets, mais à la présence d'amis et à leur conversation.

Cicéron

Date : 25 janvier
De : palvarez@postecentrale.com
À : snaval@postedeporvenir.com
Objet : Re : transfert

Bonjour Sara,

Je suis désolé de ne pas avoir d'autres nouvelles pour toi sur le maintien de ton poste. Je sais que cela fait déjà deux mois et demi que tu as reçu l'avertissement te prévenant de la fermeture éventuelle du bureau de poste de Porvenir et de ton transfert. Prendre ce genre de décision ne se fait pas du jour au lendemain. Je suppose qu'il ne t'a pas échappé qu'ici, à la poste centrale, on a bien pesé le pour et le contre. Donc, comme tu nous le disais dans ta dernière lettre, nous avons remarqué l'augmentation notable de courrier à Porvenir. Comme toi, cela nous a surpris. Sois assurée qu'en raison de l'estime que j'avais pour ton père comme postier et comme homme, et que j'ai également envers toi, je compte te donner une réponse dès que possible.

Pedro Alvarez
Chef de zone

Sara avait passé la matinée à tenter de décoder le message de son supérieur. Comment était son visage quand il l'avait écrit : couvert de sueur, rigide, tout blanc ?

Malgré leur différence d'âge, Pedro avait été l'ami de son père. Ils s'étaient plu tout de suite. Et maintenant qu'il était sur le point de prendre lui-même sa retraite, il se rappelait des anecdotes de ces premières années avec tendresse. Sara savait que la dernière chose que souhaitait son chef, c'était lui annoncer une mauvaise nouvelle.

« "Prendre ce genre de décision ne se fait pas du jour au lendemain…" », relut-elle à voix haute. Elle leva les yeux de l'écran. Il croyait quoi, Pedro ? Bien sûr que démonter sa vie et celle de ses trois enfants, l'empaqueter et déménager dans un nouveau décor ne pouvait pas se décider en quelques heures ! Elle sentit la rage monter en elle. Cela faisait plusieurs semaines qu'elle vivait avec cette incertitude qui rendait sa sacoche et ses journées plus lourdes, et elle détestait cette impression.

Elle soupira.

« *Je suppose qu'il ne t'a pas échappé qu'ici, à la poste centrale, on a bien pesé le pour et le contre* », se répéta mentalement Sara. L'image d'une balance se dessina dans son esprit. Elle posa les « Pour » sur un plateau et les « Contre » sur l'autre. Elle essaya d'imaginer ce qui aurait le plus de poids aux yeux de ses supérieurs. La possibilité de structurer et rentabiliser des ressources humaines ou le poids de l'histoire d'un bureau de poste centenaire ? La rationalisation des coûts et des dépenses ou le traitement personnalisé du client ?

Une sueur froide lui parcourut le dos. Elle n'avait jamais discuté avec sa haute hiérarchie, mais elle n'avait aucun doute sur ce qu'ils valoriseraient le plus.

Nous avons remarqué l'augmentation notable de courrier. Soucieuse, elle contempla le bureau de poste. Il était presque 14 heures, Karol était partie depuis un moment chez une femme d'un certain âge qui vivait seule.

« Je sais que tu travailles beaucoup, mais ce n'est pas une excuse », s'exclama à voix haute Sara, fâchée contre Karol.

Cela faisait plusieurs jours qu'elle s'inquiétait. Et si la chaîne s'interrompait ? Au début, elle avait craint pour son poste, mais en vérité, ce qui l'ennuyait vraiment, c'était ce qu'allaient penser les autres femmes qui, comme elle, avaient partagé un moment de leur vie avec une inconnue.

Comment se sentiraient-elles ? Frustrées ? Déçues ? Tristes ?

Elle baissa les épaules, accablée. Pour le moment, elle était la seule à savoir que la chaîne risquait de s'interrompre. Et si elle envoyait une seconde lettre pour la relancer ? En avait-elle le droit ? Ne valait-il pas mieux dire la vérité à Karol et lui demander d'écrire une courte missive ?

Tout en réfléchissant à la meilleure façon de ne pas trahir l'esprit de cette initiative anonyme, elle aperçut par la fenêtre Alex et Alma et retrouva aussitôt le sourire.

Voici le chevalier à la triste figure et sa dulcinée, se dit-elle, devinant la complicité qui les unissait alors qu'ils jouaient à se poursuivre entre les voitures. Le bonheur d'Alex, si évident, lui fit oublier ses propres soucis.

« Tu es sûr que c'est une bonne idée de lui demander qu'elle s'occupe du *catering* ? » s'inquiéta Alma.

Alex hocha la tête. Il frappa à la porte, d'un bois robuste, avant que son amie ne puisse émettre une autre objection. Ils devaient préparer l'anniversaire surprise de Sara et s'occuper de tous les détails, entre autres, le buffet pour des dizaines de personnes d'âges différents.

Le soir où Fernando s'était installé chez Alma, ils avaient discuté jusqu'à 3 heures du matin. « Il faut voir les choses en grand, leur avait-il répété, ne regardez pas à la dépense, c'est moi qui régale et ne ménagez pas vos efforts ! » Par contre, ils devaient se charger de toute l'organisation. « L'amant venu du froid », comme l'appelait Alma, ne pouvait se risquer dans la rue.

Alma et Alex seraient ses pieds et ses mains.

« Et mes oreilles et mes yeux pour me donner des nouvelles de Sara, me dire si elle est soucieuse à cause de son anniversaire ou avec qui elle aimerait le passer », avait-il ajouté d'un ton très sérieux.

La première décision, le choix du lieu, avait été facile à prendre. Enthousiasmée à l'idée de jouer les Cupidons, Alma avait spontanément proposé sa maison. L'idée avait plu aux deux autres : l'endroit était magnifique et, d'une certaine manière, magique. Pratique aussi : Fernando pourrait préparer la décoration sans crainte d'être découvert.

« L'amant venu du froid » avait remercié avec effusion Alma. Ce que l'apprentie poétesse ne lui avait pas dit, c'était que son offre n'était pas tout à fait désintéressée.

« Si nous obtenons qu'un amour aussi beau que celui de Fernando et Sara, une histoire de seconde chance, se cristallise, le mauvais karma qui pèse sur ma maison en raison du chagrin trahi de ma grand-mère s'effacera », avait-elle déclaré à un Alex surpris.

Alma croyait de tout cœur que Luisa Meillás, où qu'elle se trouve, serait ravie de voir deux amants que des années et des kilomètres avaient séparés échanger leur premier baiser sous son prunier.

« Mais enfin, les enfants, vous n'y pensez pas ! » s'exclama Hypatia qui furetait dans sa cuisine afin de préparer un petit quelque chose à grignoter pour ses visiteurs inattendus mais bienvenus.

Alma regarda Alex d'un air qui signifiait « Je te l'avais bien dit ». Ce dernier, loin de se laisser désarçonner, garda les yeux fixés sur l'assiette de jambon posée sur la table.

Il savait par expérience que le temps jouait en sa faveur. Enfant, il avait goûté et dîné mille fois dans cette cuisine. Il était sûr de son choix, même si Hypatia elle-même en doutait.

Il ferma les yeux pendant quelques secondes. À la place qu'occupait Alma apparut le visage rond et joufflu de son ami Miguel tout couturé de cicatrices. Il sourit en pensant aux bêtises qu'ils avaient faites, plus jeunes, au nombre de fois où Hypatia avait menacé de les priver de goûter.

« Qu'est-ce que j'en sais moi, de ce qu'aiment manger les Norvégiens ? » marmonna celle-ci tout en coupant du pain.

Alma allait la corriger, il n'y aurait aucun Norvégien à la fête, seulement un homme qui travaillait sur une plate-forme en mer du Nord, quand Alex lui fit signe de se taire tout en souriant.

« Pour combien de personnes, vous dites ? Une quarantaine ? interrogea Hypatia en se retournant. Je vois… En fait, vous ne le savez pas encore. Il ne reste que trois jours et vous ne savez pas encore combien de couverts il faut prévoir… »

Elle haussa les épaules.

« Vous avez l'air de penser que ce n'est pas un problème, mais pour moi, c'en est un, je vous assure, et un gros », les sermonna-t-elle en sortant trois verres d'un placard qu'elle tendit à Alex.

« Les cuisiniers passent leur temps à tout calculer : combien de personnes ? Combien de viande ? Combien de sel ? Combien de minutes ? Combien de fourchettes ? Combien ça coûte ? C'est ainsi, je n'invente rien. Autrement, on se retrouve coincé et on passe son temps à se demander si on a trop dépensé ou au contraire si on a été pingre. »

Hypatia s'arrêta au milieu de son petit royaume et, pour la première fois, les examina avec attention. Alma, surprise en train de retirer le gras du jambon, baissa les yeux, gênée, et ne bougea plus un doigt.

« Et puis je n'ai jamais fait de... de... Comment tu dis ma petite ? »

Alex s'étouffa en essayant de cacher son rire.

« Un *catering*, madame Hypatia, ou un buffet si vous préférez. »

Alma faillit éclater de rire à son tour. Ici, dans cette petite cuisine de Porvenir, devant cette grand-mère, le mot n'avait aucun sens. Seuls des mots comme lentilles, ragoût, soupe, beignets, riz, croquettes, filets... en avaient. Elle avait sans doute très mal présenté son projet en lui demandant d'établir un budget de *catering* selon le nombre de personnes avec diverses options de menu.

Reconnaître ses erreurs, c'est le début de la sagesse, se dit-elle.

« Croquettes, salade macédoine, chorizo au cidre, salade de riz », énuméra Hypatia pour la troisième fois afin de mémoriser ce dont elle avait convenu avec les enfants.

Elle se tut comme si elle réalisait soudain qu'elle n'était pas seule dans la cuisine. Elle eut honte. La jeune fille qui accompagnait Alex était une demoiselle de la ville, cela se voyait à ses vêtements, à ses manières. Ses grands-mères savaient lire et écrire, elles, Hypatia en était sûre. Elles avaient peut-être même travaillé dans un bureau ou comme institutrices.

Elle leur avait finalement promis de participer à la fête de Sara parce qu'elle appréciait la postière, avec laquelle elle avait d'excellentes relations. D'autant plus que son sort ne tenait qu'à un fil. Si c'était son dernier anniversaire au village, il fallait que ce soit très réussi. Ces deux renards, pleins de bonnes intentions, avaient besoin qu'on les aide. *Si je ne me retrousse pas les manches, on risque de finir tous à l'hôpital avec une salmonellose ou pire encore*, songea l'experte.

« Pardonnez-moi, c'est que, moi, je prépare comme ça la liste de courses, dans ma tête. »

Elle sourit avec modestie.

« Vous m'avez demandé tellement de choses, il faut que je la répète plusieurs fois, sinon je risque d'oublier.

— Pourquoi ne pas l'écrire ? » demanda innocemment Alma tout en buvant une gorgée.

Hypatia l'examina avec attention. Il n'y avait aucune insolence ou méchanceté dans sa question, pas plus que dans ses yeux couleur miel. Il était évident que, pour elle, lire et écrire étaient des actes aussi naturels que manger ou dormir.

Qui était vraiment cette jeune fille ? Selon Alex, une amie qui l'aidait à organiser cet anniversaire surprise.

Mais ici tout le monde se connaissait et Alma n'était ni de Porvenir ni de la vallée. Son teint était celui d'une fille de la ville, malgré les semaines passées au bon air. Pourtant il y avait quelque chose dans sa manière de parler, dans son ton, enthousiaste et gai, qui semblait prouver que son lien avec eux, avec les habitants des bois, remontait à loin. *De toute façon, tu rends Alex heureux, et rien que pour ça, je te bénis ma petite*, songea Hypatia.

« Vous me dites que la fête est dans trois jours ? Si je m'y mets aujourd'hui, j'aurai peut-être fini d'écrire la liste des courses le jour J. Mais avec des fautes. Et ensuite il faudra que je la lise au supermarché et je ne suis pas sûre qu'une matinée me suffira pour déchiffrer une liste aussi longue. »

Alex jeta un regard désapprobateur sur Alma qui, comprenant sa gaffe, se mit à rougir. Elle ferma les yeux cherchant une phrase, un commentaire, qui lui permettrait de se rattraper. Elle s'en voulut d'avoir supposé que tout le monde savait lire et écrire.

Elle s'apprêtait à s'excuser quand un baiser sonore sur sa joue la tira de ses pensées. Elle ouvrit les yeux. Hypatia lui serrait le visage entre ses mains potelées, avec un grand sourire.

« Ma petite ! Tu es blanche comme un linge ! Alex, il va falloir l'emmener à la montagne pour lui redonner des couleurs ! »

Hypatia caressa les cheveux d'Alma avec douceur.

« J'ai beaucoup de mal à lire et encore plus à écrire, mais…

— Mais il n'y a pas de meilleure cuisinière que toi dans toute la région, et même dans la capitale, mais ça, ils ne le savent pas, déclara gaiement Alex devant une Hypatia très fière.

— En tout cas, quand tu retourneras chez toi, tu raconteras à tout le monde que tu as dégusté à Porvenir le meilleur pain perdu du monde ! continua la vieille dame.

— Comptez sur moi ! Et je vous apporterai des clients, répondit Alma, soulagée.

— Des clients ? s'étonna Hypatia tout en se mettant aux fourneaux pour préparer le déjeuner de son mari.

— Mais oui ! s'écria Alex comme s'il découvrait un nouvel horizon. Comment n'y ai-je pas pensé avant ?

— De quoi parles-tu, mon petit ? » lui demanda la cuisinière en posant une poêle sur le feu. Elle y versa de l'huile puis jeta de l'ail et des tomates coupées qu'elle fit revenir.

« On pourrait monter une entreprise. Tu es une excellente cuisinière et tu m'as dit je ne sais combien de fois que tu t'ennuyais sans tes enfants, que tu avais beaucoup de temps et que tu ne savais pas à quoi le consacrer. Toi, ce que tu aimes, c'est cuisiner, n'est-ce pas ? »

Hypatia acquiesça devant cet enthousiasme, mais elle ignorait où allait la conduire ce petit discours.

« Imagine qu'on te paie pour faire ce que tu aimes le plus au monde ! Que tu gagnes de l'argent ! » déclara un Alex exalté.

Elle leva les yeux de la poêle et regarda l'ami de son fils. Surprise, elle redécouvrit pendant un instant l'adolescent rêveur qu'il avait été avant la mort de sa mère et la maladie de son père. Comment le décevoir ? Comment lui expliquer que l'argent ne l'intéressait pas ? Tomás avait une bonne retraite et il partageait tout avec elle. Sans compter que leurs enfants gagnaient bien leur vie et leur offraient de beaux cadeaux.

Alma observait la scène en silence. Sans savoir très bien comment, d'une façon vague et imprécise, elle devina les pensées d'Hypatia. Elle lui sourit et lui dit d'une voix douce :

« Vous imaginez, madame Hypatia, si à la capitale ils découvraient les recettes de votre village ? S'ils goûtaient le pain perdu de votre mère, le lapin à la casserole de votre grand-mère ou le ragoût des bergers qui, il y a des siècles…

— Le riz des montagnes, il n'y a rien de meilleur. Ou bien une bonne ratatouille. Tu savais que, selon les médecins, elle contient toutes les vitamines dont un adulte a besoin pour toute une semaine ? ajouta la cuisinière, gagnée par la passion générale.

— Je suis sûre, madame…

— Appelle-moi Hypatia, lui dit-elle en lui caressant la joue.

— Merci. Ce qui est sûr, c'est qu'à Madrid on mange très mal. Tout est congelé, précuisiné, sous vide…

— Quelle horreur ! Alors que c'est si amusant de faire ses courses au marché tous les jours ! Sentir les fruits, admirer les couleurs des légumes, une belle coupe d'agneau…

— On manque de temps, il faut le reconnaître », avoua Alma.

Tout excitée, Hypatia s'exclama en s'adressant à sa cuillère en bois :

« Ah ces enfants ! Quelle folie ! Ils croient que je peux diriger une entreprise avec tous ces chiffres et ces papiers. Je leur dis que je sais à peine lire et écrire, et eux… !

— Mais ce n'est pas un problème, Hypatia ! s'exclama Alex.

— Non ?

— Je m'occuperai de la comptabilité, des annonces, des commandes, de t'accompagner aux courses…

— Ah non, ce n'est pas possible !

— Pourquoi ? voulut savoir Alma, heureuse de la possibilité d'avoir participé à la naissance du premier *catering* de Porvenir.

— Tomás m'a toujours accompagnée au marché, dit la cuisinière en posant deux côtelettes dans la poêle. On se comprend bien tous les deux. »

Alma sourit, admirative. Alex et elle arriveraient-ils un jour à être aussi complices ? Ils avaient le temps, mais elle enviait la relation qui unissait Hypatia et son mari, leurs vies entrelacées.

« De toute façon, annonça la pragmatique Hypatia, il faut commencer par le début, parce que la fin elle arrive toujours toute seule, comme disait ma mère. Un buffet pour près de cinquante personnes, voilà ma première mission. Et comptez sur moi : Sara aura l'anniversaire qu'elle mérite. »

Alors qu'ils se tenaient sur le seuil, prêts à partir, Hypatia regarda Alma avec un sourire attendri :

« Ma petite, je sais que tu viens de la capitale et que tu ne vis à Porvenir que depuis deux mois mais, ne ris pas, on dirait que tu as toujours vécu ici ! Je te sens proche de nous. Tu ne le savais peut-être pas, mais ta place est ici. »

Les yeux d'Alma s'illuminèrent.

Elle pencha la tête et embrassa la cuisinière sur la joue.

« Si vous saviez… »

27
Solitudes

Il n'est pas difficile de pleurer en solitaire, mais il est presque impossible de rire seul.

Dulce María LOYNAZ

Pendule ne marque pas les heures
parce que je vais devenir fou
Elle me quittera pour toujours quand l'aube reviendra
Il ne nous reste plus que cette nuit
et ton tic tac me rappelle
ma douleur irrémédiable
Pendule arrête ta marche
Parce que ma vie s'éteint
moi, sans amour, je ne suis rien.

Karol chantait à pleins poumons tout en remontant les stores.

Elle ne parvenait pas à comprendre pourquoi madame Manuela s'obstinait à vivre dans l'obscurité.

La première chose qu'elle faisait en arrivant chez elle, c'était ouvrir les fenêtres. Bien que petit et sobrement décoré, l'appartement était lumineux, les fenêtres du salon donnant sur le parc de Porvenir. Les voix des enfants qui y jouaient montaient jusqu'à elle, lui tenant compagnie.

Un mois auparavant, alors qu'elle se trouvait au bureau de poste, une femme avait frappé à la porte en exigeant qu'elle lui ouvre. Avec des signes, Karol lui avait fait comprendre que la postière était sortie et qu'il n'y avait personne pour la renseigner. Mais la cliente avait insisté. Et elle avait fini par lui ouvrir.

« Je dois récupérer mon courrier. Cela ne prendra qu'une minute.

— Je suis désolée, Sara n'est pas là, avait dit Karol en cessant de balayer.

— Je ne sais pas qui est Sara, mais ça n'a aucune importance », avait répondu soulagée Manuela en franchissant le seuil.

Karol s'était écartée. Elle n'aimait pas discuter.

« Sara est notre postière.

— Ne vous inquiétez pas, je n'ai pas besoin d'elle. J'ai une boîte postale. Pas la peine de perdre du temps à discuter, je l'ouvre je prends mon courrier, je referme et adieu. »

Karol avait haussé les épaules et souri. Sa mère le lui disait toujours, un sourire au bon moment, il n'y avait pas de meilleure arme. Le visage de son interlocutrice s'était adouci. Une fois encore, la vieille paysanne péruvienne avait eu raison.

« Vous ne savez pas le service que vous me rendez. J'attends une lettre importante », avait murmuré Manuela en guise d'excuses.

Elle n'aimait pas se montrer agressive. Avant, elle ne l'était jamais, s'était-elle dit tout en se dirigeant vers son petit casier, mais ces derniers temps elle avait l'impression que le monde entier était contre elle. Elle éprouvait un besoin impérieux de se défendre contre elle ne savait quels dangers.

« Je vous en prie », avait déclaré Karol en reprenant sa tâche sans pour autant la quitter des yeux.

L'inconnue, vêtue d'un pull coloré, portait encore des traces de maquillage comme si elle sortait d'une soirée s'étant terminée à l'aube. *J'ai l'impression que tu n'as pas beaucoup dormi*, avait ri sous cape Karol.

Malgré elle, elle n'avait pu s'empêcher de se demander qui était cette cliente qui glissait une clé dans la serrure du casier 080771. Une femme au foyer avec des enfants en bas âge ? Son mari devait gagner de l'argent puisqu'elle était habillée à la dernière mode et pouvait passer la matinée à dormir en pleine semaine. Elle devait vivre dans une grande maison en dehors du village ou bien l'une de ces maisons en pierre du centre. Elles étaient si jolies et coquettes. Elle possédait certainement des meubles hérités de sa famille.

Karol s'était penchée pour ramasser un papier par terre. En se levant, elle avait croisé le regard curieux de la femme.

« Pardon, vous disiez quelque chose ?

— Vous auriez du temps libre pour venir travailler chez moi deux fois par semaine ? »

Manuela n'en pouvait plus de la poussière et du désordre qui s'accumulaient chez elle, mais elle n'avait pas le courage de s'atteler à la tâche. Elle travaillait toute la nuit et dormait le jour. Quand elle se levait l'après-midi, elle préférait manger un morceau et sortir se promener pour profiter de la lumière du soleil. La solution à son problème se trouvait peut-être sous ses yeux, avait-elle espéré.

Ni maison ni héritage. À son arrivée, Karol trouva un petit appartement en fouillis. Aucune photo, aucune décoration, comme si on ne faisait qu'y passer. On se serait cru dans une pension. Même elle, qui vivait dans un appartement partagé avec d'autres immigrants, avait plus de tendresse pour son logement. Elle y avait accroché un tableau représentant son village, un calendrier avec des photos de temples incas et des dessins de ses enfants. Sur un mur de la salle à manger, tous les colocataires avaient épinglé des photos de famille. Des fleurs remplissaient toujours l'unique vase.

Karol aperçut sur une étagère un annuaire téléphonique et un guide de la faune et de la flore de la vallée qui, couverts de poussière, n'avaient pas dû être consultés depuis longtemps.

« *Arrête le temps entre tes mains / Rends cette nuit éternelle / Pour qu'il ne me quitte jamais / Pour que l'aube ne se lève pas* », chantait Karol tout en ramassant des restes de pizza et un vieux journal sur le canapé.

Pour elle, nettoyer c'était comme danser.

Elle ne s'était pas habituée à faire le ménage chez les autres, elle qui, dans son pays, s'occupait seulement de sa maison. Elle était une femme de la sierra, habituée à une vie rude, aux travaux ingrats, il en fallait beaucoup pour la rebuter, simplement elle trouvait cette activité très ennuyeuse. Elle prenait plaisir à repasser la chemise de son mari, parce qu'elle savait qu'il la porterait. Ramasser les jouets de ses enfants ou leurs assiettes lui paraissait normal. Elle ne s'était jamais demandé si elle aimait ça ou pas. Par contre, elle s'était vite aperçue que laver la vaisselle des autres n'avait rien d'amusant.

« Il faut mettre du piment à chaque instant », lui avait conseillé sa colocataire d'origine dominicaine. Karol lui avait demandé ce qu'elle voulait dire. Cela dépendait de chacun, lui avait répondu son amie qui lui confessa qu'elle-même inventait des personnages en remplissant le lave-linge ou en faisant frire du poisson. Elle imaginait leur physique, leurs vêtements, ce qu'ils diraient s'ils venaient à entrer. « Que veux-tu ? avait-elle ri, moi, j'ai toujours aimé le cinéma. »

Karol avait vu son premier film en salle alors qu'elle était déjà adulte. Cela lui avait plu sans la passionner. « C'est peut-être par manque d'habitude », avait plaisanté sa camarade. Pourtant, elle adorait les boléros qui racontaient aussi de belles histoires. Elle décida donc de faire son travail en musique. Elle ne l'avait jamais regretté. Elle balayait en chantant et en se déhanchant, elle faisait la vaisselle en remuant les épaules et les lits en battant le rythme du pied. Le choix musical dépendait de son état d'esprit et de la corvée du moment.

Ce midi, elle se sentait nostalgique. Son père, ce jour-là, fêtait ses soixante-dix ans. Pour célébrer son anniversaire, elle décida d'entonner son boléro préféré :

Horloge, ne marque pas les heures
Horloge, ne donne pas l'heure.

Salon terminé. Passons à la cuisine. Ce qui mérite une autre chanson, se dit-elle.

Debout devant le comptoir, elle ferma les yeux et chercha un nouveau morceau parmi ses souvenirs. Elle sourit. Elle enfila les gants et se mit à laver tout en chantonnant :

Nous sommes fiancés car notre amour est profond et réciproque,
Il nous donne ce que le monde a de plus beau à offrir.
Nous nous aimons, nous nous enlaçons.
Comme des fiancés, nous nous désirons et parfois même,
Sans raison, nous nous fâchons.

Elle travaillait dans cet appartement les mardis et les jeudis, de 14 heures à 15 h 30. « Je ne veux pas une minute de retard et vous partez à l'heure, avait exigé Manuela. Je n'aime pas qu'il y ait des gens chez moi quand j'y suis », avait-elle cru bon d'expliquer.

Ce n'était pas tout. Elle lui avait aussi formellement interdit d'entrer dans sa chambre. Elle détestait qu'on fouille dans ses tiroirs ou ses placards et s'occupait elle-même de sa chambre. *Tant mieux pour moi*, avait songé Karol, *avec la cuisine, la salle de bains et le salon, j'ai assez à faire*. Ces interdictions lui parurent ridicules, on se serait cru dans un de ces contes de marâtres, de princesses séquestrées ou de Barbe-Bleue. Mais elle avait besoin de ce travail, elle estima que ce n'était pas le moment de se montrer difficile.

« *On se cache dans l'ombre pour se parler, pour se donner les plus doux des baisers, nous souvenir de la couleur des cerisiers, sans plus de commentaires. Nous sommes fiancés, fiancés* », continua-t-elle à chanter à tue-tête tout en frottant le carrelage. *C'est l'avantage d'être seule dans la maison*, songea-t-elle.

Elle consulta sa montre. Il lui restait encore la salle de bains. Heureusement, elle était exiguë.

Elle se trouvait à côté de la chambre interdite. En s'approchant, elle entendit un bruit sec suivi de plusieurs autres. Quelque chose était tombé sur le carrelage et s'était brisé en morceaux.

Elle cessa de chanter, surprise. C'était la première fois qu'elle entendait du bruit pendant ses heures de travail. Elle colla l'oreille contre la porte. Quelqu'un ou quelque chose paraissait se traîner au sol.

D'une main, elle serra son balai, prête à frapper. De l'autre, elle ouvrit doucement la porte en pensant trouver un animal. Stupéfaite, elle aperçut Manuela, à moitié nue, qui tentait de se relever, le corps secoué de tremblements au milieu de son propre vomi. À son visage défait, aux gouttes de sueur qui perlaient sur son front, Karol devina qu'elle avait une fièvre de cheval.

Deux heures plus tard, le store baissé dans la chambre, Karol, assise dans un fauteuil, constata, soulagée, que la fièvre de Manuela était enfin tombée. Son visage paraissait détendu.

Elle avait eu du mal à la coucher. Accrochée à elle, en plein délire, Manuela ne tenait pas debout. Karol l'avait déshabillée et, à l'aide d'une serviette trempée dans l'alcool, l'avait frictionnée, puis elle lui avait enfilé un pyjama propre qu'elle avait trouvé dans son placard, l'avait coiffée et bordée.

Heureusement, elle n'avait pas d'autres clients cet après-midi-là. Elle pouvait donc rester, prendre un café et attendre de voir comment la situation évoluait. Elle en profita pour écrire à ses enfants, lire un magazine et faire un petit somme, ce qui ne faisait jamais de mal.

« Qu'est-ce que tu chantais, tout à l'heure ? »

Karol ouvrit les yeux en entendant cette voix affaiblie.

« J'ai reconnu la chanson… Mais je ne me souviens plus…

— Je suis désolée, je ne voulais pas vous déranger… Comment vous sentez-vous ? Je vous ai trouvée par terre dans la salle de bains. Vous m'avez fait très peur…

— *On se cache dans l'ombre*, tu disais. »

Karol la contempla. Elle ne comprenait pas. Madame Manuela était peut-être encore affectée par la fièvre.

« Je chantais *Nous sommes fiancés*, le boléro préféré de mon père.

— Mais oui ! Armando Manzanero, s'exclama Manuela comme si elle avait soudain trouvé la sortie.

— J'espère ne pas vous avoir dérangée. Je vous prépare un petit thé ? Vous préférez que je vous laisse ?

— Oui, oui », murmura Manuela.

Karol se leva.

« Alors je vous dis à après-demain.

— Comment après-demain ? Mais je le veux maintenant, le thé. Tu ne comprends pas ce que je dis ? » s'écria-t-elle de ce ton autoritaire si désagréable que Karol détestait.

Blessée, celle-ci regretta pendant un court instant de lui être venue en aide.

« Merci, Karol.

— J'ai ajouté un peu de citron. Je me suis dit que cela vous ferait du bien. »

Intimidée, Karol ne savait plus si elle devait partir ou se rasseoir. Sa patronne aimait si peu la compagnie, elle ne voulait pas la gêner. Ni se tromper et risquer que Manuela s'énerve de nouveau.

« Mais pourquoi restes-tu plantée là ? Tu es pressée ?

— Non, j'ai le temps…

— Alors remonte le store et approche ton fauteuil. J'ai du mal à parler et je ne veux pas crier. »

Karol s'approcha de la fenêtre tout en pestant intérieurement contre cette femme qui, même quand elle demandait un service, avait l'air de donner un ordre.

Le soleil avait disparu et de petites gouttes tambourinaient aux vitres. Une voix faible et enrouée murmura dans son dos :

« Il y a des gens qui courent dehors ?

— Pardon ?

— *Cet après-midi, la pluie tombait, les passants couraient et tu n'étais pas là.* »

Karol sourit en reconnaissant les paroles.

« C'est un chat, il court parce qu'un chien et une vieille dame le poursuivent », dit-elle en se retournant.

Manuela acquiesça d'un hochement de tête et lui fit signe de s'asseoir.

« Le chien, c'est un caniche avec un petit manteau à carreaux et des bottines ? »

Karol ouvrit des yeux grands comme des soucoupes. Comment le savait-elle ?

« C'est ma voisine. Elle sort promener son chien tous les jours à la même heure. Elle porte un chignon, n'est-ce pas ? »

Karol hocha la tête.

« Alors, il est un peu plus de 17 heures. Dans dix minutes environ, tu verras passer les enfants qui sortent de l'école et traversent le parc. Dans la petite bande, il y en a deux qui doivent être frères, ils sont aussi roux l'un que l'autre. À mon avis, ce sont les enfants ou les neveux de la postière, parce que je ne connais pas d'autres rouquins ici. »

Karol n'avait jamais entendu Manuela autant parler. Elle avait conclu le contrat de travail en deux phrases pour fixer les jours et le salaire. Depuis, elles s'étaient simplement croisées dans l'escalier. Elle fut surprise de constater que cette femme si peu sociable observait ses voisins avec autant d'attention.

Elle eut l'impression de la voir pour la première fois. Même son visage paraissait plus doux.

« Tu aimes les boléros ? »

Cette question arracha Karol à ses pensées.

« Beaucoup ! Mon père n'arrêtait pas d'en chanter.

— Tu te débrouilles bien toi aussi.

— Oh non ! Si vous pouviez l'entendre, lui ! Ce n'est pas possible, mais…

— Parce qu'il vit au Pérou ?

— Parce qu'il est au ciel, fit Karol simplement.

— Ah ! répondit, gênée, Manuela.

— C'est la vie.

— Ma mère aussi.

— Elle est au ciel ?

— Elle chantait très bien les boléros, corrigea en riant Manuela. Et elle seule sait si elle est au ciel ou en enfer… Tu pourrais me chanter *Cet après-midi, la pluie tombait* ? Je n'arrive pas à me le sortir de la tête. »

Karol hésita. Manuela ajouta avec un sourire triste :

« Cela me ferait vraiment plaisir ! »

Karol se leva, surprise par ce ton. Elle s'approcha de la fenêtre et, les yeux perdus vers l'horizon, elle entonna d'une voix calme :

Cet après-midi, la pluie tombait, les passants couraient et tu n'étais pas là.

L'autre soir, une étoile bleue brillait et tu n'étais pas là.

L'autre soir, un oiseau fougueux embrassait son amour tout heureux et tu n'étais pas là.

Cet après-midi, la pluie tombait, les passants couraient et tu n'étais pas là.

L'automne a couvert la mer, j'ai entendu chanter et tu n'étais pas là.

Je ne sais pas si tu m'aimes, si je te manque ou si tu me trompes,

Je sais seulement que la pluie tombait, les passants couraient et tu n'étais pas là.

Un doux silence effleura les deux cœurs couturés de cicatrices, soulageant pendant quelques minutes des douleurs presque oubliées.

« J'ai abandonné mes enfants, il y a des années. Je ne sais plus rien d'eux.

— Ils doivent beaucoup vous manquer. Mais vous aviez sans doute vos raisons. »

Manuela hésita quelques instants. Lui manquaient-ils vraiment ? À dire vrai, très peu. Pourtant elle se surprenait à penser à eux de plus en plus souvent. Quand elle voyait un joli pull dans une boutique de la taille qu'elle supposait être celle de son fils, elle s'imaginait le lui offrir. Mais ça n'allait pas plus loin. Elle n'avait jamais essayé d'entrer en contact avec eux. Elle ne les avait pas recherchés. Elle continuait à préférer sa liberté.

« À ma façon, répondit-elle. C'est difficile à expliquer. »

Karol fut prise de vertige en devinant l'abîme obscur que cachaient ces yeux sévères. Mais qui était-elle pour juger les péchés des autres ? se morigéna-t-elle. Elle avait bien assez des siens.

« Vous avez vécu à Porvenir quand vous étiez petite ?

— Oui !

— Quelle chance ! Vous devez être heureuse d'être revenue dans votre village, il est très beau.

— Je ne sais pas… Je ne suis pas retournée dans ma rue. On dit qu'il ne faut pas retourner là où l'on a été heureux. Il y avait une propriété ravissante… J'ai souvent rêvé que j'y entrais… Tu sais, avec un magnifique palmier, une mare, une colonnade à l'entrée. Je passais des heures à la contempler derrière les grilles.

— Et vous n'êtes jamais retournée voir cette rue alors que vous avez de si bons souvenirs ? »

Karol hésita un instant avant d'ajouter :

« Si vous voulez, on pourrait y aller ensemble un jour. Se promener seule là où l'on a été heureuse est une erreur, mais quand on est accompagnée, c'est différent. J'aimerais beaucoup découvrir un nouvel endroit.

— Je ne veux pas que tu te forces pour moi, grommela Manuela qui n'était plus habituée à ce qu'on se soucie d'elle.

— Je le fais pour moi. J'adore me promener. Dans mon village, je sortais tous les après-midi avec ma mère, mes belles-sœurs, mes amies. Ici, seule, ce n'est pas pareil, répliqua-t-elle en baissant les yeux.

— Il était comment ton village ?

— Je vous le raconterai un autre jour, car il se fait tard », dit Karol en se levant avant d'aller baisser le store.

Tout en l'observant, Manuela se dit que cela valait la peine de le tenter. Une petite balade d'une demi-heure ne l'engagerait pas beaucoup. Cela ne signifiait pas qu'elles devaient sortir toutes les semaines ni devenir amies, ni se raconter des secrets. Elles marcheraient ensemble dans la rue, c'était tout. Elle était prête à le faire pour savoir ce qu'étaient devenues la maison de ses rêves et la rue de son enfance.

La fièvre me ramollit, se dit-elle.

« Tu sais, je crois qu'en réalité je suis venue chercher quelqu'un qui n'est plus là, dit-elle avec précipitation en voyant la jeune femme se préparer à partir.

— Qui ?

— Une fillette.

— Vous l'avez connue ici ? »

Manuela secoua la tête. Elle frissonna soudain et remonta la couverture sur ses épaules.

« Je veux parler de moi. »

Karol la regarda avec tendresse tout en nouant son écharpe autour de son cou.

« Pour ça, il vous suffit de vous regarder dans un miroir. »

La nuit était tombée, pourtant Karol fit un détour avant de rentrer chez elle. Elle voulait emprunter une rue particulière. Arrivée à destination, elle s'arrêta et ouvrit son sac.

Elle en sortit une enveloppe. Après avoir noté l'adresse, elle la glissa dans la fente de la boîte aux lettres.

« Allez, va tenir compagnie à Manuela. Vole, petite lettre, vole ! Même si elle ne le sait pas, elle t'attend. »

28
Trente-neuf façons de dire je t'aime

J'aime comme l'amour aime.
Je ne connais pas d'autre raison d'aimer que de t'aimer.
Que veux-tu que je te dise d'autre que je t'aime,
Puisque ce que je veux dire c'est je t'aime ?

Fernando PESSOA

Sara laissa tomber trois petites feuilles de la même taille par terre, les paumes ouvertes comme pour en réclamer d'autres.

Je t'aime pour t'aimer et non pour être aimée puisque rien ne me plaît autant que te voir, toi, heureux. George SAND

D'un seul baiser, tu sauras tout ce que je ne t'ai pas dit. Pablo NERUDA.

Quand la mort fera taire ma voix, mon cœur continuera à te parler. Rabindranath TAGORE

Elle regarda autour d'elle, interloquée. Un tapis d'enveloppes blanches recouvrait une bonne partie du petit bureau de poste, attendant qu'on les ouvre.

La journée avait pourtant commencé comme à l'ordinaire. Quand le réveil avait sonné, une heure et demie plus tôt, rien ne laissait présager qu'un tel événement se produirait. Comme tous les matins, les enfants avaient traîné et étaient partis en retard à l'école. Résultat, elle avait avalé son café au lait debout, à toute vitesse, gardant sa brioche pour le bureau.

Elle n'aimait pas faire attendre ses usagers et l'ouverture de la poste était souvent une heure d'affluence à Porvenir. Elle y était arrivée, essoufflée après avoir couru. Elle avait remonté le volet roulant et ouvert la porte pile quand à l'église sonnaient 8 heures et demie.

Mission accomplie, s'était-elle dit, soulagée, une seconde avant de découvrir ce tapis d'enveloppes. Elle était restée un moment à les regarder, perplexe, avant de découvrir qu'elles lui étaient toutes adressées. Elles avaient toutes la même taille et portaient le cachet de Mastán daté de la veille.

Elle plaça l'écriteau « EN COURS DE DISTRIBUTION » sur la porte qu'elle ferma à clé, s'assit par terre puis en ouvrit une, au hasard, puis une deuxième, une troisième… Il n'y avait pas de nom d'expéditeur, ce qui était devenu la mode apparemment.

« "On est amoureux quand on s'aperçoit que l'autre est unique. Jorge Luis BORGES" », lut-elle à voix haute. Elle poussa un soupir.

Aime et fais ce que tu veux. Si tu te tais, tu te tairas avec amour. Si tu cries, tu crieras avec amour. Si tu corriges, tu corrigeras avec amour, si tu pardonnes, tu pardonneras avec amour. SAINT AUGUSTIN

Elle ferma les yeux et les rouvrit comme si elle espérait se réveiller d'un rêve. Puis, d'une main tremblante, prit une nouvelle enveloppe. Quelqu'un cherchait à lui dire quelque chose. Mais quoi et surtout qui ?

Nous pouvons aimer sans être heureuses ; nous pouvons être heureuses et ne pas aimer ; mais aimer et avoir du bonheur est un prodige. Honoré de BALZAC

C'est sûr, les Français s'y connaissent en amour, se dit-elle en posant cette note et en prenant la suivante :

Aimer ce n'est pas se regarder ; c'est regarder ensemble dans la même direction. Antoine de SAINT-EXUPÉRY

Il avait bien raison, le pilote ! Pas comme mon mari qui, fatigué de moi, s'est mis à regarder une autre au lieu de penser à nos enfants.

Cette pensée la surprit. Cela faisait des années qu'elle ne pensait plus à tout ça. C'était certainement son histoire avec Fernando qui remuait toutes ces choses. Mais depuis qu'il avait évoqué la possibilité de venir la voir, ils n'en avaient plus reparlé.

Pourtant, ils bavardaient chaque jour de tout et de rien. Il lui racontait le froid qui sévissait en Norvège, les plats monotones que préparait le chef cuistot chinois de la plate-forme. Il en avait ras le bol de son riz aux trois délices !

Elle put enfin lui dire que Karol avait écrit et posté sa lettre. Et, c'était incroyable, elle avait adressé son courrier à la boîte postale 080771 ! Comment Karol connaissait-elle cette femme acariâtre ? Pour le moment, personne ne s'était présenté. La lettre reposait dans son linceul métallique blanc.

Doute que les étoiles soient du feu, doute que le soleil bouge, doute que la vérité soit mensonge, mais ne doute jamais que je t'aime. William SHAKESPEARE

« Tu m'aimes ? s'exclama à voix haute la postière. Mais ce n'est pas possible, tu ne me connais pas ! »

Il faut écouter la tête mais laisser parler le cœur. Marguerite YOURCENAR

Pour un regard, un monde ; pour un sourire, un ciel ; un baiser… Je ne sais pas ce que je te donnerais pour un baiser. Gustavo Adolfo BÉCQUER

Elle appuya sa tête contre le comptoir, ferma les yeux et voyagea très loin dans sa mémoire. Elle tomba sur le souvenir de son premier amour : un camarade de classe aux dents de lapin qui louchait un peu. À douze ans, elle le trouvait très amusant.

Un jour, à la fin des cours, il l'avait attendue sur le chemin alors qu'elle rentrait chez elle. Il l'avait suivie à distance puis s'était rapproché quand ils s'étaient retrouvés seuls. Elle s'en souvenait encore après toutes ces années, il tremblait en lui remettant un message plié en deux, le regard anxieux. En lisant son petit mot, elle avait éclaté de rire. Son admirateur avait recopié ce vers de Bécquer que le hasard remettait sur sa route. Elle essaya d'imaginer ce qu'était devenu celui qu'elle voyait encore détaler, rouge comme une pivoine, désespéré. Il ne lui adressa plus jamais la parole. Elle sut plus tard qu'il était parti étudier le droit à Madrid et ce fut tout.

Que se serait-il passé si elle lui avait accordé ce baiser qu'il lui demandait si tendrement ? Se seraient-ils fiancés, mariés ? Vivraient-ils encore ensemble ?

La citation suivante tombait à pic :

La magie du premier amour consiste en ce qu'on ignore qu'il puisse avoir une fin. Benjamin DISRAELI

Comme le premier amour était loin d'elle désormais !

Était-il trop tard pour tomber amoureuse une nouvelle fois ?

Elle balaya d'un geste de la main cette idée tout en prenant une enveloppe de l'autre.

Aucune ingratitude ne ferme un grand cœur, aucune indifférence ne le fatigue. Léon TOLSTOÏ

Elle en choisit une autre et trouva qu'elle lui correspondait parfaitement.

C'est en se séparant que l'on sent et que l'on comprend la force de notre amour. Fiodor DOSTOÏEVSKI

Si Fernando se décidait à venir, leurs adieux postérieurs lui révéleraient à quel point ses sentiments envers lui étaient forts et si c'était réciproque. « Je ne veux pas être un mirage au milieu de la nuit arctique », estima-t-elle tout en secouant la tête.

Nous vivons dans le monde quand nous aimons. Seule une vie vécue pour les autres mérite la peine d'être vécue. Albert EINSTEIN

Sara était entièrement d'accord avec le savant allemand et son admirateur anonyme. Comment appeler autrement celui qui avait dû consacrer tant d'heures à dénicher toutes ces citations précieuses sur l'amour, les retranscrire d'une écriture élégante et soignée, puis les confier à une enveloppe et timbrer chacune d'entre elles ? Elle sourit tout en sentant des fourmillements dans ses doigts.

Les baisers sont comme ces pépites d'or ou d'argent trouvées dans la terre et sans grande valeur, mais précieuses parce qu'elles marquent la présence d'une mine. George VILLIERS

Entre ce premier baiser qui ne se concrétisa pas et le deuxième, trois ans s'écoulèrent. Ce matin-là, assise au milieu de son bureau, encerclée par toutes ces missives, Sara aurait tout donné pour se souvenir du prénom du garçon. Mais elle n'y arriva pas. Elle savait seulement qu'il sentait le chocolat certainement parce que c'était son gâteau préféré.

Quel parfum auraient les baisers de Fernando ? Elle rougit. Et regarda autour d'elle, effrayée, comme si quelqu'un avait pu lire dans ses pensées.

Le cœur est un enfant, il attend ce qu'il désire.
Proverbe russe

Aimer quelqu'un c'est lui dire : tu ne mourras jamais.
Gabriel GARCÍA MÁRQUEZ

« Très bien, dit-elle comme s'il se tenait devant elle, j'ai compris le message. Tu me parles d'amour. Ou plutôt tu te sers d'écrivains célèbres pour le faire à ta place. »

Elle se souvint de la pièce *Cyrano de Bergerac* qu'elle avait vue avec son premier fiancé officiel au cours d'un séjour à la capitale. Il s'appelait Miguel et, comme le héros du drame, avait un nez qui arrivait partout un quart d'heure avant le bout de ses pieds. « Tu étais un chic type, Miguel, fade mais gentil ; maintenant je peux t'avouer la vérité, ma mère t'aimait plus que moi. Comme fiancé pour moi, je veux dire. » Elle gardait un excellent souvenir de la représentation, les vers de Cyrano lui avaient paru sublimes, surtout dans la scène où le chevalier se déclare sous une fenêtre sans que sa bien-aimée le voie.

Elle empila les enveloppes vides sur un côté, témoins muets de tant de passion contenue, et garda les feuilles sur ses genoux, dans le désordre. Elle voulait les avoir près d'elle pour mieux sentir la présence de celui qui les avait écrites.

Comme c'était vrai :

L'amour console comme la splendeur du soleil après la pluie. William SHAKESPEARE

Avec une joie presque enfantine, elle prit un nouveau tas d'enveloppes. Elle ne savait pas qui lui écrivait mais, au lieu de chercher l'origine d'une telle merveille, elle préférait s'y perdre. Elle sentait les mots pénétrer en elle et toucher son cœur, chaque message comme une caresse.

Pour mon cœur, ta poitrine suffit, pour ta liberté mes ailes suffisent. Pablo NERUDA

Dans les affaires de cœur, les fous ont le plus d'expérience. Sur l'amour n'interroge jamais les gens raisonnables ; ils aiment raisonnablement, c'est comme s'ils n'avaient jamais aimé. Jacinto BENAVENTE

C'est seulement auprès de celui qui t'aime que tu peux montrer ta faiblesse sans provoquer une réaction de force. Theodor ADORNO

Avait-elle un admirateur à Mastán… ? Pourtant elle s'y rendait rarement, sauf quand son collègue tombait malade.

Elle chercha parmi ses connaissances. Le pharmacien ? Il avait presque soixante-dix ans ! Depuis que le plombier de Porvenir avait pris sa retraite, celui de Mastán le remplaçait. C'était un homme sympathique, d'une quarantaine d'années, marié avec une institutrice et qui en semblait très heureux…

Elle allait bien finir par trouver un indice, se dit-elle, certaine que l'inconnu voudrait se faire connaître.

Ne pas être aimé est une simple malchance. Le véritable malheur, c'est ne pas savoir aimer. Albert CAMUS

Elle soupira, soulagée. Elle savait aimer. Elle aimait à la folie ses trois fils comme elle avait adoré ses parents. Elle éprouvait une tendresse infinie pour Rosa, Mauricio et son fils Alex. Elle avait de très bonnes amies. Elle était sûre que tous lui donneraient raison. Et Fernando ? Aimait-elle Fernando ? Pour toute réponse, elle sentit les battements de son cœur s'accélérer. Elle lut :

L'amour véritable n'attend pas d'être invité, il s'invite et s'offre d'abord. Frère Luis de LEÓN

Devait-elle faire le premier pas ? Et comment ?
Elle trouva le courage dans la citation suivante :

Il n'y a pas d'homme lâche que l'amour ne rende courageux et ne transforme en héros. PLATON

Elle éprouva un sentiment de honte. Trahissait-elle Fernando en lisant avec autant de plaisir ces mots d'amour ? Que dirait-il s'il l'apprenait ? « Ne te fâche pas, je t'en prie. Cela faisait si longtemps qu'on ne m'avait pas dit de si jolies choses », murmura-t-elle comme si le naufragé norvégien pouvait l'entendre.

Il vaut mieux avoir aimé et perdu que ne jamais avoir aimé. Alfred TENNYSON

Heure de mon cœur, heure d'un espoir et d'un désespoir. Antonio MACHADO

Un homme ne peut apprendre à comprendre sans aimer. GOETHE

Tout ce qui se fait par amour se fait au-delà du bien et du mal. NIETZSCHE

Tu me demandes pourquoi j'achète du riz et des fleurs. J'achète du riz pour vivre et des fleurs pour avoir une raison de vivre. CONFUCIUS

Elle essaya d'imaginer son admirateur assis à une table dans son salon. Il était tard et il avait allumé une lampe. Penché sur son bloc de feuilles, il écrivait, entouré d'une pile de dictionnaires, recueils de proverbes et de citations. De temps en temps, il levait la tête, posait les yeux sur les meubles et soupirait en pensant à elle.

Sara s'émut en devinant qu'elle l'avait ainsi accompagné toute une nuit. Que son souvenir avait inspiré des phrases aussi belles.

« Je te lis, qui que tu sois, tu n'es pas seul », murmura-t-elle alors que ses yeux se remplissaient de larmes.

Le plus beau et le meilleur de ce monde ne peut ni se voir ni se toucher… mais s'éprouve avec le cœur. Helen KELLER

L'amour n'a point d'âge. Il est toujours naissant. PASCAL

Il n'était peut-être pas trop tard. Ni pour toutes les femmes qui, comme elle, espéraient une deuxième chance. *Il faut simplement du courage*, pensa-t-elle.

L'amour est une fleur délicieuse, mais il faut avoir le courage d'aller la cueillir sur les bords d'un précipice affreux. STENDHAL

Des larmes caressèrent ses joues. L'une tomba sur la carte suivante et en brouilla le premier mot.

Ceux qui s'aiment de cœur se parlent de cœur seulement. Francisco de QUEVEDO

Tout ce que nous savons de l'amour, c'est que l'amour est tout ce qui est. Emily DICKINSON

L'amour, c'est comme le feu : ceux qui sont dehors voient d'abord la fumée, ceux qui sont à l'intérieur, les flammes. Jacinto BENAVENTE

L'amour peut encore espérer quand la raison désespère. George LYTTELTON

Il ne restait plus que trois enveloppes.

Elle attendrait avant de les ouvrir, elle voulait faire durer ce moment. Elle se leva, les posa sur le comptoir et fourra les autres dans son sac en cherchant quel serait le meilleur endroit pour cacher un tel trésor.

Les avoir sous la main l'aiderait à passer les jours de grisaille monotone qui s'annonçaient sur le calendrier.

Elle se prépara un café. Il était presque 9 heures. Bientôt elle devrait retirer l'écriteau, ouvrir le bureau et revêtir son aspect officiel de postière.

Un seul baiser et tu sauras tout ce que j'ai tu. Pablo NERUDA

Elle déplia la feuille suivante sans savoir qu'elle allait y trouver enfin une piste. C'était une citation de Lord Byron :

Si les larmes que tu as déjà vues et, tu le sais, j'en verse rarement, si mon agitation au moment de te quitter, si tout ce que j'ai dit et fait ne t'a pas montré mes véritables sentiments envers toi, mon amour, je n'ai pas d'autre preuve à t'offrir… Que Dieu te protège, te pardonne et te bénisse à jamais et même au-delà.

« Donc je te connais, murmura Sara, je t'ai vu, tu m'as parlé… »

J'aime, tu aimes, il aime, nous aimons, vous aimez, ils aiment. Si seulement ce n'était pas une conjugaison, mais la réalité. Mario BENEDETTI

« Trente-neuf messages », compta-t-elle à voix haute. Ce nombre curieux confirma ses soupçons : son amoureux secret connaissait son âge. Il lui avait offert une citation pour chaque année de son existence.

Elle sourit et imagina qu'il essayait de lui dire qu'il l'aimait depuis longtemps. Peut-être même depuis toujours. Peut-être avant même de le savoir. Ou bien il essayait de compenser tous les jours où il n'avait pu le lui dire.

Elle éclata en sanglots, debout, au milieu de ce décor familier. Ses larmes de joie se mêlaient à la douleur ancienne du désamour, de la séparation et à un sentiment de nostalgie pour tous ceux qu'elle avait aimés et qui n'étaient plus là.

Elle balaya la pièce du regard. Elle pleurerait bientôt parce que ce lieu, fermé, oublié, se remplirait lentement de poussière. Elle s'efforça de retenir cet instant dans son âme.

Si elle n'avait pas été si perdue dans ses pensées, elle se serait aperçue que, dehors, deux personnes l'espionnaient. Elles faisaient la même taille, avaient les cheveux courts et un sourire identique.

Les yeux verts d'Alex brillèrent. Alma crut y discerner une larme timide. Elle lui serra la main. Ils échangèrent un regard puis d'un seul mouvement se mirent à courir, pressés de raconter à Fernando que ses lettres d'amour avaient atteint leur but : le cœur de Sara.

29
Sales coups

Injuste,
Maudite,
cette putain de mort
qui ne nous tue pas, nous,
mais ceux que nous aimons.

Carlos FUENTES

Alma referma son livre d'un coup sec. Impossible de se concentrer.

Le bruit du clavier dans la chambre voisine, rapide, fort, sûr, lui faisait perdre le fil. Cela faisait trois mois qu'elle vivait seule, à peine deux jours qu'elle cohabitait avec Fernando et elle avait déjà du mal à le supporter. Était-elle devenue une ermite en si peu de temps ?

Elle poussa un soupir en levant les yeux vers le plafond. Une petite araignée s'agitait dans un coin pour s'assurer que personne n'avait pénétré sans son autorisation sur son territoire écaillé et couvert de fissures.

Tout cela aurait bien besoin d'un coup de peinture, songea Alma en examinant le passage des ans sur les murs et le sol.

La porte de la cuisine qui ouvrait sur le potager grinçait de manière effrayante et un volet du premier étage résistait à toute tentative de fermeture les jours d'orage.

« Alex me donnera peut-être un coup de main… »

Depuis sa rencontre avec Mara Polsky, l'une de ses phrases ne cessait de la hanter : « Ta vie et la maison de ta grand-mère sont liées. Les deux sont entre tes mains. »

« Luisa Meillás, tu m'as mise dans un sacré pétrin, et inutile de me dire que tu ne l'as pas fait exprès, je te connais ! »

L'idée de monter une résidence pour jeunes écrivains, qui au début lui avait paru un rêve inaccessible, commençait à prendre forme. Quand elle en avait parlé à Alex, il s'était tout de suite montré enthousiaste ; ce n'était pas la littérature qui l'intéressait mais, pour la première fois, Alma envisageait la possibilité de rester à Porvenir.

Moi qui ne devais passer qu'une semaine ici, je cherche sans arrêt des prétextes pour rester, songea-t-elle.

Elle sourit en pensant à la chaîne de lettres, à son petit ami, au club de lecture…

Mais c'est pas possible ! Il écrit ses mémoires ou quoi ? se demanda Alma, désespérée. Comme elle n'arrivait pas à lire, elle avait éteint la lumière, prête à dormir. Là encore, c'était impossible.

Elle tendit la main dans le noir, saisit son portable sur la table de chevet. Il était 2 heures du matin.

Elle avait pour habitude de laisser son téléphone allumé toute la nuit comme sa mère le lui avait demandé. Celle-ci ne comprenait toujours pas comment sa fille pouvait vivre seule dans une maison aussi grande, au milieu des champs, à deux kilomètres du voisin le plus proche.

« Si des cambrioleurs entrent, si la maison prend feu, si tu as une crise cardiaque… Tu dois pouvoir prévenir quelqu'un dans l'immédiat. Promets-moi que tu auras toujours ton téléphone à portée de main », lui avait-elle demandé.

Alma lui avait répondu qu'elle avait vu trop de films mais avait fini par céder à contrecœur. Comme toujours ces derniers temps, elle en avait parlé à Alex. À sa grande surprise, il avait donné raison à sa mère. Quand elle lui avait répondu qu'elle n'aurait jamais imaginé qu'un jeune rêveur élevé dans les montagnes et une femme au foyer quadragénaire puissent avoir le même avis, il avait planté ses yeux dans les siens et déclaré :

« Tu sais, il y a peut-être beaucoup de choses qui nous séparent, mais celle qui nous unit est la plus importante : nous t'aimons tous les deux et nous nous faisons du souci pour toi.

— Tu m'aimes donc ? » lui avait-elle demandé, coquette.

Elle n'avait pas obtenu de réponse. Ce garçon de peu de mots, juste et concis, avait continué à avancer comme s'il n'avait rien dit d'important ou d'émouvant. Alma allait devoir s'y habituer même si cela lui coûtait.

Elle se réveilla en sursaut. Sans ouvrir les yeux, elle essaya de se souvenir du bruit qui l'avait tirée du sommeil… Le cliquetis du clavier s'était pourtant tu.

Deux secondes plus tard, la sonnerie du portable la fit sursauter de nouveau.

Elle hésita à décrocher, comme si elle savait déjà qu'un appel en pleine nuit ne pouvait annoncer que de mauvaises nouvelles. À la quatrième, elle se rendit à l'évidence, elle ne pouvait échapper à ce qu'on cherchait à lui dire.

« Alex… »

Le silence.

« Alex, que se passe-t-il ? »

Elle entendit des sanglots à l'autre bout du fil.

Elle se redressa dans son lit, alluma la petite lampe de chevet puis attendit quelques secondes qui lui parurent une éternité.

« Si tu ne me parles pas, je ne peux pas t'aider… », insista-t-elle, angoissée.

Mais elle devina soudain. Elle se recroquevilla entre les draps comme si elle venait de recevoir un coup de poing… Elle eut peur de la douleur d'Alex. Elle devina les larmes coulant sur son visage et ne savait comment les arrêter.

« Mon père…

— Non, non, non », protesta silencieusement Alma.

Elle étouffait, muette, la bouche ouverte comme un naufragé en pleine tempête qui veut respirer et crier à la fois alors que les vagues menacent de l'emporter au fond. Elle s'accrocha au téléphone, sa bouée de sauvetage. Elle devait garder son calme ou ils risquaient de se noyer tous les deux.

Elle connaissait la réponse, mais ne put faire autrement que lui demander :

« Que s'est-il passé ? »

Elle entendit à l'arrière-plan une voix qu'elle ne reconnut pas, et qui interrogeait Alex à propos de papiers. Une autre femme répondit, c'était Sara, la postière.

« Qui est avec toi, Alex ?

— Viens. »

Son ton impératif surprit Alex qui essaya de l'adoucir d'un :

« Prends un taxi. Il y en a un à Mastán qui travaille vingt-quatre heures sur vingt-quatre ou bien réveille Fernando… »

Alma ne l'écoutait plus. Comme si son cœur n'attendait que ce mot, « Viens », elle avait sauté du lit, en lâchant son téléphone.

Elle prit les premiers vêtements qui lui tombaient sous la main : un pantalon en velours, un gros pull et des bottes de montagne. Il était 4 heures du matin, il devait faire très froid dehors. Elle se couvrit d'une écharpe, d'un bonnet, enfila un anorak. Puis elle aperçut son téléphone sur le lit. Mais Alex avait raccroché.

Elle sortit en courant et partit à travers les bois dans l'obscurité totale. Le ciel s'était endeuillé et la lune avait disparu. Depuis les hautes branches, les yeux des chouettes s'enfonçaient dans son dos. Leurs ululements semblaient prévenir la forêt de ne pas toucher à cette fille aux cheveux châtains et aux yeux couleur miel.

Elle ne sut jamais où elle trouva la force de parcourir tous ces kilomètres sans une seule pause, mais elle n'avait pas peur, l'amour lui servant de bouclier. Elle sautait par-dessus les pierres et ignorait les bruits de la forêt, émue par l'image des larmes d'Alex qu'elle avait devinées.

Peut-on vieillir en seulement cinq heures ? se demanda-t-elle quand son ami lui ouvrit la porte et se précipita dans ses bras, y cherchant refuge, avant de l'entraîner à l'intérieur de l'appartement. Sans pleurs, sans mots.

Sara et le médecin partirent en promettant de revenir le lendemain à la première heure pour s'occuper des funérailles et des formalités.

Le silence régnait dans la maison. La solitude s'infiltrait dans chaque pièce qui, un jour, avait appartenu à une famille pleine de vie et de rêves d'avenir. Au fond du couloir, le corps de Mauricio attendait dans sa chambre que le dernier acte débute, celui de son enterrement.

Alex et Alma étaient assis depuis deux heures sur le canapé du salon, serrés l'un contre l'autre, sans échanger une seule parole. Alex ne cessait de caresser les cheveux de son amie comme si ce geste le calmait.

Elle laissa ses propres pensées s'envoler et se souvint du jour où elle l'avait rencontré, à peine arrivée à Porvenir. Dans la chapelle, les yeux fermés, la main tendue pour toucher l'ange, elle avait frôlé le visage d'Alex. Si, tandis qu'il détalait en courant, on lui avait dit alors qu'ils deviendraient amis, elle aurait éclaté de rire. D'ailleurs, elle ne lui avait pas encore rendu le livre de Bruce Chatwin et on devait commencer à s'inquiéter de sa disparition à la bibliothèque.

Alma se reprocha vivement de penser à des choses aussi triviales dans ces circonstances.

Elle éprouva le besoin de caresser le visage d'Alex à cet instant précis. Elle effleura doucement sa joue. Il esquissa un faible sourire, le regard perdu dans la pénombre, plongé dans son monde intérieur.

Elle ferma les yeux. Elle imagina le père d'Alex entrant pour réclamer la photo de son épouse comme il le faisait chaque jour. Elle nota le poids de l'absence de cet homme qu'elle n'avait vu qu'une fois pourtant. Comment était-il avant que la maladie troue sa mémoire ou même avant que sa femme meure ? Elle se promit d'interroger Alex pour qu'il lui parle de Mauricio. Elle voulait l'aider à maintenir son souvenir vivant.

Les rayons du soleil se glissèrent entre les rideaux. Ils éclairèrent d'abord les murs, couvrirent les meubles, les tableaux et la photo encadrée, pour finir par caresser leurs pieds et illuminer leurs visages.

Les cloches de l'église sonnèrent sept fois.

Comme si Alex avait attendu ce signal toute la nuit, il se tourna vers elle et la regarda d'un air triste et effrayé avant de déclarer, d'une voix tremblante et enrouée :

« Il est parti. »

30
Où que tu sois

Le 28 janvier

Papa,

Les morts savent-ils qu'ils sont morts ?

Où es-tu maintenant ?

Ici, à la maison, il ne reste que ton corps, mais cette enveloppe de chair, ce n'est pas toi. Tu n'es pas ces bras rigides que soulève Sara pour t'enfiler ton plus beau costume, ni ces pieds blancs qui résistent aux chaussettes. Je t'ai touché. J'ai voulu te donner un baiser d'adieu sur le front. Tu es glacé. Je me suis frotté les lèvres, furieux, parce que je ne veux pas que ce soit mon dernier souvenir de toi.

Tu n'es pas ce corps. Ça fait déjà un moment que tu as quitté la maison. Comme ce corps inconnu qui dans quelques heures partira pour le cimetière. Je n'avais jamais vu un cadavre. On dirait un sac vide, un pantin… Tu te souviens de celui que tu m'avais offert enfant à Noël ? Mon frère pour m'embêter avait coupé les ficelles pendant que je le faisais danser. Il était tombé comme un poids mort, une simple masse de tissu et de rembourrage.

Qui a coupé les fils de ton corps ?

Pour toi, cela a dû être une libération, n'est-ce pas ? Ça me rend fou, mais je sais que si tu avais pu me demander de les couper, tu l'aurais fait. Tu étais prisonnier d'un corps qui ne t'obéissait plus. Il était devenu une chaîne qui t'attachait à un monde trop grand pour toi, auquel tu étais complètement étranger. Au début, je suis sûr que ma présence te réconfortait, donnait un sens à la mort de maman, qui, pourtant, n'en avait pas, et à ta maladie. Mais pour finir, ma présence elle-même ne pouvait plus compenser tous ces regrets et toute cette souffrance.

Tu n'étais plus toi-même.

L'homme dont je me suis occupé ces dernières années était un inconnu que j'apprenais chaque jour à connaître. Chaque jour tu étais différent. Parfois chaque heure.

À d'autres moments je te retrouvais, même si tu ne le crois pas. Tu revenais me rendre visite sans prévenir. Je te surprenais en train de m'observer d'un air peiné. Ça me contrariait. J'aurais voulu te dire de ne pas avoir pitié de moi, j'avais choisi de rester avec toi, parce que je t'aimais. Du moins, je t'aimais quand tu étais toi-même. Le médecin me disait que j'imaginais des choses, que tu ne pouvais pas éprouver de peine pour moi puisque tu ne savais pas qui j'étais ni ce qu'était la peine.

Mais je vais te dire, je suis comme maman, les médecins je les crois quand ça m'arrange.

J'ai librement choisi de rester. J'aurais pu partir comme mes amis, comme mon frère. Tu m'avais poussé à le faire quand tu pouvais encore me le dire. Après, tu ne pouvais proférer que des bêtises. Tu sais, c'est pire que le silence. Certains jours, tu ne sais pas ce que j'aurais donné pour que tu te taises. Je suis désolé de te l'avouer, mais je préférais ça à t'entendre répéter mille fois la même chose. Tu t'énervais quand je ne savais pas quoi répondre à tes questions absurdes. Quand les gens disent que le pire, c'est le silence, ils se trompent. Le pire, c'était t'entendre divaguer. Ou te parler en sachant que mes mots n'étaient pour toi que des bruits incompréhensibles. Parfois tu te bouchais les oreilles, c'était ta manière de me dire que tu ne voulais plus de bruit.

Mon père, l'homme qui m'avait appris tant de choses, qui m'avait consolé tant de fois, qui m'avait tant fait rire, me demandait à quelle heure revenait sa mère pour lui apporter son goûter. Ma grand-mère qui était morte depuis plus de trente ans. Comment était-ce possible ?

D'une certaine manière, tout cela m'a préparé à affronter ta disparition aujourd'hui, à me séparer de toi. La vie est sage, même dans la maladie. Ce qui me paraissait une saloperie, une mauvaise blague du destin, ta maladie et ses mille visages, était en réalité une sorte d'entraînement pour rendre nos adieux moins douloureux.

Je ne souhaitais pas que tu nous quittes, ce serait mentir. Mais savoir que tu désirais retrouver maman, que tu souffrais chaque jour me permet d'accepter les choses avec moins de colère.

Pour finir, tu es parti au milieu de la nuit, en criant. L'infirmière m'a réveillé, je me suis précipité dans ta chambre et je suis arrivé à temps pour te prendre la main avant ton dernier soupir. L'as-tu remarqué ? Je voulais t'accompagner dans tes derniers moments pour que tu ne te sentes pas seul. J'espère que tu as senti ma présence à tes côtés.

L'après-midi d'hier ressemblait à une journée normale. Si j'avais su qu'aujourd'hui je prendrais mon petit déjeuner seul, je t'aurais dit bien fort que je t'aimais.

Tu es parti et il reste tant de choses enfouies à l'intérieur de moi. Des choses que je voulais te dire mais que tu ne pouvais pas entendre. C'est pour ça que je t'écris. Pour les libérer et qu'elles t'accompagnent. Elles étaient pour toi. Emporte-les avec toi.

J'avais besoin de te dire que ce n'était pas ta faute si maman était morte. Que je ne t'en ai pas rendu responsable. Mais j'avais besoin de pleurer et ta douleur a recouvert la mienne. Je ne pouvais pas pleurer parce que tu souffrais plus que moi. J'ai ravalé mes larmes et tu sais ce qui s'est passé ? Alma dit que j'ai noyé mon cœur dans la douleur. Il n'y a qu'une poétesse pour inventer ça, n'est-ce pas ? Tu l'as rencontrée l'autre jour. Je suis heureux que vous vous soyez vus.

Tu aimais maman. Nous aussi.

Je te l'ai déjà dit, quand tu es tombé malade, j'ai choisi de rester. Parce que toi aussi je t'aimais. Il y a eu des jours très durs. Tu imagines un prisonnier qui dicte sa propre sentence ? Cinq ans et un jour. De travaux forcés. D'exil. Je l'ai fait. Je me suis enfermé ici sans date de libération. Tout le monde est parti. J'ai souvent caressé l'idée que je serais le suivant à prendre la route.

Je n'ai jamais pu partager mon rêve avec toi : voyager. Je veux parcourir tous les coins de la planète. Je veux fouler le sol de tous ces pays que j'ai visités du bout des doigts ; me baigner dans des mers exotiques, me prendre en photo devant des temples, rire avec un verre de rhum à la main. Rencontrer de nouvelles personnes, monter dans des trains pour une destination inconnue. Je vais travailler, économiser et, dès que je le pourrai, je partirai. Je compte demander à Alma de m'accompagner parce que je suis bien avec elle. Elle me plaît. En sa compagnie tout me paraît plus facile. Avec Alma, la vie devient légère. Mais nous reviendrons à Porvenir. J'aime nos bois, la chapelle, les maisons en granit. Alma ne le sait pas encore, mais nos paysages se sont insinués en elle pour toujours, je le sens.

Petit, j'aimais l'école. Quand je serai fatigué de voyager, je reprendrai peut-être mes études. J'aime la géographie, l'histoire, l'anthropologie… Tant de choses ! Je ne suis pas trop vieux pour ne pas le tenter. Pour l'instant, on va lancer un club de lecture dans la bibliothèque du village. Avec l'aide d'Alma, Sara et d'autres personnes, nous allons lire des correspondances littéraires. Des lettres comme celle que je t'écris. Je suis très ému.

Ma vie ressemblait à un scénario déjà écrit, pourtant, ces derniers mois, elle a beaucoup changé. Il m'est arrivé un tas de choses que j'aurais aimé partager avec toi. Le club en est une, Alma en est une autre. Ainsi que la chaîne de lettres anonymes destinée à sauver le poste de Sara.

Un jour j'ai reçu une lettre d'une poétesse américaine qui m'invitait à y participer. Elle me racontait sa vie passionnante et livrait quelques secrets. J'ai écrit moi aussi. Tu sais à qui ? À Hypatia, la mère de mon ami Miguel. La chaîne s'est poursuivie. Je ne sais pas si nous obtiendrons que Sara ne soit pas transférée à la capitale. Mais je sais que ces lettres sont magiques : elles ont changé notre vie.

Je me suis demandé mille fois qui avait eu cette idée au départ. Si je le savais, je lui dirais mille fois merci.

Sara vient de me prévenir, c'est l'heure. Ils sont déjà arrivés pour emporter ton corps. J'ai une minute pour lui dire adieu. Cet après-midi, à la veillée, il n'y aura plus qu'une boîte.

Où que tu sois, ne m'oublie pas, papa. Je suis toujours là.

Alex.

Il reposa le stylo sur la table. Sans se relire, il plia la feuille en quatre. Les larmes qui avaient coulé quand il avait commencé sa lettre avaient désormais séché. Il éprouva une paix extraordinaire en écrivant cette adresse impossible sur l'enveloppe :

Mauricio Salvan
Quartier des Hommes-Justes
Cité de l'Espérance
Royaume du Paradis

URGENT

31

Plusieurs façons de dire adieu

Ils se quittèrent et dans leurs adieux résonnait déjà un bienvenu.

Mario Benedetti

Le jour J était enfin arrivé.

Ce 28 janvier, tout était prêt pour l'anniversaire de Sara. Fernando s'était chargé des préparatifs. Il avait même engagé un orchestre, au grand désespoir d'Alma qui dut déplacer les meubles de son salon pour laisser place à la batterie, au clavier et aux trois choristes.

Hypatia ne dormait presque plus depuis deux jours, absorbée par la préparation du buffet. Elle avait été également chargée de contacter Rosa pour une mission spéciale que la vieille dame, enthousiaste, avait acceptée, leur confiant une pile de photos retraçant les moments les plus heureux de Sara et rassemblant les personnes qui comptaient le plus dans sa vie. Alma en avait fait un montage qu'ils comptaient passer pendant la soirée. Elle n'avait pas encore fait la connaissance de l'amie de sa grand-mère. Elle savait que leurs chemins allaient inévitablement se croiser, mais elle préférait que cela arrive le plus tard possible.

La mission de Rosa ne se terminait pas là. Elle avait en effet un rôle clé : elle devait trouver un prétexte pour emmener Sara chez Alma. Elle ne savait pas comment elle allait y parvenir sans éveiller les soupçons, mais elle leur dit de ne pas s'inquiéter, qu'elle se débrouillerait. Elle connaissait Sara depuis qu'elle était dans le ventre de sa mère, elle trouverait bien !

En quarante-huit heures, tout a changé, songea Alma en regardant Hypatia et Fernando qui prenaient un café chez elle.

Ce matin, à 9 heures, en sortant de la maison d'Alex, l'aspirante poétesse avait convoqué un cabinet de crise : la mort de Mauricio mettait en danger la tenue de la fête, d'autant que les familles d'Alex et de Sara étaient amies depuis toujours. Alex avait été pourtant l'un des organisateurs les plus actifs, servant de messager à Fernando, déposant ses trente-neuf lettres d'amour au bureau de poste, achetant tout ce qui passait par la tête de l'amant venu du froid : quarante roses blanches, un CD du chanteur préféré de Sara, une chemise neuve pour qu'il puisse l'étrenner ce jour-là…

« On ne va pas tout annuler, annonça Alma en brisant le silence triste qui présidait à la réunion.

— Que veux-tu dire ?

— On n'a qu'à retarder la fête de deux ou trois jours. Elle aura lieu après les funérailles de Mauricio. Cela ne changera rien pour Sara qui aura toujours sa surprise, et je peux convaincre Alex qu'il passe au moins l'embrasser…

— C'est impossible », répliqua Fernando d'un ton grave.

Les deux femmes, surprises, se tournèrent vers lui. Elles ne le connaissaient pas depuis longtemps, mais il ne s'était jamais montré autoritaire ou inflexible.

« Je dois partir demain après-midi. Mon chef vient de me prévenir. Le type qui me remplaçait a contracté une mononucléose, ils ont dû le rapatrier, fit-il avec une grimace.

— De toute façon, on ne pourra pas conserver ce que j'ai préparé, ajouta Hypatia. Il va falloir tout jeter. »

La cuisinière poussa un soupir résigné.

Les trois organisateurs retombèrent dans le silence.

« Et si nous organisions une fête en *petit comité*[1] ? » proposa Alma.

Les deux autres la regardèrent d'un air dubitatif.

« Ça veut dire quoi *petit comité* ? » l'interrogea Hypatia.

Avant qu'Alma puisse répondre, Fernando expliqua :

« Ça veut dire une petite fête confidentielle, avec peu de monde, sans grande dépense, qui ne durera pas très longtemps… » Il secoua la tête. « Non, je ne trouve pas ça bien. Grande ou petite, la fête doit avoir lieu et s'il faut choisir, autant qu'elle soit énorme, Sara le mérite !

— Tu as raison, acquiesça Alma à court d'idées.

---

1. En français dans le texte.

— Et puis, ajouta la doyenne du groupe, tout le monde a été prévenu et a acheté son cadeau… Ce matin j'ai croisé Karol à la boulangerie, vous savez, la femme de ménage du bureau de poste. Elle m'a raconté, tout émue, que c'était la première fête à laquelle elle était invitée depuis qu'elle vit ici. Elle m'a même avoué qu'elle était si contente qu'elle avait pris rendez-vous chez le coiffeur. »

Comme d'un commun accord, les deux femmes se tournèrent vers Fernando. Si cela faisait tellement plaisir à Karol, que devait ressentir cet amoureux qui avait traversé toute l'Europe, face à la menace d'une annulation ? Elles se sentirent coupables devant un Fernando qui ne cessait de remuer son café d'un air absent.

Hypatia appela Rosa pour lui parler de leurs doutes. Celle-ci l'écouta pendant plusieurs minutes sans l'interrompre une seule fois.

Alma et Fernando attendaient, nerveux. Ils savaient par Hypatia et Alex que, dans tout ce qui concernait Sara, l'opinion de Rosa était parole d'évangile. Elle seule pouvait vraiment savoir ce qui se passait dans le cœur et la tête de sa « fille » comme elle aimait à l'appeler.

De plus, en raison de sa sagesse, elle jouissait d'un prestige certain dans le village. Son avis pouvait les sortir de cette impasse.

« Rosa, tu es toujours là ? » demanda Hypatia.

Les autres l'interrogèrent du regard. Elle leur fit un signe de la tête affirmatif.

« Mets le haut-parleur », conseilla Fernando, nerveux.

Hypatia le regarda comme s'il venait de parler chinois.

Alma prit l'appareil et actionna le haut-parleur.

« Vous avez posé la question à Alex ? C'est à lui de décider, vous ne croyez pas ? D'ailleurs sa réponse risque de vous étonner. »

Les trois conspirateurs échangèrent un regard, confus. Dire qu'ils avaient été sur le point de prendre la décision à sa place, sans même le consulter.

Alma regardait fixement son téléphone depuis trente-deux minutes et vingt secondes sans oser appeler Alex. Elle était assise, seule, sur le canapé face à la cheminée. En regardant par la fenêtre, elle se souvint du jour de pluie où elle avait secouru son ami après son accident de vélo. C'était fou le nombre de choses qu'ils avaient déjà vécu ensemble alors qu'ils se connaissaient depuis si peu de temps ! Pourtant elle sentait entre eux un lien indestructible né des heures passées à se raconter leurs rêves et secrets les plus intimes. Et maintenant, cette nouvelle épreuve… C'était une chance qu'elle se trouve à Porvenir et dans la vie d'Alex, pour l'aider à la traverser.

Elle essaya de rassembler tout son courage pour lui téléphoner. Elle l'avait laissé chez lui deux heures plus tôt alors qu'il attendait l'arrivée des pompes funèbres. Il paraissait tranquille, mais Alma était sûre qu'il dissimulait sa douleur et sa peur sous son beau regard vert si calme.

Elle regretta d'avoir promis à Hypatia et Fernando de l'appeler pour lui demander s'ils devaient annuler la fête de Sara. Maintenant qu'elle était seule, la question lui paraissait totalement absurde. Au point qu'elle n'osait pas la lui poser. Comment allait-il réagir ? Inquiète, elle se rongea les ongles et maudit la cuisinière qui était repartie chez elle et Fernando qui s'était enfermé dans sa chambre pour préparer une dernière surprise à son amoureuse. *Bien sûr*, récrimina-t-elle, *à vous le plus facile, à moi cette épine.*

Elle savait que le temps jouait contre elle. Elle pouvait se plaindre, dévorer ses doigts, vider son garde-manger, cela ne changerait rien. Ils avaient moins de douze heures pour préparer la fête du siècle ou l'annuler.

Des deux, Alma ne savait pas ce qu'elle craignait le plus. La décision revenait à Alex. Hypatia, Rosa, Fernando et elle, en bons soldats loyaux, se contenteraient d'obéir à ses ordres.

« Je me souviens encore des soixante ans de mon père… »

La voix d'Alex se brisa. À cet instant, Alma se maudit de lui avoir posé la question. Elle le savait pourtant que ce n'était pas une bonne idée, se répéta-t-elle.

« Alex, je ne… »

Sans l'écouter, Alex tira sur la pelote de ses souvenirs.

« Ma mère avait commencé à réfléchir à la façon dont nous les fêterions des mois à l'avance. Elle voulait lui préparer une surprise inoubliable avec tous les amis et la famille. »

Elle l'entendit reprendre son souffle.

« Tu penses si je m'en souviens… Tant qu'il a pu, il en parlait encore !

— C'était une belle fête ? osa demander Alma.

— Pas du tout ! Cette semaine-là, ma mère est entrée à l'hôpital. C'était le premier d'une longue série de séjours, mais nous ne le savions pas encore. Ma mère nous avait dit qu'on le fêterait plus tard, de ne pas nous inquiéter. Alors nous avons rangé les dessins et les poèmes que nous avions écrits. Les cadeaux. Nous espérions tous pouvoir le fêter dès qu'elle serait rétablie. »

Alex se tut quelques instants avant de reprendre, d'une voix enrouée par l'émotion :

« Ce jour-là n'est jamais arrivé, continua-t-il en retenant ses sanglots. J'avais alors pensé que pour ses soixante-dix ans, mon frère et moi, nous pourrions organiser la fête qui n'avait pas eu lieu dix ans avant. Mais mon père était déjà trop malade. La foule le rendait nerveux alors nous avons passé la journée seuls tous les trois à nous promener en montagne. »

Alma se mit à pleurer sans s'en apercevoir. Comme s'il avait pu voir les larmes qui coulaient sur le visage de son amie, Alex se reprit avant d'ajouter en essayant de paraître plus serein :

« Alors tu vois, je pense qu'il faut cueillir le jour, ne pas remettre au lendemain ce qui peut nous rendre heureux. Parce qu'on ne sait jamais ce qui peut se passer ni où nous serons dans une semaine. Il y a à peine quarante-huit heures, je pensais que mon père allait se disputer avec son infirmière comme tous les jours, alors…

— Alex, vraiment…

— Je veux que Sara ait sa fête. Elle mérite ces quelques instants de bonheur. Il y a très longtemps qu'elle les attend… D'une certaine manière, conclut-il – et Alma devina son sourire –, ce sera aussi la fête de mon père. Celle qu'il n'a pas eue pour ses soixante ans ni pour ses soixante-dix ans. »

32

Des kilomètres à parcourir

Je n'ai pas entrepris ce voyage et cette navigation pour remporter des honneurs et des richesses.

Christophe Colomb
(s'adressant aux Rois Catholiques en 1503)

Debout au milieu de son salon, Alex regarda autour de lui. Rien n'avait changé depuis son enfance. Ni les cadres présentant les mêmes paysages de Porvenir ni les meubles que sa mère avait achetés dans une des meilleures boutiques de la capitale. Ils montaient la garde telles des sentinelles du passé.

« Tout est pareil, pourtant tout est différent », murmura-t-il.

Il était incapable de dire pourquoi, mais cet espace de vie confortable, familier, lui paraissait étranger désormais. Il n'arrivait pas à croire qu'hier il le considérait comme sien. Il n'avait qu'une envie, partir en courant, mais il ne pouvait pas. Ses jambes ne répondaient pas aux cris de son cœur.

Il avait l'impression d'être un naufragé, un Robinson Crusoé abandonné dans les montagnes. Un sentiment de solitude profonde lui mordit le cœur. Sous le coup de la douleur, il se laissa tomber sur le canapé et ses pensées s'enfuirent par le balcon.

Les employés des pompes funèbres avaient emporté le corps de son père qu'il irait bientôt veiller dans le funérarium. Sara avait reconduit les employés puis, après s'être assurée qu'Alex tenait le coup, était repartie munie de différents papiers pour régler les formalités nécessaires. Alma venait de lui téléphoner et, avec un courage qu'il regrettait déjà, il lui avait dit de ne pas s'en faire pour lui, de continuer les préparatifs de l'anniversaire. Alors que son frère aîné tarderait encore quelques heures à venir de Madrid, pour la première fois de sa vie, il était complètement seul.

Tel un somnambule, il parcourut l'appartement qu'il partageait encore avec son père quelques heures auparavant seulement. Il ne trouva presque aucune trace de lui dans la cuisine. Depuis que Mauricio avait commencé à perdre la mémoire, elle lui était interdite, pour sa propre sécurité. Alex l'avait si souvent mis en garde contre les dangers potentiels que, plus d'une fois, il l'avait trouvé accroché au cadre de la porte, juste à la limite du couloir, le regard atterré comme s'il s'attendait à ce qu'à n'importe quel moment des loups féroces surgissent ou qu'un vent violent le renverse.

Il entra dans la chambre de ses parents. Il ouvrit l'armoire : l'odeur de Mauricio se nichait entre ses chemises et ses pantalons, refusant d'être délogée. Alex prit une profonde inspiration pour en remplir ses poumons comme s'il pouvait ainsi retenir son père plus longtemps. Il s'assit sur le lit et caressa le creux laissé par le corps fatigué de Mauricio. Dans leur précipitation, les employés des pompes funèbres n'avaient pas lissé le drap. Il lui sembla reconnaître dans les plis sa nuque, ses bras et ses jambes.

Dans la salle de bains, la mousse à raser et le rasoir lui parurent plus tristes et inutiles que jamais. Lui utilisait un rasoir électrique. Son père avait toujours détesté ces machines, comme il disait, et Alex avait respecté sa volonté jusqu'au dernier moment en le rasant à l'ancienne tous les matins.

Il appuya les mains contre le lavabo et contempla son visage en essayant d'y découvrir les traits de Mauricio. Il se souvint qu'enfant, sa mère lui disait qu'il avait hérité des oreilles de son père. Il les examina avec attention et, pour la première fois depuis longtemps, sourit en se souvenant que son père les lui avait tirées un jour après une de ses rares bêtises. Avec deux copains d'école, ils avaient eu la brillante idée de transfomer le chat de la voisine en un minou écossais : ils l'avaient peint de carreaux verts et rouges du museau au bout de la queue. L'animal ne s'était jamais remis du choc et miaulait désespérément dès qu'il entendait la voix d'Alex.

Comme s'il avait parcouru une centaine de kilomètres et non les soixante-dix mètres carrés de son appartement, Alex s'échoua, épuisé, sur le canapé. Il prit la couverture qui servait à couvrir les jambes de Mauricio quand il regardait la télévision. Sans s'en apercevoir, le sommeil, inassouvi par la nuit précédente, finit par avoir raison de lui.

Alex se réveilla en sursaut en entendant sonner à la porte. Il regarda son téléphone. Il avait dormi presque trois heures ! Le jeune homme se leva et alla ouvrir en titubant.

Il ne se sentait pas encore prêt à recevoir les condoléances des voisins. Il préférait attendre l'arrivée de son frère qui saurait mieux se débrouiller dans ces circonstances. Il n'avait pas oublié la veillée de leur mère quand il était encore petit. Les images de ces femmes gémissantes habillées de noir et du prêtre lui donnant des petites tapes sur les joues avaient nourri ses cauchemars pendant des mois.

« Alex, ouvre ! » entendit-il de l'autre côté de la porte. Des petits coups énergiques suivirent.

Il reconnut la voix mais hésita quelques instants avant de céder.

« Tomás », murmura-t-il timidement face au mari d'Hypatia.

Ce dernier tendit la main. Tel un automate, Alex l'imita. À ce contact chaud, fort, des larmes montèrent à ses yeux, perfides. Gêné, il détourna la tête, pivota sur ses talons et se dirigea vers le salon.

« Entre, je t'en prie… »

Il entendit la porte se fermer derrière lui. Tomás lui emboîta le pas. Alex se rassit sur le canapé sans trop savoir quoi dire. Tomás était le père d'un de ses meilleurs amis, il l'avait vu grandir et donc plus que tout autre il pouvait lire en lui. Alex secoua la tête comme pour l'en empêcher.

Aussi taiseux par nature l'un que l'autre, ils gardèrent le silence pendant un long moment. Tomás, devinant qu'il était apparu comme un intrus dans un moment de tristesse, s'arma de courage et avança son pion :

« Ce matin, pendant qu'on prenait notre petit déjeuner, ta fiancée a téléphoné à Hypatia pour lui raconter ce qui s'était passé. »

Ces mots, « ta fiancée », surprirent Alex. C'était la première fois qu'il les entendait prononcer. Il aimait leur sonorité et en remercia son compagnon par un sourire timide.

« Je suis désolé. Tu sais que nous sommes là si tu as besoin de nous », ajouta Tomás en articulant lentement comme s'il voulait qu'il retienne le message.

Alex le remercia d'une inclinaison de la tête. *Bon, il va partir maintenant*, se dit-il, soulagé. Il l'aimait bien, mais la situation le mettait mal à l'aise. Il aurait préféré continuer à déambuler dans ses souvenirs et sa maison jusqu'à ce qu'Alma ou son frère viennent le sauver. Mais ce vieux monsieur, aussi timide que lui, les yeux fixés sur lui, semblait vouloir ajouter quelque chose sans savoir très bien comment le faire.

C'est maintenant qu'il va me dire que mon père était un homme bien ? Ou il va me donner quelques tapes dans le dos en me disant d'être courageux ? se demanda-t-il sans aucune ironie.

Il éprouva de la compassion envers Tomás, que la gentille Hypatia avait envoyé lui tenir compagnie, et décida de mettre fin à cette situation embarrassante.

« Tomás, merci, vraiment. L'enterrement est à 11 heures, demain. Mon frère et moi aimerions que tu nous accompagnes », ajouta-t-il en se levant. Il espérait que son invité l'imiterait. Mais celui-ci ne fit pas un geste.

Alex insista :

« Si ça ne t'ennuie pas, j'aimerais me reposer un peu avant de me rendre au funérarium cet après-midi… »

Tomás parut enfin sur le point de céder. Il posa les bras sur les accoudoirs du fauteuil, prêt à se lever, mais au dernier moment se repentit et se laissa retomber.

Il glissa la main dans la poche de son manteau, puis en sortit une enveloppe qu'il tendit à Alex, qui ne comprenait pas ce qui se passait.

« Cela fait des années que je l'ai. Un jour, ton père est venu me voir… Il avait déjà reçu le diagnostic des médecins. »

Tomás se tut comme s'il regrettait ce qu'il venait de dire.

Alex avait le regard fixé sur l'enveloppe. Puis il leva les yeux sur son invité. Tomás et Mauricio avaient joué aux dominos de nombreux dimanches dans le bar de Porvenir. Ils se connaissaient depuis que leurs fils allaient ensemble à l'école et, même s'ils n'étaient pas de grands amis, ils se respectaient mutuellement. Son père avait toujours eu une bonne opinion de cet homme silencieux, sérieux et loyal. « Il est aussi droit que nos pins », disait-il en parlant de lui.

« Il m'a dit que si un jour il disparaissait… Nous savions tous que ce n'était qu'une question de temps… Je regrette, mon garçon, vraiment. »

Alex comprit que ce secret lui avait pesé comme s'il le rendait complice de la mort. Tomás avait fait une promesse qu'il ne pourrait accomplir que lorsque la mort aurait emporté Mauricio. Attendre ainsi, lui expliqua-t-il avec la plus grande délicatesse, n'était pas à son goût. Mais il avait accepté par amitié pour Mauricio et pour ce gamin qui venait si souvent prendre son goûter dans sa cuisine.

Tomás lui dit qu'il avait passé la matinée à se demander si le moment était bien choisi pour lui remettre la lettre. Il avait trouvé mille prétextes pour repousser sa visite. Mais à l'heure du déjeuner, quelque chose avait précipité sa décision. Hypatia lui avait servi un ragoût qui sentait merveilleusement bon. Elle s'était assise en face de lui et lui avait souri en souhaitant bon appétit.

« Et je me suis dit que toi, tu allais déjeuner seul dans cette cuisine pour la première fois de ta vie. Et je ne sais pas, quelque chose m'a poussé à prendre mon manteau et à venir t'apporter la lettre de ton père. J'espère que tu me pardonnes pour… »

Alex, qui était encore debout, s'avança vers Tomás. Ce dernier, comme s'il comprenait sa demande muette, se leva et le prit longuement dans ses bras avant de le laisser seul.

Alex,

Si tu lis ces mots, c'est que je ne suis plus là.

Tomás te donnera cette lettre après ma mort. Je sais qu'il le fera parce que c'est un homme de parole et qu'il ne l'ouvrira pas ni ne la perdra. C'est pour ça que je le lui ai demandé à lui.

Les médecins ont été très clairs : j'ai la maladie d'Alzheimer. Je ne m'en aperçois pas, simplement j'ai peur. Bientôt j'oublierai tout. Je t'ai demandé de partir, mais tu es aussi têtu que moi : j'ai vu sur ton visage que j'aurais beau insister, tu ne partirais pas. Tu aimes Porvenir autant que moi. Mais en plus, ton sens des responsabilités et de l'honneur est si puissant qu'il t'enchaîne à moi. J'espère que je ne t'enfoncerai pas dans ma déroute.

On dit que tu retombes en enfance, que tu finis comme un gamin. Bientôt ce sera toi, mon garçon de vingt ans à peine, qui t'occuperas de moi, ton père de près de soixante-dix ans, comme d'un bébé. Je dépendrai de toi comme tu as dépendu de moi à la naissance. La boucle se refermera.

Tu as été un cadeau que nous n'attendions plus. Tu es arrivé quand j'étais déjà âgé, mais j'ai toujours cru que je t'accompagnerais plus longtemps. J'ai imaginé que je te verrais diplômé, que je trinquerais à ton mariage, que je recevrais une de tes cartes quand tu voyagerais à l'étranger. Ce ne sera pas possible.

Les médecins m'ont dit qu'un jour je ne te reconnaîtrai plus. J'ai peur de perdre mes souvenirs mais j'ai surtout peur d'oublier qui tu es, mon fils. Nous allons devenir deux inconnus vivant dans cette maison où nous avons passé tant de bons moments. Quand ce jour arrivera, j'espère, pour toi et pour moi, que cela ne durera pas longtemps. Je ne veux pas vivre comme ça et je ne veux pas que tu souffres.

Je ne veux pas être un frein pour toi. Tu as une vie qui t'attend.

Si tu décides de rester à Porvenir, il faut que ce soit pour toi. J'en serais heureux. Ta mère et moi, nous adorions ce village. On a toujours rêvé que vous y resteriez. Mais si tu veux partir, dis-toi bien que je suis d'accord. Fais ta vie là où tu penses être heureux. Prends-nous dans ton cœur pour que, où que tu sois, tu te sentes chez toi.

Depuis que tu es petit, tu rêves de vivre mille aventures. Tu te souviens quand tu me demandais de te lire et de te relire L'Île au trésor *? Tu étais dingue de ce livre. Je pense que la vie de ces pirates sera la dernière chose que j'oublierai. Et* Michel Strogoff, *et* Le Tour du monde en 80 jours, *et Marco Polo. J'ai perdu le fil de tous ces livres de voyages que tu aimais tant.*

Tu crois que je ne m'aperçois de rien. Mais je sais que tu passes tes journées à la bibliothèque à consulter des cartes et qu'à la maison, la nuit, tu dévores des pages et des pages d'histoire et de géographie.

Tu as renoncé à voir tous ces pays pour moi, pour t'occuper de moi.

Tu l'as remarqué ? Dans cette enveloppe il y a une clé.

Le jour où je ne serai plus là, le jour où tu liras ces mots, je veux que tu prennes cette clé, que tu ailles à la banque et que tu demandes à ouvrir un coffre à ton nom. Dedans, tu y trouveras une autre enveloppe. Pas de trésor mystérieux, c'est seulement de l'argent. Il est à toi. Sors de la banque. Sans regarder derrière toi, va à la gare. Prends le premier train qui passera et donne des ailes à tes rêves. Et dépêche-toi parce que tu as des années de retard.

Je suis fier de toi.

Je t'aime mon fils. Je n'ai jamais cessé de t'aimer un seul jour depuis que tu es né. Je suis en sécurité.

Mauricio

Alex replia la feuille et la colla contre sa poitrine. Il attendit que ses battements de cœur se calment avant de prendre le téléphone et de composer un numéro qu'il connaissait par cœur. Moins d'une demi-heure plus tard, on sonnait à sa porte.

Alma, essoufflée, s'appuyait contre le chambranle.

« Que se passe-t-il ? » lui demanda-t-elle d'un ton inquiet.

Alex lui prit les mains et l'entraîna vers le salon. Dans la pénombre du couloir, il devina son regard anxieux et remarqua sa respiration courte. Il caressa sa joue brûlante. Elle avait couru après avoir reçu son appel lui demandant de venir tout de suite parce qu'il avait quelque chose d'important à lui raconter.

Il l'embrassa avec ardeur. Et lui dit :

« Tu m'accompagnes à Porvenir ? »

Alma, qui paraissait aimantée à son corps, répondit :

« Tu me demandes si je veux rester avec toi à Porvenir…

— Non. Je te demande si, quand tout ça sera fini, tu oseras traverser l'Atlantique avec moi en bateau pour voir le Porvenir qui se trouve à l'autre bout du monde. »

La vue d'Alma se brouilla. Ses jambes menacèrent de céder et elle s'agrippa aux bras de son ami. Pour une fois, les mots lui manquaient.

Alex sourit. Il approcha ses lèvres de son oreille et chuchota :

« Je t'aime, Alma Meillás. Ma vie commence aujourd'hui et j'aimerais que tu la partages. »

Elle ouvrit la bouche mais, avant qu'elle ne puisse dire un mot, il posa ses lèvres sur les siennes pour un baiser qui la transporta à des années-lumière de ce couloir qui sentait encore la solitude.

Si le village ne se trouvait pas si loin de la mer, Alma aurait juré qu'une brise marine avait soufflé tout à coup, la décoiffant.

33

Mains en l'air : ceci est une fête !

L'amitié double les joies et divise les angoisses par deux.

Francis BACON

« Rosa, tu es sûre que ça va ? s'inquiéta Sara.

— Mais oui, ma fille, tout va très bien », répondit la vieille dame en boutonnant son manteau.

La postière la regarda, déconcertée. Elle n'y comprenait rien. Depuis environ une heure, sa voisine s'entêtait à vouloir sortir en pleine nuit, exigeant que Sara et ses enfants l'accompagnent, et rien ne pouvait l'en dissuader, elle refusait d'entendre raison. Mais que pouvait-il y avoir de si urgent qui justifiait de ressortir à 23 h 30, en plein hiver ?

La veille de mon anniversaire en plus, songea Sara.

Devait-elle commencer à s'inquiéter pour la santé mentale de sa voisine ? Rosa perdait-elle la tête ? Un frisson lui parcourut le dos.

« Combien de fois je t'ai demandé une chose pareille, hein ? Combien ? la défia Rosa tout en l'espionnant du coin de l'œil.

— Justement, Rosa, toi qui as toujours été si raisonnable, ça ne te ressemble pas du tout », répondit tendrement Sara en passant son bras autour des épaules de Rosa.

Celle-ci n'était pas prête à céder. Elle s'était engagée envers Hypatia, Fernando, Alex et sa fiancée Alma : elle viendrait avec Sara à l'anniversaire surprise. Elle regarda sa montre : il lui restait à peine trente minutes pour obtenir que son amie et ses enfants enfilent leurs anoraks et sortent avec elle. Ça, c'était la première partie du plan, celle qui lui avait paru si facile ce matin. Pour la suivante, les conduire jusqu'à la maison des Meillás, c'était une autre paire de manches.

Quand le fils de Mauricio lui avait dit qu'on fêterait l'anniversaire là-bas, elle avait senti mille aiguilles lui transpercer le cœur et la mémoire. Elle n'y était pas retournée depuis presque soixante ans.

Elle s'en souvenait comme si c'était hier : le père de Luisa ne l'avait pas laissée franchir le seuil de la porte. Quand elle avait demandé à voir sa fille, il lui avait répondu avec un sourire triste qu'elle n'était pas là. Elle ne l'avait pas cru. Du coin de l'œil, elle avait aperçu du mouvement à l'un des rideaux de la fenêtre du rez-de-chaussée, l'image était restée gravée dans sa rétine depuis. Luisa savait qu'Abel et elle allaient se marier. Elle avait appris par d'autres ce que ses meilleurs amis n'avaient pas été capables de lui annoncer. Une odeur de pourriture avait inondé ses narines et

Rosa sut que c'était l'odeur de l'amitié qui entrait en décomposition.

Jusqu'à aujourd'hui, elle aurait pu jurer qu'elle ne remettrait plus jamais les pieds dans cette maison.

Alex lui avait caché que la petite-fille de Luisa était revenue à Porvenir parce qu'il ne voulait pas gâcher la fête de Sara et qu'il devait à tout prix convaincre Rosa de venir. Il lui avait menti en lui expliquant que l'employé chargé de la maison lui avait laissé la clé en échange de son aide au verger. Tout avait beaucoup changé ces dernières années, lui avait-il assuré, c'était la meilleure façon d'en finir avec ses fantômes.

Ce dernier argument avait fini par convaincre Rosa.

Depuis la lettre qu'elle lui avait écrite en novembre, pas un jour n'était passé sans qu'elle pense à son amie d'enfance. Elle savait qu'on l'avait lue puisque la chaîne avait continué comme le lui avait appris Sara, surprise par le volume récent de courrier à distribuer.

En l'apprenant, Rosa avait été saisie d'un sentiment ambivalent de joie et de tristesse. Luisa avait peut-être lu sa lettre, accepté sa requête, pourtant elle n'avait pas repris contact avec elle. Bien sûr, Rosa ne le lui demandait pas, mais elle avait espéré de tout son cœur qu'elle le ferait. Un coup de fil ou même un simple message de son employé lui aurait suffi. Mais elle n'avait eu aucune nouvelle. La fête serait peut-être l'occasion de refermer cette ancienne blessure. *Les voleurs reviendront-ils sur les lieux du crime ?* se demanda-t-elle.

« C'est bon, c'est bon ! s'écria-t-elle en s'adressant à Sara. Regarde comme tu es ! Je voulais te faire une surprise et tu compliques tout !

— Dis-moi au moins pourquoi c'est si important. Tu sais bien que pour toi je traverserais le désert à pied, mais il me faut une bonne raison de le faire. »

Sara se tut puis elle ajouta, comme si elle s'apercevait de son erreur :

« Une raison claire et cohérente. »

Rosa enfila ses gants lentement pour se laisser le temps de réfléchir. Il fallait qu'elle trouve un prétexte sans dévoiler la surprise.

« Demain c'est ton anniversaire…

— Oui. »

Sara l'écoutait avec attention.

« Tu sais que pour moi, c'est une date très particulière. Si je n'avais pas été là pour aider ton père, aujourd'hui tu ne pourrais pas fêter tes quarante ans. »

Sara savait par cœur ce qui allait suivre. Son père s'était évanoui, le médecin était bloqué par la neige à des kilomètres, Rosa avait regardé ses mains et compris qu'elle devait tout tenter pour sauver cette nouvelle vie qui s'annonçait.

Rosa continuait à parler tout en enfilant son bonnet et en glissant son sac en bandoulière en travers de sa poitrine. Sara la regarda, surprise : pendant un instant, elle crut voir du fard à paupières sur ses yeux. Elle secoua la tête : Rosa ne se maquillait que pour les grandes occasions… et à cette heure, elles ne risquaient pas de rencontrer qui que ce soit.

« Accorde-moi ce petit caprice. »

Perdue dans ses pensées, Sara n'avait pas entendu le début de la phrase. De quel caprice parlait-elle ? Elle dut lui demander de répéter, gênée.

Rosa saisit l'occasion, prête à jouer à quitte ou double.

« Je te dis que le plus important pour moi, c'est que tu viennes voir le cadeau que je compte t'offrir et tu ne m'écoutes même pas… », se plaignit-elle en baissant la tête.

Sara, qui n'avait pas eu le temps de voir que Rosa venait de se mettre un doigt dans l'œil, distingua en revanche parfaitement la larme qui menaçait de couler et, prise de remords, fit marche arrière.

« Je croyais que c'était une surprise ?

— Oui, mais comme je ne suis pas sûre que tu aimeras le sac que j'ai en vue, je préfère te le montrer. Il est en vitrine. Tu me dis ce que tu en penses et, demain, je te l'achète à la première heure et je te l'apporte. Je veux que tu l'étrennes pour ton anniversaire », mentit Rosa.

Il ne restait plus que dix minutes et elle devait encore monter chercher les garçons. Heureusement elle avait pu mettre l'aîné au courant dans l'après-midi. Ils avaient convenu qu'à 23 heures, quand Rosa appellerait leur mère en lui demandant de descendre, ils se dépêcheraient d'enfiler leurs bottes et leurs anoraks.

Sara fit une dernière tentative qu'elle savait vouée à l'échec :

« Et si j'allais le voir demain ? Je l'essaye au magasin, je reviens et je te dis ce que j'en pense. Comme ça, tu peux descendre me l'acheter pendant que je vais au marché. »

Allons bon ! pesta intérieurement Rosa. *Cette petite a réponse à tout. Tant pis, je tente le tout pour le tout*, se dit-elle en croisant les doigts et en espérant être assez bonne comédienne.

« C'est que moi… Je ne pourrai pas bien dormir avant de savoir s'il te plaît ou pas… », balbutia-t-elle en se couvrant le visage.

Elle savait très bien ce que Sara craignait par-dessus tout quand elle la surprenait parfois qui l'épiait avec attention : que son amie soit un jour atteinte de démence sénile. Dans son cœur, elle lui demanda pardon pour toutes ces simagrées.

En rentrant chez elle, Sara sursauta : ses trois enfants, habillés de pied en cap, l'attendaient dans l'entrée avec un grand sourire.

« Mais qu'est-ce qui vous prend à tous de vouloir sortir en pleine nuit ? Vous voulez tomber malades ? Je vous préviens, vous allez m'entendre si je dois vous soigner pour un rhume, aussi petit soit-il ! » les menaça-t-elle tout en se préparant à sortir.

« Ah non, Rosa, ça c'est le pompon ! On a fait ce que tu voulais, on est allés voir la vitrine du magasin de Puri et je te l'ai dit et répété, j'adore le sac ! Il est temps de rentrer maintenant.

— Non, attends ! Dans dix minutes, les douze coups de minuit vont sonner. Pourquoi ne pas commencer ton anniversaire par quelque chose de différent ?

— Et si je le commençais plutôt demain en allant au marché à 8 h 30 ? Je te promets que je vous invite à manger une pizza les enfants et toi à Mastán. On n'a pas tous les jours quarante ans, heureusement.

— Mais ton anniversaire commence maintenant. Souviens-toi, tu es née à l'aube, pas en plein jour.

— S't'plaît, maman », supplia son aîné, aussitôt imité par ses frères.

Sara les regarda, prête à céder. *Il ne fait pas si froid au fond*, se dit-elle. Elle décida d'accepter. Elle savait qu'autrement elle n'aurait jamais la paix.

« Tu sais ce que j'aimerais vraiment ? attaqua Rosa tout en marchant, le bras passé sous le sien, dans la rue principale.

— Non…, hésita Sara soudain effrayée par les lubies de sa vieille amie.

— Voir la grande maison.

— Quelle grande maison ?

— Celle de la famille Meillás. »

Sara s'arrêta net. Elle connaissait par cœur et en détail l'histoire qui unissait Rosa à cette propriété. Celle-ci lui avait raconté l'amitié particulière qui l'unissait à la fille de cette famille ; elles avaient grandi ensemble, inséparables, jusqu'à ce qu'Abel débarque dans leurs vies. Rosa lui avait souvent confié qu'il n'y avait pas un jour où elle ne regrettait pas de ne pas pouvoir bavarder avec Luisa, qu'elle rêvait d'entendre de sa bouche qu'elle aussi avait été heureuse, qu'elle avait mené une vie aussi pleine que la sienne. « Ces mots sont ma dette », avait dit Rosa avec tristesse.

Et voilà qu'elle voulait se rendre chez elle, à minuit ! Sara eut l'impression que le sol tremblait sous ses pieds. La vieille dame avait plus de quatre-vingts ans, mais aux yeux de Sara c'était encore trop tôt pour la perdre. Elle posa son regard sur Rosa qui, pleine d'espoir, attendait sa réponse. Elle fut surprise de lire dans ses yeux la certitude absolue qu'elle ne pourrait pas lui refuser ce nouveau caprice, aussi délirant fût-il.

Elle ne sut ce qui l'émut au point de s'entendre dire, contre toute logique : « D'accord. » L'espoir enfantin qui illuminait le visage de Rosa ? La peur que ce soit un de ses derniers souhaits ? Ou la confiance aveugle qu'elle avait dans son affection ?

Sara gara la voiture devant la propriété des Meillás. Elle se souvint de la lettre qu'elle y avait déposée au début de l'hiver. Elle n'en avait pas parlé à Rosa pour ne pas remuer de vieilles blessures mais s'était promis de le faire un jour ou l'autre. Si sa voisine renouait ainsi avec son passé, l'explication se trouvait peut-être dans cette enveloppe.

Il faisait nuit noire et il n'y avait aucun bruit.

Malgré tout, Rosa et ses fils n'hésitèrent pas à ouvrir précipitamment les portières et à sortir en criant. Avant qu'elle ne puisse réagir, elle les vit traverser les grilles et se diriger vers la porte d'entrée. Les deux petits couraient comme si le diable était à leurs trousses et le plus grand donnait le bras à Rosa pour l'aider à avancer. Deux minutes plus tard, ils avaient disparu, avalés par la maison.

Où étaient-ils passés ?

Elle les suivit. Elle appuya simplement la paume de sa main sur la vieille porte en bois qui s'ouvrit sous la pression. Là, sur le seuil qu'elle n'osait pas franchir, elle tendit l'oreille. Mais le seul bruit perceptible furent les douze coups de cloche à l'église. Voilà, officiellement, elle avait quarante ans.

« Rosa ? Tu es là ? »

Sara tremblait de la tête aux pieds. Elle ouvrit son sac et sortit maladroitement son téléphone portable comme s'il pouvait la défendre de tous les êtres malfaisants de ce monde ou d'ailleurs qui se cachaient dans les ombres.

« Je suis là », répondit son amie.

Sara poussa un soupir de soulagement.

« Moi aussi, dit son fils cadet.

— Moi aussi.

— Moi aussi. »

Karol ? Hypatia ? Mais… Sara ne savait plus où elle en était. Elle ferma les yeux, prise de vertige, quand soudain toute la maison s'éclaira et un tonnerre d'applaudissements éclata, brisant gaiement le silence de la nuit.

Elle regarda autour d'elle sans pouvoir en croire ses yeux. Des dizaines de visages lui souriaient en lui criant « Joyeux anniversaire ! » On l'entoura, on l'enlaça, on l'embrassa. Certains plaisantèrent sur son grand âge. Puis elle fut poussée vers le centre de la salle. Elle reconnut la bibliothécaire, son médecin de famille et même son chef qui lui adressa un clin d'œil… Ce n'était pas possible !

Une joie subite lui inonda le corps, elle crut que son cœur allait exploser. Elle éclata de rire, ivre de bonheur.

Elle ignorait bien sûr que la surprise ne faisait que commencer.

Pendant quelques minutes, prise d'une émotion incontrôlable, elle fut incapable de prononcer la moindre parole. Elle trinqua avec chacun des invités, goûta tous les tapas et les petits sandwichs, sans cesser de sourire. Puis les invités lui présentèrent leurs cadeaux, des livres, des mouchoirs, des chocolats…

« Je suis désolée, je n'ai pas trouvé mieux… », s'excusa Hypatia en lui indiquant une énorme boîte posée sur la table de la salle à manger.

Sara s'approcha tandis que des centaines d'yeux curieux suivaient tous ses gestes. Alors qu'elle ouvrait la boîte, un cri lui échappa : la meilleure cuisinière de Porvenir avait confectionné pour elle un gâteau en forme d'enveloppe. Il n'y manquait aucun détail. Son nom et son adresse étaient écrits en lettres de chocolat sur un lit de chantilly. Le timbre lui parut étrange... Son benjamin qui s'était approché, la mine gourmande, lui confirma :

« Il est en sucre ! » s'écria-t-il en battant des mains et toute la salle l'imita.

Sara s'avança vers une Hypatia très émue qui s'accrochait au bras de son mari comme si elle avait peur de tomber. Elle la prit dans ses bras tendrement pour la remercier. Elle avait reconnu sa main experte dans chaque plat.

Karol s'avança alors :

« À mon tour, chef ! » lui dit-elle en lui remettant un petit paquet vert.

Sara déchira le papier d'emballage d'une main tremblante. Depuis l'ouverture de ses cadeaux, chacun plus émouvant que le précédent, l'émotion ne l'avait plus quittée et elle devait retenir ses larmes. Elle devinait l'affection de celui qui le lui offrait à la façon dont il l'avait choisi, préparé et emballé.

Elle sourit à Karol en sentant entre ses mains le froid minéral d'une pierre noire. La Péruvienne la prit et la plaça à contre-jour. La pierre éclata en mille couleurs resplendissantes.

« Elle vient des entrailles de ma terre. Les mineurs disent qu'elle porte bonheur. Je l'ai emportée dans ma valise il y a trois ans et je suis heureuse de t'en faire cadeau, mon amie. »

Les deux femmes s'enlacèrent et demeurèrent ainsi pendant quelques minutes. Sara voulait lui offrir toute la chaleur et l'affection que les siens lui procuraient toutes les nuits comme si elle pouvait ainsi conjurer la nostalgie qui hantait Karol.

Autour d'elle, on riait, on trinquait, on applaudissait en musique.

« Ce cadeau, c'est de la part d'Alex et de sa fiancée, Alma », annonça Rosa qui, les yeux remplis de larmes, paraissait très émue.

Depuis qu'elle était entrée dans cette maison, elle se sentait très mélancolique. Malgré ce que lui avait dit Alex, rien n'avait changé. Du moins pas à ses yeux. Bien sûr, les canapés et les fauteuils n'étaient plus les mêmes et les murs avaient été repeints. Pourtant elle sentait, imprégnée dans l'atmosphère, conservée entre les pierres froides, la présence de son amie Luisa, de son frère, de ses parents, comme du temps où tous vivaient encore là. Elle savait que ces derniers reposaient dans le cimetière de Porvenir, mais Luisa ? Était-elle encore en vie ?

« *Une ardente patience* », lut Sara sur la couverture du livre.

Elle le retourna et parcourut la quatrième : « La poésie n'appartient pas à celui qui l'écrit mais à celui qui l'utilise. »

« On dit que la fiancée d'Alex écrit des poèmes, précisa Hypatia.

— "Cette histoire nous transporte en juin 1969. Un jeune de dix-sept ans, appelé Mario Jiménez, qui ne voulait pas devenir pêcheur comme son père, décide un jour d'être facteur. Il est envoyé sur l'île Noire où son seul client est Pablo Neruda. Il lui apporte tous les jours son courrier même s'ils ne se parlent jamais. Puis ils deviennent amis en discutant de métaphores. Mario découvre qu'il veut être écrivain comme son idole et trouve l'amour auprès d'une fille appelée Beatriz. Neruda est nommé ambassadeur à Paris. Au bout d'un certain temps, Neruda envoie un magnétophone à Mario en lui demandant d'enregistrer les sons de l'île qui lui manquent tant. Parmi eux, celui de son nouveau-né Pablo Neftalí Jiménez González. Mario gagne un concours de poésie quand il apprend la maladie du Prix Nobel. Le 11 septembre 1973, à la suite du coup d'État au Chili, la maison de Pablo Neruda est surveillée jour et nuit par la police, si bien qu'on ne peut plus lui envoyer de courrier à cette adresse. Le postier mémorise les lettres pour les réciter au poète qui meurt le 23 septembre de la même année. Quelques jours plus tard, une voiture fauche Mario. On apprend à la radio que les troupes ont occupé les maisons d'édition et les journaux…" », lut Sara qui se dit qu'elle commencerait le livre le lendemain même.

Rosa lui caressa les cheveux pour se rappeler à elle.

« Et ça, c'est de ma part. Pour que tu ne nous oublies pas quand tu seras loin… »

Sa voix se brisa. Elle indiqua d'un geste de la main un grand paquet que portaient les trois enfants avec des sourires complices.

Le papier cadeau déchiré, des images défiant le temps apparurent, chacune dans un très beau cadre, résumant sa vie : sur la première, en noir et blanc, sa mère et Rosa la tenaient par la main dans la rue principale du village. Derrière elle, leurs deux époux bavardaient sans se douter de l'importance que prendrait ce moment. Sara portait une ravissante robe à volants et pois roses qu'elle adorait.

Sur la deuxième photo, une toute jeune Sara vêtue de son uniforme de postière arborait un grand sourire pour son premier jour de travail. Son père, très fier d'elle, lui avait cédé sa casquette qui, beaucoup trop grande, cachait ses yeux. On devinait toutefois l'éclat qui y brillait. *Où a-t-elle trouvé cette photo ?* se demanda Sara. Elle ne s'en souvenait pas du tout.

La troisième datait de l'été dernier. Sara était allongée dans un pré, entourée de ses fils. Le dernier dormait tout contre sa hanche tandis que les aînés montraient le ciel, morts de rire.

Le dernier cadre était vide. Surprise, Sara regarda Rosa qui essuyait ses larmes avec son mouchoir.

« Et celle-là ?

— Tu choisiras toi-même dans tes prochaines photos. »

Ses trois enfants lui offrirent le diplôme de meilleure mère du monde qu'ils avaient confectionné avec l'aide de Rosa. Sara les embrassa longuement les uns après les autres, essayant de graver cette image dans sa mémoire entre les instantanés de leur naissance, leurs nuits de fièvre, leurs premiers jours d'école, et leurs propres anniversaires.

Quelques accords de guitare résonnèrent dans le jardin. Tout le monde se précipita aux fenêtres. Avec des cris de joie et de surprise, les enfants filèrent dans la nuit, suivis par les adultes.

Sara s'approcha à son tour de l'entrée et, en découvrant l'orchestre – trois musiciens, un chanteur et trois choristes –, eut l'impression de recevoir mille piqûres de bonheur. Il était une heure du matin et la fête battait son plein avec une assemblée motivée malgré le froid. Elle contempla tous ces proches qu'elle aimait tant et qui l'accompagnaient pour ce moment particulier. Elle n'aurait pu imaginer d'anniversaire plus parfait.

À cet instant précis, elle sentit une main se poser sur son épaule.

Elle se retourna, tout heureuse… et faillit tomber à la renverse.

Malgré le passage du temps, malgré les vents froids du Nord et les coups assénés par la vie, les yeux de Fernando lui souriaient comme autrefois. Incapable d'émettre le moindre son, pétrifiée, elle demeura figée sur place. Elle avait tant espéré ce moment !

Elle se rappela soudain qu'elle n'était pas du tout présentable. Elle ne portait ni maquillage ni boucles d'oreilles, ses cheveux étaient ramassés dans un chignon fait à la va-vite, et elle était en chemise à carreaux et bottes de neige.

Elle baissa les yeux, gênée. Fernando lui souleva le menton d'un geste tendre.

« Joyeux anniversaire, ma rouquine », murmura-t-il.

Ces simples mots valaient la plus romantique des déclarations. Le monde de Sara se remit à tourner, elle sentit qu'enfin tout était à sa place.

« Il ne te manque plus que mon cadeau, mais j'aimerais te le donner dans un endroit plus intime. »

Sara rougit. Elle tourna la tête. Dans le jardin, tout le monde dansait, indifférent en apparence à leurs retrouvailles.

Fernando avait soigné son entrée. Caché dans le coin à bûches, près de la cheminée, il avait pu suivre le début de la fête en catimini. Après avoir passé tant d'années à surveiller la mer au milieu de la nuit, il pouvait bien patienter quelques heures, avait-il dit à Hypatia et à Alma. Elles ne devaient pas s'inquiéter pour lui.

À l'expression de ravissement qui ne quittait plus Sara, il sut que son plan avait marché, que cette attente avait valu la peine. De la surprise, elle était passée à l'émotion et de l'émotion à une joie débordante.

Il lui tendit la main et l'entraîna à sa suite. Ils traversèrent le salon, désert, puis la cuisine. Là, avec l'assurance de celui qui connaît la maison, il ouvrit une porte en bois conduisant au verger.

Les branches nues du prunier semblaient défier les étoiles. Sara s'appuya contre le tronc en serrant ses bras sur sa poitrine, frissonnant. Fernando posa sa veste sur ses épaules. Il était si près que Sara sentit l'odeur de sel qui s'accrochait à sa peau.

Elle ferma les yeux.

Il lui embrassa les paupières. Quand elle les ouvrit, surprise, il lui tendait une petite enveloppe.

La veille, elle en avait ouvert trente-neuf autres qui ressemblaient à celle-ci, seule, assise par terre dans le bureau de poste. Celle-ci n'avait pas de cachet de la poste.

Elle découvrait enfin l'identité de son admirateur inconnu, celui qui lui avait dit de trente-neuf manières différentes qu'il l'aimait. Elle savait ce que contenait cette enveloppe et, trop nerveuse, n'arrivait pas à l'ouvrir. Fernando en riant dut le faire à sa place.

« "Pour un seul gramme de ton amour, je t'en donnerai des coffres entiers. Donne-moi une seule occasion de t'aimer et je te la rendrai, multipliée par mille. Offre-moi une seule de tes journées et je te consacrerai toutes les miennes" », lut-elle d'une voix enrouée par l'émotion, chacun de ces mots caressant sa gorge.

Elle leva les yeux.

« De qui est-ce cette fois ? Neruda ? Lord Byron ? Stendhal ?

— De Castaway 65, un naufragé qui a enfin trouvé le rivage et son salut. »

34
Pages à lire, moments à vivre

Un livre ouvert, c'est un cerveau qui parle ;
fermé, un ami qui attend ;
oublié, une âme qui pardonne ;
détruit, un cœur qui pleure.

Proverbe hindou

Alma attendait devant la porte de la bibliothèque depuis cinq bonnes minutes déjà, sans oser entrer. Le trac lui nouait la gorge. Une sueur froide coulait dans son dos. 14 février, le jour des amoureux. 14 février, session inaugurale du club de lecture de Porvenir.

Tout était allé si vite ces derniers mois. Depuis son arrivée à Porvenir une nuit de novembre, les événements s'étaient précipités, bousculant sa vie malgré elle. Comme si le destin ayant choisi à sa place la poussait à rester dans ce village.

Elle s'était installée dans la maison dont elle avait hérité pour une semaine croyait-elle en attendant de décider de ce qu'elle allait faire de sa vie. Allait-elle rentrer à la capitale et s'engager dans la carrière stable dont rêvaient ses parents ou suivrait-elle son cœur et se consacrerait-elle à la poésie ?

Depuis que le taxi l'avait déposée devant cette vieille maison en pierres, elle avait consacré peu de temps à ses propres dilemmes. Comme si, en franchissant son seuil, tout avait pris une signification différente. Elle s'était mise à écrire à n'importe quelle heure, sans se poser de questions, sans se demander si on la publierait ou pas, si elle pourrait vivre de sa plume ou si ses écrits trouveraient un public.

Elle s'était intégrée au village, à son quotidien, avec un naturel étonnant : non seulement elle avait participé à une chaîne de lettres pour sauver le bureau de poste et trouvé des amies comme Hypatia et Sara, mais elle était tombée amoureuse d'un garçon du village et ensemble ils avaient monté le premier club de lecture de la vallée.

Elle avait créé toute seule les liens qui l'attachaient à Porvenir. Mais qui aurait pu prédire qu'elle trouverait dans ses rues à la fois le grand amour, sa poétesse préférée et un secret appartenant au passé de sa grand-mère ?

La lettre de Rosa était restée sur la table de nuit, à côté de la photo en noir et blanc des deux filles à vélo qu'elle avait trouvée. À force de la lire, elle la connaissait presque par cœur. Elle avait le sentiment d'avoir accompli ce qui lui était demandé en poursuivant la chaîne.

Mais Alma n'était pas idiote, elle savait que ces feuillets contenaient une demande implicite, des paroles que la peur ou la honte empêchaient de prononcer. Rosa désirait savoir quelque chose qu'elle seule, Alma, pouvait lui raconter. Au début, Alma, folle de rage, avait estimé que cette femme ne méritait pas de savoir que Luisa avait eu une vie très heureuse malgré tout. *Qu'elle continue à vivre avec ses remords !* s'était-elle dit. Mais avec le temps, elle avait compris que Rosa n'était pas la traîtresse égoïste qu'elle avait imaginée.

À travers Alex, Sara et Hypatia, elle avait découvert une personne courageuse, bonne, généreuse, loyale et décidée. Quelqu'un que Luisa, elle en était sûre, avait beaucoup aimé. Jusqu'à maintenant, Rosa et elle s'étaient seulement croisées, mais cet après-midi, elles allaient se retrouver face à face. La vieille dame reconnaîtrait-elle en elle un trait de sa meilleure amie d'enfance ?

Au début, Alma avait eu du mal à comprendre que sa grand-mère ait conservé la maison parce qu'elle voulait la faire venir à Porvenir. Elle sortit la lettre qu'elle gardait dans son sac et en relut les dernières lignes.

Si tu lis ces mots, chère Alma, c'est que je n'ai pu être là pour fêter tes vingt-trois ans. Tu ne sais pas comme j'aurais aimé écouter tes rêves et partager tes projets. Mais l'homme propose et Dieu dispose.

C'est ainsi. Un notaire te remettra mon cadeau quand je ne serai plus.

J'aurais voulu te confier moi-même ces clés et faire le voyage avec toi. Te présenter la maison de mon enfance, te raconter chaque souvenir que j'y ai laissé. J'aurais aimé voir comment ils avaient vieilli. Et faire enfin la paix avec mon passé.

Tu iras pour moi. Seule. Et tu décideras. Quel que soit ton choix, ce sera le bon. Je t'aime.

« On est bien dehors ? »

Une voix amusée tira Alma de ses pensées. Elle se retourna et tomba sur des yeux verts et coquins.

« On m'a dit que l'entrée était gratuite », plaisanta Alex en lui faisant un clin d'œil et en lui prenant la main.

Elle sourit. Ils s'étaient à peine quittés depuis le décès de Mauricio et s'étaient retrouvés seuls le lendemain de l'anniversaire, Fernando étant reparti. Mais pour un temps seulement, avait-il précisé, très ému. Car Sara et lui avaient convenu de se donner une chance. « Et nous avons décidé que le plus simple serait que je revienne dans la vallée. Ça tombe bien, j'ai des envies de terre ferme », avait-il blagué. Il rentrerait donc définitivement cet été.

Et quand elle l'avait interrogé sur ce qu'il comptait faire pour son travail, Fernando, auquel Alma s'était rapidement attachée, avait haussé les épaules. « La priorité, c'est notre amour. Le reste suivra. »

Après son départ, le silence dans la maison vide lui parut pesant. Elle ne supportait plus la solitude qui l'avait pourtant enchantée pendant des mois. Alex fourra quelques affaires dans un sac à dos et s'installa chez elle. Lui non plus n'avait aucune envie de rester seul dans un appartement où tout lui rappelait ses parents.

Ils s'étaient lancés à fond dans leur projet de pension pour jeunes artistes, le B & B First Draft. Mara Polsky, qui parrainait l'idée de façon très active, s'était portée garante pour un prêt et avait contacté des amis professeurs d'écriture.

En voyant que cette idée devenait une réalité imparable, Alma avait téléphoné à ses parents deux jours auparavant pour leur expliquer qu'elle avait décidé de rester vivre à Porvenir et d'y créer une résidence d'écrivains. Sa mère poussa des cris puis éclata en sanglots, comme il fallait s'y attendre. En revanche, la réaction de son père l'étonna :

« J'en étais sûr ! C'était impossible de gagner contre Luisa ! Elle a réussi à ce que l'un de nous retourne vivre à Porvenir. »

Pendant quelques instants, son père, ému, avait semblé baisser la garde, puis le professionnel avait rapidement repris le dessus :

« Envoie-moi ton projet et tous les papiers. Je veux m'assurer qu'il tient la route. Après tout, c'est quand même la maison de ma famille, même si ta grand-mère semble l'avoir oublié. »

Si seulement je pouvais lui faire comprendre que c'est toujours sa maison, songea Alma.

La nuit, Alex et elle préparaient leur voyage en Patagonie. Son compagnon lui avait transmis sa passion contagieuse pour les cartes. Dans un petit carnet en moleskine, Alma notait le nom de tous les villages, pics et montagnes qu'ils devaient connaître.

« On attendra le prochain hiver, c'est la meilleure époque », lui promit Alex. Et elle accepta, heureuse devant la perspective d'un « nouvel hiver particulier ».

« Je me suis permis de préparer un petit *catering* », leur annonça Hypatia en leur montrant des petits sandwichs au jambon et au fromage.

Alma embrassa la cuisinière experte et Alex éclata de rire :

« Tu appelles ça petit ? On dirait plutôt le banquet des noces de Cana ! s'exclama-t-il en indiquant les plateaux de *croquetas*, de *pan con tomate* et de *tortillas* qui attendaient, posés sur une table contre le mur. Alors qu'on sera quatre au maximum, j'en suis sûr », ajouta-t-il à voix basse.

Le sous-sol de la bibliothèque était petit, mais accueillant. Malgré l'absence de lumière naturelle, une série de lampes en papier bien placées lui conféraient une luminosité chaleureuse. Au centre, la bibliothécaire avait disposé un cercle de chaises et de fauteuils disparates.

« Comme les membres de ce groupe de lecture qui n'ont rien à voir les uns avec les autres », jugea Alma.

Sur les murs, on avait accroché des cadres de fleurs séchées. Alma s'approcha pour lire les petits écriteaux à l'écriture soignée qui permettaient d'identifier chaque espèce régionale.

Elle tournait le dos à la porte quand elle entendit Alex s'exclamer :

« Rosa ! Quelle bonne surprise ! Tu n'imagines pas comme je suis content que tu te sois décidée ! »

Alma aurait voulu se transformer en fleur à cet instant, être enfermée, muette, dans un petit cadre en bois.

« Comment aurais-je pu ne pas venir faire la connaissance de celle qui a réussi à voler ton cœur ? Et c'est aussi un prétexte pour goûter aux plats extraordinaires d'Hypatia », répondit tendrement la vieille dame.

Alma n'avait plus le choix, elle se retourna alors qu'Alex et Rosa s'avançaient vers elle. Elle serra ses mains tremblantes l'une contre l'autre pour les cacher.

« Rosa, voici Alma », fit Alex, très fier.

Elle sentit les mains de Rosa se poser sur les siennes, petites, toutes ridées et pourtant douces. Puis elle leva les yeux sur la vieille dame et son sourire contagieux.

« Enchantée, fit Alma timidement.

— Tout le plaisir est pour moi ! » répondit Rosa en plantant deux baisers sonores sur ses joues.

Le cercle de lecture se forma peu à peu.

Hypatia avait réussi à traîner Tomás en le menaçant de ne plus lui préparer de pain perdu pendant toute une année s'il refusait de l'accompagner. La cuisinière ne voulait pas qu'Alex soit le seul représentant masculin du groupe et si elle avait eu du mal à persuader son mari que la littérature n'était pas qu'une affaire de bonnes femmes, la crainte du châtiment avait été suffisante pour le convaincre.

Rosa s'assit à côté d'eux, inquiète, un carnet rouge pour prendre des notes sur ses genoux. Ce geste émut Alma.

Sara lui fit un clin d'œil en lui montrant l'enveloppe qu'elle tenait entre les mains. *Elle aura cru bon d'apporter des lettres*, se dit Alma, *puisque c'est un club de lecture épistolaire.*

Karol, invitée par Sara, avait pris place à côté de celle-ci. La relation entre les deux femmes était devenue plus étroite et elles avaient même déjeuné ensemble avec les enfants de Sara deux dimanches de suite. Karol, de son côté, avait choisi d'inviter une femme d'un certain âge que ni Alex ni Alma ne connaissaient.

Il ne manque plus que Mara Polsky, songea la jeune fille avec une pointe de tristesse.

Elle avait espéré jusqu'au dernier moment que la poétesse se présenterait pour inaugurer le club comme elle le lui avait demandé. Apparemment, elle avait jugé que ce n'était pas un geste digne d'elle.

« Je m'appelle Manuela. Je vis à Porvenir depuis deux ans. Je suis née ici, mais après la mort de mon père, j'ai quitté le village avec ma mère. Et puis je suis revenue. Je suis divorcée et je travaille dans le secteur des loisirs, récita Manuela comme une leçon bien apprise. Jeune, j'aimais beaucoup lire, mais il y a longtemps que je ne pratique plus. Si je suis là aujourd'hui, c'est grâce à Karol qui m'a convaincue de venir. »

La femme que personne ne connaissait se tut pendant quelques secondes et regarda Alma en essayant d'esquisser un sourire.

« Je lui en dois une, comme elle me l'a dit, alors pour régler ma dette, j'ai accepté d'assister à cette première session. Pour être tout à fait franche, je ne sais pas si je reviendrai. Rien de personnel, je vous assure, mais les gens, c'est pas mon truc, expliqua Manuela sans cesser de tirer sur sa manche.

— Et les lettres ? demanda gentiment Rosa. Avec ça, ça suffit.

— Oui, ces derniers temps, les lettres me conviennent plutôt », répondit ironiquement Manuela.

Elle se souvint des deux qu'elle avait reçues, celle de la grand-mère cuisinière et celle de la femme qui regrettait sa terre, son pays et sa famille. Il ne lui avait pas été difficile de reconnaître Karol dans cette dernière. Mais elle avait décidé de garder le silence, se contentant de participer à la chaîne. Il était évident qu'on avait reçu la sienne, adressée à la maison de ses rêves, puisque la chaîne s'était poursuivie et qu'elle avait reçu une deuxième lettre. La balle était de nouveau dans son camp, mais elle n'avait pas encore décidé à qui elle écrirait.

Je crois que je vais choisir un membre de ce club, se dit-elle soudain.

« Puisque nous nous sommes tous présentés, annonça Alex, je déclare la séance ouverte. Vous savez tous que le but de ce groupe est de nous réunir une fois par mois pour parler de la littérature épistolaire, lire et commenter ensemble des correspondances d'écrivains. Peu importe de qui il s'agit, ce qui compte, c'est l'intérêt et le plaisir que nous y prendrons. L'important, c'est de passer un bon moment tout en s'instruisant. »

On entendit au loin un petit cri suivi de quelques pas pressés sur l'escalier en bois.

« *Oh my god !* Vous devez être les seules personnes ponctuelles dans ce pays ! Évidemment ! » s'exclama, amusée, Mara Polsky en faisant une entrée remarquée dans la salle.

Alma battit des mains. Elle était venue ! Mara Polsky était là, devant elle ! Les participants, surpris par sa réaction, l'imitèrent sans savoir très bien pourquoi.

La poétesse américaine fit une petite révérence. Coiffée d'une longue natte épaisse qui tombait sur ses reins, légèrement maquillée, elle arborait deux grandes boucles d'oreilles en argent ornées d'une pierre noire assortie à son pull à col roulé et à sa jupe longue. Une veste arc-en-ciel apportait une étonnante touche de couleur.

Sara déglutit, inquiète. Elle n'avait pas gardé un très bon souvenir de sa rencontre avec cette femme. Dire qu'elle l'avait crue partie et qu'elle allait faire partie du même club qu'elle. Mais cette fois au moins elle n'était pas pieds nus et n'avait pas de grelots aux chevilles.

Comme si elle avait lu dans ses pensées, Mara Polsky s'avança et posa les mains sur les épaules de Sara qui se raidit.

« J'arrive tard pour une raison de… d'excès d'assimilation culturelle. Rassurez-vous, ce ne sont ni le whisky, ni le cognac, ni le vin, ces si mauvais conseillers, qui en sont responsables, dit-elle en serrant les épaules de Sara, mais mon goût pour… la sieste. Je me suis endormie ! »

Hypatia regarda la pendule et esquissa un sourire condescendant. Il était 19 heures. « Ces étrangers, il faut toujours qu'ils exagèrent », se moqua-t-elle *in petto*.

« Mara Polsky a accepté d'être notre marraine », déclara fièrement Alma en désignant la nouvelle venue qui s'était assise à sa droite.

Si on lui avait dit, un an auparavant, qu'un jour elle présenterait sa poétesse favorite devant un public, elle aurait éclaté de rire.

Pendant un quart d'heure, elle leur parla de cette petite fille juive qui avait dû quitter l'Allemagne nazie et avait plus tard atterri à Porvenir où elle était venue chercher l'inspiration. Elle utilisa les propres paroles de Mara Polsky qui avait choisi les vers pour donner un sens et une unité à « tous les fils de cette immense tapisserie qu'est sa vie et celle de tous ceux qui l'ont précédée, pour en faire quelque chose de beau que pourront contempler ceux qui lui succéderont ». Alma citait ainsi une interview que Mara Polsky avait donnée dix ans auparavant.

Alma choisit César Vallejo pour reconnaître que « si on mutile un poème, si on lui retire un vers, un mot, une lettre, un signe orthographique, il meurt », et poursuivit :

« C'est la même chose avec l'œuvre et la vie de Mara Polsky. Si on essaye de gommer une image, un décor, un personnage, on la mutile, on la tue. Elle est la somme de tout ce qui constitue la tapisserie, des fils qui forment chaque dessin, des fuseaux qui forment chaque fil. Elle est comme García Lorca qui assurait : "Je laisserais dans ce livre / toute mon âme. / Ce livre qui a vu / avec moi les paysages et a vécu des heures sacrées." »

Un silence respectueux accueillit ces propos. Ces hommes et ces femmes, d'origines et d'âges différents, partagèrent la magie de cet instant de poésie. Ils sentaient que ces vers parlaient de leurs combats, de leurs peines, de leurs désirs. Ils ne comprenaient peut-être pas toute la signification de ce qu'Alma récitait mais discernaient pleinement la ferveur qui se cachait derrière ces images.

Mara Polsky, les yeux fermés et la tête baissée, se sentit faire partie d'un tout pour la première fois, se reconstruisant à chaque respiration.

Alma reçut une longue ovation. Mara Polsky releva lentement la tête comme si elle se réveillait à ce signal. Elle fixa Alma qui avait su évoquer la poésie avec tant de talent. Elle lui sourit en lui montrant les paumes de ses mains vides avant de les poser sur son cœur, puis son front et ses lèvres, et de les refermer comme si, par ce geste, elle pouvait protéger les émotions enfermées dans son cœur, les pensées de son esprit et les mots à prononcer. Elle posa ensuite ses mains sur celles d'Alma et, avec douceur, referma les paumes de la jeune fille, protégeant ainsi son don invisible.

Puis elle prit la parole. Elle s'efforça d'éblouir cet auditoire provincial et inattendu au fond de cette vallée reculée, comme si elle se trouvait dans un amphithéâtre d'université ou une salle de conférences prestigieuse. Tel un paon royal, elle déploya sa roue colorée. Elle leur parla avec passion du genre épistolaire, de la façon dont les correspondances expliquaient la grande histoire, mais aussi la petite.

« Dans une lettre, chacun décrit son âme au quotidien, raconte les détails de sa journée, ses préoccupations, même les plus infimes, montre son véritable visage…, commença-t-elle devant un public attentif. Un jour, Paul Auster a reçu une lettre du Prix Nobel J. M. Coetzee, qui lui faisait une proposition concrète : s'embarquer sur un projet commun dans lequel “ils feraient des étincelles l'un grâce à l'autre”. De quoi s'agissait-il ? D'une simple correspondance. Ils ont ensuite rassemblé leurs lettres dans un livre qui s'intitule *Ici & maintenant*. Vous savez de quoi ils parlaient ? Eh bien, comme vous et moi, de tout et de rien, de la crise, de la paternité, du sport, de l'enfance, de l'amour... »

Mara Polsky sortit un carnet de son sac.

« J'aimerais vous lire le début de la première lettre qui traite d'un sujet auquel nous n'accordons pas toujours l'importance qu'il mérite : "Cher Paul, je me suis mis à réfléchir aux liens d'amitié, comment les amitiés naissent, pourquoi elles durent, pour certaines, si longtemps, plus longtemps que les attaches passionnelles, dont elles sont parfois considérées (à tort) comme de pâles imitations. J'allais t'écrire une lettre sur tout cela, en commençant par observer que, compte tenu de l'importance de nos amitiés dans notre vie sociale, de leur place dans notre vie affective, particulièrement dans notre enfance, on est surpris de voir qu'il a été fort peu écrit sur le sujet." »

Depuis qu'Alma lui avait demandé d'inaugurer le club de lecture de Porvenir consacré au genre épistolaire, elle n'avait pu s'ôter de l'esprit la chaîne de lettres à laquelle elle avait participé. Quelqu'un qui, sans aucun doute, adorait Sara et se trouvait peut-être ici s'était lancé dans l'aventure pour aider la postière, sans savoir qu'il construisait aussi un monument à l'amitié avec ses mots.

« En 1917, Lawrence d'Arabie décrivait dans ses lettres une véritable épopée alors qu'il traversait le désert du Néfoud avec les troupes arabes, mais on peut y lire aussi de quel bois était fait celui qui écrivait : "Il existe deux sortes d'hommes, ceux qui la nuit dorment et rêvent et ceux qui le jour rêvent debout... Ceux-là sont dangereux parce qu'ils ne céderont jamais tant qu'ils n'auront pas vu leurs rêves convertis en réalité." Chacune de nos lettres montre qui nous sommes en vérité », ajouta Mara Polsky.

Elle fut surprise de voir rougir Rosa. Celle-ci faisait certainement partie de la chaîne et venait soudain de comprendre à quel point elle s'était dévoilée dans sa lettre. Ce que Mara Polsky ignorait, c'était que Rosa était à l'origine de cette initiative.

« Les lettres nous permettent de tenir dans les moments de tristesse. Après la mort du Che, le grand écrivain et journaliste Julio Cortázar choisit d'écrire à l'un de ses amis, Roberto, plutôt que de composer un article ou un essai. Une lettre, c'est comme une conversation entre deux êtres éloignés par la distance, pas un exercice d'écriture : "Voici ce que je veux te dire : je ne sais pas quoi écrire alors que j'ai tellement mal ; je ne suis pas, je ne serai jamais un écrivain professionnel prêt à produire ce qu'on attend de lui, ce qu'on exige de lui ou ce que lui-même exige, désespéré. La vérité, c'est que l'écriture aujourd'hui, face à cet événement, me semble le plus banal des arts, une espèce de refuge, de tromperie presque, un remède de substitution à ce qui ne peut être substitué. Le Che est mort et, moi, il ne me reste plus que le silence… Ici, à Paris, j'ai reçu un télégramme de Lisandro Otero qui me demandait un article de cent cinquante mots pour Cuba. Cent cinquante mots ! Comme si on pouvait sortir les mots de sa poche telles des pièces de monnaie. Je ne crois pas que j'y arriverai, je me sens vide, à sec, et je risquerais de tomber dans la rhétorique." »

Mara Polsky évoqua la correspondance entre Van Gogh et son frère Théo. L'artiste hollandais, un homme fragile, assiégé par ses propres pensées, échangea pendant vingt ans des lettres avec son frère, décrivant – et laissant à la postérité – sa façon de comprendre la peinture, la couleur ou les paysages. Un jour de juillet 1890, il alla dans un champ et se tua d'une balle, ne supportant plus tant de souffrances. On trouva dans la poche de sa veste une dernière lettre inachevée.

En voyant la tristesse reflétée sur le visage de ses auditeurs, Mara Polsky décida de changer de cap et de parler des lettres d'amour pour terminer sa présentation.

« Selon Mark Twain, “l'esprit et le cœur n'ont rien produit de plus sincère, de plus libre et de plus intime qu'une lettre d'amour”. Je terminerai donc en vous citant certains exemples parmi les plus célèbres. Pour commencer, voici comment Franz Kafka confessait en 1913 son amour pour Felice et pour la littérature : “Chérie, je t'en supplie, les mains jointes, ne sois pas jalouse de mon roman. Quand mes personnages s'aperçoivent de ta jalousie, ils m'échappent, surtout quand je ne les tiens que par un bout de leurs vêtements. Comprends que s'ils m'échappent, je devrais courir derrière eux, même si le monde des ténèbres est leur véritable foyer. Le roman, c'est moi ; mes histoires, c'est moi. Alors, je te le demande, de quoi pourrais-tu être jalouse ? D'ailleurs, quand tout le reste est en ordre, mes personnages me prennent par le bras et courent à ta rencontre pour, en dernier lieu, te servir toi… Grâce à l'écriture, je reste en vie et je m'accroche à cette barque dans laquelle tu te trouves aussi, Felice." Vous ne trouvez pas cette déclaration incroyable ? »

Sara sourit en se souvenant des quarante minuscules lettres d'amour qu'elle avait récemment reçues et Alma l'imita en imaginant celles qu'Alex lui écrirait peut-être un jour.

« Mais les écrivains ne sont pas les seuls à être capables d'exprimer d'une aussi belle façon leurs sentiments. Le physicien Albert Einstein adressa une lettre à son grand amour, Mileva, dans laquelle il lui disait : "Je ne trouverai nulle part dans le monde une femme meilleure que toi, c'est maintenant que je le vois clairement, alors que je rencontre d'autres personnes... Même mon travail me paraîtrait inutile, sans raison, si je ne te savais pas heureuse de ce que je suis et de ce que je fais." »

Cinq minutes plus tard, Mara Polsky terminait son exposé au milieu d'un tonnerre d'applaudissements. Elle avait réussi à arracher des larmes à Rosa et à Karol qui, l'émotion aidant, firent plus ample connaissance. Alex prit la parole pour rappeler la date de la prochaine réunion et le titre du livre qu'ils devaient tous avoir lu : *Lettres à Milena*.

Juste avant de partir, Sara se leva d'un bond, comme si elle était montée sur ressorts.

Alex se tourna vers elle, intrigué, et lui céda la parole.

« Je voudrais ajouter quelque chose, bredouilla la postière, avec votre permission, Mara. Après cet exposé si brillant, j'aimerais vous lire un autre genre de lettre. Elle n'est ni artistique, ni politique, ni historique, et elle ne parle ni d'amitié ni d'amour…

— De Noël ? » demanda, amusé, Tomás qui jusque-là avait su garder le silence.

Sa question lui valut un coup de coude furibond de sa femme.

Sara s'éclaircit la voix. Elle déplia la feuille qu'elle avait montrée en début de séance à Alma. Elle était si froissée qu'elle dut la lisser avant de pouvoir la lire.

« 10 février, à l'attention de Sara Naval. Bureau central des postes. Par la présente, nous vous avisons qu'en raison du nombre croissant de lettres distribuées dans votre commune de Porvenir, nous annulons provisoirement la fermeture du bureau de poste que vous dirigez. Nous vous demandons de poursuivre votre mission et nous laissons en suspens la décision de transfert dont nous vous avions fait part avant Noël. »

Hypatia regarda Rosa, interloquée, et lui demanda de confirmer :

« Quoi ? Sara reste ? Elle ne part plus à la capitale ? »

La vieille dame sourit. Sara lui avait annoncé la bonne nouvelle le matin même en recevant la lettre. Elle avait cru que son cœur allait exploser de joie. Elles s'étaient embrassées pendant un long moment, riant et pleurant à la fois. Puis, chacune en silence, elles avaient remercié toutes les personnes qui avaient écrit pour former « une chaîne si longue qu'elle irait jusqu'à la capitale et si solide que rien ne pourrait la briser ».

En découvrant l'air satisfait de ses voisins, Rosa devina que beaucoup d'entre eux avaient participé à la chaîne. Mara Polsky y compris ! C'était incroyable !

Elle le comprit à l'instant même où, sans pouvoir se retenir, celle-ci se leva et alla embrasser Sara.

« J'en étais sûre, je le savais ! On a réussi ! Une chaîne de lettres et de femmes t'a permis de rester ici à Porvenir, chez toi ! On a gagné ! »

Alors, à la surprise de tous, Alex leva la main :

« Une chaîne de lettres, de femmes *et d'homme*. Dans ce pays, Alex est un prénom de garçon », précisa-t-il en riant devant l'expression décontenancée de l'Américaine. Il lui adressa un clin d'œil et fit le geste de se fermer la bouche avec une fermeture Éclair. Elle lui sourit, complice.

« Sara, tu ne dois rien y comprendre, mais… », commença Hypatia alors que ses voisins hochaient la tête, l'encourageant à parler.

Mais la postière les tira de leur erreur en leur expliquant qu'un jour elle avait reçu une lettre qu'elle n'avait pu distribuer. Elle leur raconta qu'elle s'était assise sur les marches d'une grande maison aux volets fermés, entre des colonnes et des arbres anciens, sans trop savoir quoi faire. Elle s'excusa d'avoir ouvert la lettre, mais leur avoua qu'elle ne voulait pas laisser sans réponse une de ces missives qui lui avaient rendu la joie de travailler.

« Les palmiers sont toujours là ? Et les poissons dans l'étang ? » voulut savoir Manuela d'une voix attristée.

Ainsi donc c'était elle qui avait posté cette lettre, comprit Sara. Elle se souvint du jour où elle l'avait vue entrer dans le bureau de poste, agressive, à la limite de l'impolitesse. Elle la revit ouvrir sa boîte postale et y trouver, pour la première fois depuis deux ans, une enveloppe. Elle eut de la peine pour cette femme solitaire et lui répondit affectueusement :

« Oui, les palmiers sont toujours là, magnifiques, ils dominent ce jardin immense. Tu devrais aller t'y promener pour récupérer les rêves que tu as laissés accrochés à cette grille. Reprends-les. »

Pour la première fois depuis longtemps, Manuela murmura un « Merci » plein de gratitude. Elle le fit deux fois, d'abord en s'adressant à la postière puis à Karol. Celle-ci comprit qu'elle avait reçu sa lettre et qu'elles partageaient des rêves et des émotions.

L'atmosphère avait changé. Un sentiment de complicité et de solidarité unissait désormais les membres du club de Porvenir. Hypatia avoua qu'elle aussi avait écrit une lettre avec l'aide de son petit-fils, devant un Tomás très surpris. Il était le seul dans toute l'assemblée à ne pas comprendre ce qui se passait. Il grommela un peu en apprenant que, pour la première fois depuis cinquante ans, sa femme l'avait tenu à l'écart d'un fait important de sa vie. Mais alors que tous les participants de la chaîne lui en expliquaient le principe, il finit par accepter, bien qu'à contrecœur, les excuses d'Hypatia qui lui promit que jamais plus elle ne lui cacherait quelque chose d'aussi beau que ce projet.

Parmi tout ce brouhaha joyeux, deux personnes continuaient à garder le silence : Alma et Rosa.

La plus jeune se taisait parce qu'elle ne se sentait pas encore le courage d'affronter le passé de sa grand-mère. La plus âgée, par modestie. Elle ne voulait pas qu'on sache qu'elle était à l'origine de la chaîne. Mais cela n'allait pas être si facile d'échapper aux questions de

Sara qui l'observait avec attention en se demandant, stupéfaite, comment sa Rosa, qu'elle côtoyait tous les jours, avait pu garder deux secrets aussi importants : sa fête d'anniversaire et la chaîne de lettres.

On ne connaît jamais tout à fait les personnes qui nous sont les plus proches, médita-t-elle.

« Moi, ce que j'aimerais vraiment savoir, c'est qui a eu une idée aussi géniale ! » s'exclama gaiement Mara Polsky alors qu'Alex fermait la porte de la bibliothèque.

La réunion était terminée et la plupart des membres du club étaient repartis chez eux. Il ne restait plus que les deux jeunes, une Mara Polsky et une Sara très émues, et Rosa.

« Nous devrions lui élever un monument, n'est-ce pas, Sara ? insista-t-elle. Il va falloir enquêter.

— Il n'y a peut-être pas besoin de chercher très loin », dit la postière qui connaissait bien les tics de Rosa et avait deviné ce qu'elle tentait de cacher.

La vieille dame, le regard perdu au loin, triturait nerveusement son alliance.

« Que veux-tu dire ? » demanda Alex.

Malgré elle, Alma avait les yeux fixés sur Rosa. Qui sentit le poids de ce regard ainsi que celui de Sara.

« Tu devrais poser la question à Rosa, je crois… », répondit Sara en jetant un regard insistant à sa voisine.

Rosa poussa un long soupir et murmura :

« On ne peut pas garder un secret dans ce village. Quatre-vingts ans et je n'ai toujours pas retenu la leçon. »

Ce soir-là, comme tous les soirs avant de se coucher, Sara descendit voir Rosa pour lui rappeler d'éteindre le gaz et lui souhaiter une bonne nuit. Elle frappa trois coups suivis à la porte, glissa la clé dans la serrure et se dirigea vers la cuisine.

Rosa s'était préparé un verre de lait chaud pour l'emporter dans sa chambre. Elle sourit en voyant entrer son amie.

Sans rien dire, Sara la prit dans ses bras et la serra avec une tendresse infinie.

Entre elles, plus besoin de mots.

35

Le dernier maillon

Séparément, nous sommes tous mortels.
Ensemble, nous sommes éternels.

APULÉE

« Rosa, tu as une minute ? » chuchota Alma, les yeux baissés sur ses bottes.

Une pluie fine tombait sur le cimetière.

Les gouttes d'eau glissaient comme des larmes sur le marbre et la pierre. Rosa, qui se trouvait en territoire connu, soupira en lisant le nom inscrit sur la niche la plus proche : « Soledad García, 1912-1990. Que Dieu t'accueille dans son giron. » Elle avait acheté son pain chez Sole pendant quarante ans. Elle comptait désormais plus d'amis ici que dans les rues de Porvenir.

Des lettres brillantes annonçaient le nouvel occupant de la tombe voisine. Alex se tenait devant, résistant au prêtre qui insistait pour qu'il l'accompagne à l'intérieur de l'église, lui cachant, non pas le nom qu'elle connaissait par cœur, mais l'épitaphe : « *Repose en paix, là où les souvenirs ne comptent pas, dans les bras de Dieu notre Père, avec le sourire éternel de ton épouse.* »

Voilà un mois que Mauricio était décédé.

Le vent se leva. Rosa trouva que tous ceux qui avaient assisté à la messe dite à l'occasion du mois écoulé se dispersaient bien vite vers la sortie. *Les vivants n'aiment ni les morts ni le mauvais temps*, songea-t-elle.

Alma insista :

« Je peux te parler ? »

Rosa se tourna vers la jeune fille, alertée par la note d'urgence qu'elle entendit dans sa voix.

« Bien sûr, viens… », fit-elle en se dirigeant vers le portail de l'entrée.

Alma s'avança vers Alex et lui murmura quelques mots à l'oreille. Un sourire triste se dessina sur le visage de son fiancé qui lui serra tendrement la main. L'espace d'un instant, Rosa crut lire un avertissement dans son regard.

Le prêtre réclamant sa présence, Alex le suivit en remontant le col de son manteau. Comme s'il venait de s'apercevoir qu'il faisait froid et qu'il pleuvait, il frissonna tandis qu'il s'éloignait de la dernière demeure de ses parents et traversa sous le regard des deux femmes le cimetière qui reproduisait à sa façon le petit monde de Porvenir avec ses niches, ses tombes et ses statues.

Ce terrain derrière l'église, qui donnait sur les montagnes, avait accueilli son premier résident peu de temps après la création du village. On dut creuser très vite une tombe dans laquelle reposait un enfant d'à peine deux ans. Son nom s'était effacé, mais pas la cause de sa mort : la grippe. Deux cents ans plus tard, des bergers, des agriculteurs, des instituteurs, des médecins, des maires et des voleurs cohabitaient au sein de ce labyrinthe dans une harmonie parfaite qu'ils n'auraient jamais connue de leur vivant. Les allées s'étaient faites sans plan, mais le désordre qui y régnait tranquillisait ceux qui venaient prier leurs défunts. Les herbes, fleurs et arbustes qui avaient poussé grâce aux graines arrachées par le vent le rendaient accueillant à sa façon.

Protégées par un parapluie multicolore, Rosa et Alma marchaient lentement.

« Tu connais bien le cimetière ? demanda la jeune fille qui connaissait d'avance la réponse.

— Plus que je ne le souhaiterais », répondit la vieille dame d'un ton mélancolique.

Les paroles d'une chanson lui revinrent en mémoire : « La vérité n'est pas triste, mais elle est sans remède. » Réconfortée par cette idée, elle trouva le courage d'esquisser un sourire alors que la jeune fille l'observait avec attention.

« Ne me dis pas que tu es intéressée par une visite guidée, plaisanta-t-elle.

— En fait, si…

— Je regrette mais nous n'ouvrons que les jours de beau temps », poursuivit-elle sur le même ton.

Rosa avait passé son bras sous celui d'Alma. *Elle semble si fragile*, songea cette dernière. Comme si elle lisait dans ses pensées, Rosa se serra contre elle.

Elle avait souvent pensé que la présence d'Alma était un don du ciel. Grâce à elle, juste au moment où la vie de Mauricio s'éteignait, Alex ne se retrouvait pas seul. Rosa savait que le club de lecture devait beaucoup aussi à Alma. Et ça, c'était la meilleure chose qui soit arrivée à Porvenir depuis des années. Elle lui était profondément reconnaissante de tout cela.

Sans un mot, Alma s'arrêta brusquement, les yeux fixés sur le chemin pierreux et couvert de boue, comme si elle voulait en extraire des paroles qui s'y noyaient irrémédiablement. C'était maintenant ou jamais, se répétait-elle.

J'ai l'impression de te connaître depuis toujours, ma petite Alma, se disait Rosa au même instant. *Ce doit être l'âge... À partir d'un certain moment, chaque nouvelle personne que tu croises finit par te rappeler quelqu'un.*

Elle décida pourtant de garder le silence, de lui laisser du temps. Si elle avait bien appris quelque chose au cours de sa longue vie, c'était que pour arriver aux rendez-vous importants, il ne fallait pas se précipiter. Pas plus que pour trouver les paroles justes, alléger les fardeaux, cicatriser les plaies profondes ou partager les joies immenses.

« Il faut que ce soit aujourd'hui, cette visite », murmura Alma qui paraissait très émue.

Rosa hocha la tête puis serra son écharpe autour du cou.

« Allez, d'accord ! Il y a toujours des exceptions ! Mais le tarif sera double ! » plaisanta-t-elle.

Alma paraissait tendue. Même ses yeux couleur miel s'étaient assombris. Comme le ciel. Elle souffla pour balayer une mèche de cheveux rebelle qui tombait sur ses yeux. *À moins qu'elle n'essaye de chasser son inquiétude ?* se demanda Rosa.

« Je voudrais que tu m'aides à trouver une tombe… »

Elle s'interrompit et retira son bras avant de s'écarter en lui abandonnant le parapluie.

« Celle de la famille Meillás », annonça-t-elle, sans la regarder, la tête tournée vers les montagnes.

Le temps parut se figer, les gouttes de pluie comme suspendues entre le ciel et la terre. Rosa sentit que les morts retenaient leur souffle en essayant de lire dans son cœur l'avalanche de sentiments que ce simple nom avait provoquée.

D'un filet de voix presque inaudible, elle balbutia :

« Pourquoi les Meillás ? Alex t'a parlé d'eux ? »

Elle savait parfaitement qu'elle ramait à contre-courant, que la réponse ne se trouvait pas là.

Incapable de proférer un seul mot, Alma ouvrit son sac, fouilla à l'intérieur et finit par en sortir une vieille photo en noir et blanc qu'elle offrit à Rosa. Celle-ci la prit d'une main tremblante. Deux jeunes filles au bonheur insolent lui souriaient. Elle les reconnut immédiatement, soixante ans après, et lâcha le parapluie de saisissement.

Alma se précipita pour le ramasser.

Rosa caressa du bout des doigts sa bicyclette adorée, la jupe à carreaux cousue par sa mère et osa à peine toucher le visage de sa meilleure amie, comme si elle avait peur d'effacer ses doux traits. Elle contempla longuement ce sourire qui lui avait tant manqué.

Elle gardait des photos de Luisa chez elle, mais cela faisait des années qu'elle n'osait plus les regarder, de peur de ses récriminations. Cette image qui s'était glissée dans sa journée sans y être invitée réveilla des sensations qu'elle croyait oubliées.

Elle leva alors les yeux sur Alma d'un air interrogateur.

« Je suis Alma Meillás, l'unique descendante de Luisa », déclara la jeune fille avant de se précipiter dans les bras ouverts de Rosa.

Alors le temps s'écoula de nouveau sans que l'une ou l'autre s'en aperçoive.

Alma fut surprise en découvrant, posé sur la tombe de ses arrière-grands-parents, sous une croix en marbre, un petit vase rempli de fleurs fraîches. Aucune lettre n'avait été effacée sur la pierre tombale où figuraient tous les noms de ses aïeux sauf celui de Luisa.

« Quand je vais voir mes parents et mon mari, je passe toujours par ici », expliqua Rosa, soulagée de pouvoir partager son secret.

Alma imagina la vieille dame déposant des œillets blancs et bavardant avec les morts de la famille Meillás qui étaient restés si seuls à Porvenir. *Aucun de leurs descendants ne leur a jamais rendu visite*, se dit-elle.

Elle se réjouit de nouveau d'avoir reçu la lettre de sa grand-mère le jour de ses vingt-trois ans. La lettre qui l'avait conduite jusqu'à Porvenir. Grâce à elle, elle avait non seulement connu Alex, écrit des poèmes et s'était fait de nouveaux amis, mais désormais elle allait pouvoir accompagner ceux qui avaient rêvé d'elle avant sa naissance.

« Tu pries pour eux ? » demanda Alma en essuyant une larme sur sa joue.

Comme prise en faute, Rosa devint écarlate.

« Oui et je leur parle. Je ne veux pas qu'ils se sentent seuls. Tu dois penser que je suis folle ou que ce sont des bêtises de vieux, mais, que veux-tu… » Elle haussa les épaules.

Pas du tout, cela paraissait à Alma une attention charmante. Elle se demanda ce que Rosa pouvait bien leur raconter. Des nouvelles de Porvenir, ce qu'elle allait faire à Noël ? Ou si, ce jour-là, son dos la faisait souffrir ?…

Une certitude s'imposa soudain à elle : Rosa venait leur poser une question, toujours la même, celle qui devait la hanter depuis la disparition de Luisa. Celle qu'elle avait exprimée dans la lettre qu'Alma conservait dans son sac. Luisa, sa meilleure amie, avait-elle été heureuse ? Avait-elle pu effacer la douleur de la trahison ?

Alma sourit. Elle détenait la réponse et, contrairement aux morts, elle pouvait l'offrir à Rosa.

Elle sortit l'enveloppe mauve qu'elle avait reçue à l'arrivée du froid. Son parfum de lavande s'était évaporé. Elle la remit à une Rosa très émue, qui la reconnut aussitôt et la fourra dans sa poche pour protéger son amitié encore tendre des regards froids des morts.

Alors, sans un mot, Alma se remit à marcher. Elle fit quelques mètres et s'arrêta devant une pierre tombale.

Elle lut d'une voix claire et sonore :

« Louise Valois, Paris, 1995. *La vie des morts existe dans la mémoire des vivants*[1]. *Qu'elle repose en paix dans la mort là où elle ne put le faire de son vivant.* »

En se retournant, elle s'aperçut que Rosa l'avait rejointe. La pluie avait cessé et un timide rayon de soleil paraissait tracer un chemin. Alma s'écria :

« Tu savais que ma grand-mère était partie vivre à Paris ? Elle s'est mariée deux fois. La première avec un émigrant espagnol comme elle puis, quand elle est devenue veuve, avec un pâtissier français plus âgé qu'elle qui l'a beaucoup aimée. Et elle a appris à danser le tango comme elle rêvait de le faire dans sa jeunesse ! Elle a eu un fils, Ramón, mon père. Il est avocat. Jeune, il a décidé de retourner dans notre pays. Et moi, je suis née ici. Ma grand-mère a dirigé sa propre pâtisserie jusqu'à ce qu'elle ne puisse plus le faire. Elle a été très, très heureuse. »

Alma prit la main de Rosa qui tremblait à côté d'elle, les yeux embués. Ensemble, elles contemplèrent la stèle. La jeune fille poursuivit, d'une voix douce :

« Elle est morte il y a quinze ans. Elle avait toujours voulu revenir ici et elle a choisi de le faire, dissimulée sous son identité française. »

Rosa tendit le bras et caressa le nom de son amie.

« Elle était donc là, depuis tout ce temps… »

Pendant quelques minutes, chacune s'adressa en silence à Luisa Meillás.

1. En français dans le texte original.

Alma la remercia de son cadeau qui était bien plus qu'une maison puisqu'il s'agissait de ses racines.

Rosa lui raconta comment Abel et elle étaient tombés amoureux. Elle lui avoua qu'ils s'étaient aimés jusqu'à la fin de ses jours à lui. Elle lui demanda pardon d'avoir été aussi égoïste dans son bonheur, de ne pas avoir été capable de penser à elle. Elle se réjouit sincèrement de sa vie pleine et plaisanta sur le tango.

Alors qu'Alma prenait sa main dans la sienne, elle crut un instant sentir celle de Luisa.

Sans logique, elle remonta le temps et se revit des années plus tôt, avec son amie, le jour où elles avaient pris la photo qui était dans sa poche. C'était un après-midi ensoleillé. Luisa et elle étaient parties se promener. Aucune ombre ne s'interposait alors entre elles.

Soixante ans plus tard, leur amitié reprenait à l'évocation de cet instant.

Elles entendirent qu'on les appelait. Plus loin, Alex leur faisait de grands gestes. Les deux femmes échangèrent un regard complice, effaçant par leur sourire les années qui les séparaient.

« C'est l'heure de dîner. On y va ? dit Rosa en souriant.

— Oui, mais qu'en penses-tu si avant… ? » proposa Alma en indiquant une haie à côté de la tombe de Luisa.

Rosa comprit immédiatement et acquiesça d'un hochement de tête.

Le vent souffla de toutes ses forces comme s'il voulait emporter les rires et les mots de ces deux femmes qui ne respectaient pas le silence éternel de ce royaume.

Toutes deux, l'une jeune, l'autre âgée, se dirigèrent vers les grilles où les attendait un jeune homme aux yeux verts énamourés. Le vent souffla comme s'il voulait l'éloigner lui aussi.

Mais il ne réussit qu'à soulever légèrement une enveloppe mauve qui reposait sur l'herbe, face au sourire invisible de Luisa Meillás.

Cette enveloppe avait été le premier maillon d'une chaîne d'amitié plus forte que le temps, qui avait uni tout un village le temps d'un hiver qui touchait désormais à sa fin.

REMERCIEMENTS

J'aimerais remercier tous ceux qui m'ont écrit ou ont lu mes lettres. Ce roman représente un hommage aux conversations que nous avons eues à distance. Car c'est cela une lettre pour moi : un échange d'amitié, d'amour, de nostalgie, de rêves, sur papier. Un bout de vie trempé et saisi dans l'encre.

C'est le thème principal de ce roman, l'amitié, la valeur des gestes les plus simples. Khalil Gibran écrivait : « C'est dans la rosée des petites choses que le cœur trouve son matin. » Voilà pourquoi aujourd'hui, comme hier et demain, j'adresse ce témoignage maladroit à ceux qui me font le cadeau exceptionnel de leur amitié.

Merci à Francesc Miralles, mon maître, qui a imaginé le titre de ce livre. À Esther Sanz, la première à croire à mon écriture, à Sandra Bruna qui a rendu ce rêve possible et à Marisa Tonezzer qui a osé être mon éditrice. À Maria Guerra et Elena Mellado pour avoir lu le brouillon et m'avoir encouragée à poursuivre, avec leur affection. À Alvar de Flake et Bea qui, un jour, feront un film parce qu'ils sont tombés amoureux de mon histoire. À José Manrique de Lara pour avoir su voir à travers son objectif la beauté que je cache.

À mes premières amies qui sont apparues dans ma vie il y a plus de trente ans et sont restées : Carmen, Mireia,

Anna, Elena, Teresa. À Carmina parce que l'Amitié avec une majuscule n'est pas une question de temps. À Ester parce qu'elle existe. À Inès et Mariona, à Maria M., que je suis heureuse d'avoir retrouvées.

À Ignacio, pour tout. À Piedad et Reyes, parce que. À Carlos P., Judith R., et Belen V., sans raison. À Aurea, Ana et Mara parce qu'un de mes personnages lui doit son prénom. À Shaari et Hugo au-delà des océans. À Marta, Elena, Encarna, Lucia, Marc et Nacho. À tous les indispensables de l'Aventure 92. À leurs proches qui me sont déjà proches. Pour m'avoir démontré que ni le temps ni la distance ne comptent pour les fidèles. Aux *jilgueras piraha*, comment imaginer un monde sans elles ?

Aux « Claudias » pour nos rires et nos aventures littéraires. À NuMa pour sa simplicité. À Dani S. pour les balades partagées et celles à venir. À Fernando et Dani, que j'ai connus au travail et qui sont restés mes amis. À Yolanda, Marc R., Anna B., Anna G., Anna T., Teresa, Eli, Sandra, Isabel, Arnau, Rosa et Toni… des camarades devenus des amis. Aux « piaristes », hommes et femmes, qui ont un nom propre pour moi. À Jaume P., parce que maintenant nous nous écrivons des lettres. À ma Lauri, Mari Carmen, Roberto et le reste de la tribu de l'Ateneu.

À tous les amis et amies qui ne figurent pas ici parce que je leur dédierai le prochain livre.

À ma marraine à qui j'écris depuis que je suis petite parce qu'elle ne peut pas m'entendre.

À la grande famille, la mienne, toujours. Un pour tous et tous pour un.

Table

PAPIER CERTIFIÉ

Composition réalisée par Belle Page

Achevé d'imprimer en France par
CPI BRODARD & TAUPIN (72200 La Flèche)
en octobre 2024
N° d'impression : 3058502
Dépôt légal 1re publication : novembre 2024
LIBRAIRIE GÉNÉRALE FRANÇAISE
21, rue du Montparnasse – 75298 Paris Cedex 06

73/5599/7